小学館文庫

ボニン浄土

宇佐美まこと

JN054324

小学館

目次

一、浄土へ流れ着く

吉之助《きちのすけ》は、うっすらと目を開いた。

明るい光に目を細める。朝だ。体が重い。関節の痛みに、まだ自分が生きていることを実感した。

耳を澄ます。船べりを叩《たた》く穏やかな波の音。風の音はしない。

軋《きし》む体を動かして起き上がると、隣で寝転がっている藤八《とうはち》に目をやった。胸がわずかに上下するのを確かめ、幼馴染《おさななじみ》の男がまだ死んでいないことにほっと胸を撫《な》で下ろした。あばら骨が浮き出るほどに痩せ衰えた上に、陽《ひ》に炙《あぶ》られて真っ黒の体。髻《もとどり》を切り落としたせいでザンバラになった髪の毛には、白い粉をふいたように塩がへばりついている。

一見すると、異形のものにしか見えない。だが、自分も同じような風体だろうと思う。こうして大海原を漂流してもう五十日以上が経《た》った。初めは舷側《げんそく》に刻み目を入れて、日数を数えていたのだが、もうその気力もなくなった。

起こした半身を支える力もなくて、帆柱の根元に寄りかかった。二度目の大嵐に遭遇した時、安定を図るため帆柱は切り倒したので、無残な切り口を空に向けて根元だけが残っているのだった。吉之助は、虚《うつ》ろな目で空を見上げた。太陽の位置からすでに六ツ半（午前七時）は過ぎていると察せられた。

甲板には、藤八の他に船頭の源之丞《げんのじょう》、水主頭《かこがしら》の権五郎《ごんごろう》、水主の徳松《とくまつ》と嘉平《かへい》、それに炊《かしき》の甚三郎《じんざぶろう》がぐったりと横になっていた。楫取《かじとり》の清吉《せいきち》はシケの真《ま》っ只中《ただなか》に波にさらわれた。彼が必死に食らいついていた楫も、その後、羽板《はいた》もろとも裂けて海に流れていってしまった。楫を失い、帆柱も無く、もはや吉之助らを乗せた観音丸《かんのんまる》は、船の体裁をなくした。ただ風と波にまかせて海上を漂う浮遊物でしかなかった。こうして漂流する間に、飢えと渇きで、水主の和吉《わきち》と長兵衛《ちょうべえ》が死んだ。彼らの死骸は海に流した。

十人いた乗組員は、七人に減っていた。

観音丸は陸奥国《むつ》気仙沼《けせんぬま》の船だ。気仙沼の豪商、山根屋惣兵衛《やまねやそうべえ》の持ち船で、五百石船だった。五百石船は、文字通り五百石積の弁才船《べざいぶね》で、積載能力に優れたものだ。帆走と櫓《ろ》で漕《こ》ぐことを併用していた内航海運の船とは違って帆走専門で、船体が大きい割には船足が速かった。

「くそっ」

吉之助は茫洋《ぼうよう》と広がる海を見渡し、小さく毒づいた。誰の耳にも届いていない。たとえ届いていても、それに反応して身を起こす者はいなかった。

観音丸に雇われた時は、跳び上がるほど嬉《うれ》しかったものだ。こんな大きな船に乗れる幸運に有頂天になった。それまでは藤八と二人、沿岸部をなぞるように航行する百石船に乗り組んでいた。

天保《てんぽう》十一（一八四〇）年正月六日、気仙沼から材木や海産物を満載して南下してきた観音丸一行は、金華山《きんかさん》の瀬戸に船を繋《つな》ぎ、黄金山《こがねやま》神社に参詣した。そこで順風を待っている間に、水主の一人が病気になった。彼を下船させたので、地元の水主を雇うことになった。五百石船を操るには、人員が不足しているというので、増水主《ましかこ》で二人を雇い入れた。それが吉之助と藤八だった。

彼らは牡鹿《おしか》半島の西にある小竹浦《こたけうら》という湊《みなと》の隣にある曽木《そぎ》村の出で、貧しい漁師の何番目かのせがれだった。幼馴染の二人は、「漁師になっても食っていかれない」と意見が一致し、十五の時から数十石から百石船に乗り込んで下働きをしていた。

小竹浦からは小廻《こまわ》りの回船が出ていた。沖合四里（十六キロ）を離れることのない回船に乗り込んで経験を積んだ。そうやって十年が経ち、ようやく一人前の水主になれた。正月で曽木村に帰っていたところ、金華山で五百石船が新しい水主を探していると聞きつけ、駆け付けたのだった。

船頭の源之丞は、即決で二人を雇うことにした。順風が吹き始めていた。

そんな状況だったから、吉之助も藤八も一旦村に帰ることもできなかった。金華山にいる同郷者に、実家への伝言を託したのみで出航となった。

大きく風をはらんだ帆を見上げた時の高揚した気分を思い出す。舳《へさき》が切り裂く白波。乗組員たちの豪壮な掛け声。山根屋の定紋《じょうもん》を染め抜いた半纏《はんてん》を着た源之丞が野太い声で出す指示。

藤八の輝くような笑顔。いちいち吉之助に目配せしてきていた。

「キチやん、気分がいいな！」

細めた目がそう言っていた。二人とも五百石船の操船術を憶《おぼ》えて、いずれは水主頭か楫取になりたいという願望があった。千石船に乗り込むことができればいうことはない。今回の目的地が江戸だということも高揚感を湧き立たせた。吉之助も藤八も、一度も江戸には行ったことがなかった。江戸で荷を下ろした後は、遠州《えんしゅう》まで行って荷を積む予定だった。日本中をこの大きな船で駆け回れる。俺たちにも運が向いてきた。

あの時はそう思ったのだ。

それがこんなことになるなんて――。

五百石船だからといって、外洋の航行に適しているわけではない。本来は沿岸を航行し、陸の地形を確認しながら走るのが常だ。出航翌日に常陸《ひたち》国の八溝山《やみぞさん》を確認し、三日後には房総半島九十九里浜沖に達した。

もうすぐ江戸へ到着だと思われた頃、にわかに暴風が吹き始めた。風は申酉《さるとり》（西南西）の風だ。源之丞が不吉な舌打ちをしたのを、吉之助はそばで聞いた。観音丸は沖合に流され始めた。陸岸は霧に覆われ、やがて見えなくなった。今まで経験したこともない大きなうねりに、初めて五百石船の航海に出た吉之助と藤八は青ざめた。

源之丞は真一文字に口を引き結び、海原と帆に目を凝らしている。楫取の清吉は、必死の形相で楫にしがみついていた。なす術《すべ》もない水主たちは、源之丞の指示を待ったが、彼は仁王立ちになったまま口をきかない。その異様さが、尋常でないことが起こっていると告げていた。

帆が風に嬲《なぶ》られてバタバタと大きな音を立てた。追い風を受けていたはずの帆が、あおられるようにはためき、逆方向に膨らんだり帆柱に巻き付いたりした。風は急激に変化をしているのだ。源之丞は風を読んでいるのだろうか。風の激しさもだんだん増してくる。

「帆を下ろせ！」

ようやく放たれた指示にほっとして、吉之助らはそれに従った。

「早くしろ！　吹き流されるぞ！」

途端に観音丸は舳を回転させた。まったく見当違いの方向に向かい始める。

水主たちが引く帆綱《ほづな》は重たい。強風をはらむ帆は容易には下りてこなかった。清吉が手を貸して、やっとのことで帆が下りた時には、夕闇が迫っていた。海上に白波が立ち、船の動揺も激しかった。吉之助は立っていることもできず、甲板に這《は》いつくばった。藤八も同じ格好をしている。その上に容赦なく海水が降り注いだ。帆綱で擦れた手のひらの皮が破れ、そこに潮水が沁《し》み込んで痛かった。

藤八が這い寄ってきて何かを言ったが、聞き取れない。お互いの不安な顔を確認したきりだった。それでもまだその頃は、どこか安穏としていた部分もあった。年長の源之丞たちがどうにかしてくれるだろうと思っていた。こんなことはままあることなのだと、自分に言い聞かせもした。そんな状況でも、炊の甚三郎は器用に飯を炊いて、全員に握り飯を配ってくれた。それを腹に納めると、一息つけた。

観音丸は、夜の闇の中で波に揉《も》まれ続けた。当てもなく吹き流されていくようだった。波浪が一層高まり、一晩中船は上下左右に大揺れしていた。五百石船の構造がよくわからない吉之助は、暗闇の中何かにつかまって堪えた。若さゆえか、そんな中でもうつらうつらした。

本当に震え上がったのは、未明に大波を被《かぶ》った直後、源之丞が「荷を捨てる」と言い放った時だった。大事な荷を捨てるということは、相当に危険な状態にあるのだと知れた。

弾《はじ》けるように立ち上がった水主たちは、重い木材から次々に海に投棄していった。もう何も考えられなかった。吉之助も藤八も、憑《つ》かれたようにその作業に没頭した。夜の闇が薄れていく。大方の木材を刎《は》ね捨て、ようやく周囲の海を見渡した。

陸《おか》はどこにも見えなかった。ただただ広がる大海原。しかもまだ白い波頭を立てて、大波が観音丸に押し寄せている。湊ではあれほど大きく見えた五百石船が、ちっぽけなものに思えた。大波の頂点に押し上げられたかと思うと、波の谷間に落とされる。吉之助は生きた心地もしなかった。だが新参者の吉之助と藤八には、なす術もない。ただ源之丞に命じられるまま、船底に溜《た》まった海水をかき出した。

ひと際大きな波が降りかかり、甲板から悲鳴が上がった。桶《おけ》を放り出して甲板に駆け上ると、源之丞と権五郎が船尾から海を覗《のぞ》き込んでいた。後の水主たちは、ひと塊になって震えていた。楫取の清吉が波にさらわれて海に転落したのだ。

「清吉ー!!」

権五郎の呼ぶ声が風に掻《か》き消される。

「だめだ。もう」吉之助のそばで徳松が呟《つぶや》いた。その声が終わらないうちに船体が大きく傾いた。藤八が意味をなさない声を上げて吉之助にしがみつく。バリバリバリと凄《すさ》まじい音がした。船尾にいた源之丞と権五郎が跳び退《すさ》った。何かが壊れたのだということはわかったが、吉之助は藤八の体を支えて呻《うめ》くのが精いっぱいだった。

「羽板が――」

甲板上で足を滑らせ、這うように近寄ってきた権五郎が言った。楫の羽板が風と波の力によって、裂けて海に落ちた。まるで操縦者だった清吉の後を追うように。それが何を意味するのかは、吉之助にも理解できた。もはや観音丸は、操船することが不可能になった。茫然《ぼうぜん》自失した権五郎を助けて、船べりにしがみつかせた。そこにも容赦なく海水が降りかかる。楫を失った観音丸は、木の葉のように波間で翻弄された。源之丞も他の水主たちも船の構造物にしがみつくばかりだった。さっきの清吉のように海に流されたらもう終わりだ。全身ずぶ濡《ぬ》れで震えが止まらなかった。が、寒さよりも恐怖の方が先に立ち、寒いとはあまり感じられなかった。

どれくらい時間が経っただろう。いくぶん風が弱まったように思えた。くるくる回っていた観音丸が、急に方向を定めたようにするすると動きだした。

「黒潮の対流に乗ってしまったな」

源之丞が誰に言うともなく呟いた。吉之助とぴったりくっついていた藤八が、体を強張《こわば》らせたのがわかった。吉之助も回船に乗っていた時、年長者から聞いていた。海で遭難して、恐ろしいのは沖の黒潮だった。黒潮は強力な流れで、時に蛇行する潮の帯の周辺では、複雑な流れが起こる。黒潮に逆行する対流に取り込まれると、容赦なく南方に運び去られるのだ。その先は未知の世界だ。

「もはやこの船を操ることはかなわぬ。こうなったら神仏にすがるしかない」

源之丞はおもむろに取り出した懐剣《かいけん》で、自分の髻を切り落とした。他の者もそれに倣った。全員が甲板に正座して、伊勢神宮《いせじんぐう》と金毘羅大権現《こんぴらだいごんげん》に祈り続けた。その間も観音丸は沖へ沖へと流された。

その日の夕方には風雨は収まったが、自分たちがどこにいるのか皆目わからなかった。相変わらず陸はどこにも見えなかった。船頭は和磁石を持っているが、それは方向を知るだけの代物だった。外洋を航行する能力のない弁才船は、陸影を見ずに位置を判断することはできなかった。

波が落ち着くと、源之丞は船の装備の点検を始めた。楫と羽板以外は船の体裁は保たれているようだった。幸いにも残った積荷は海産物なので、当分の食料はある。問題は飲み水だった。江戸までの航海予定だったから、それなりの真水しか積んでいない。水桶には蓋をしてあったが、嵐の間に海水も入り込んだようで、甚三郎の炊いた飯はいくぶん塩辛かった。

甚三郎はかなりの年寄りだったが、陽気な男で、意気消沈する水主たちを励ました。

「心配するな。この潮に乗っていけば伊豆大島《いずおおしま》か八丈島《はちじょうじま》に流れ着く。もう少しの辛抱だ」

吉之助を始め若い水主たちは希望を持ったが、年長者たちは暗い顔で首を振ったきりだった。この大海原でうまく島にたどり着ける確率は、限りなく低いと経験から知っていた。

「まだ帆がある。風さえあればどこへでも行ける」

甚三郎は楽観的にそんなことを言っていたが、その帆柱も、二度目の嵐の時に切り倒された。

海上を漂い始めて二十一日目のことだった。節約しながら飲んでいた水桶の飲み水も底をつき始めていた。荒れ狂う波は、その水桶ごと流し去った。稲光と雷鳴、凄まじい波濤《はとう》。疲労感と絶望感でいっぱいで、船から振り落とされないようにするのがやっとだった。源之丞はそんな水主たちを叱りつけ、浸入してきた海水を汲《く》み出させた。

そのうち、船体後方の櫓《やぐら》が波に打ち砕かれて崩れ去った。観音丸はひどく傾いた。その期に及んで、とうとう源之丞は帆柱を切り倒す決断をした。すでに均衡を欠いた観音丸を安定させるためには、中央部に高く突き立った帆柱を切り倒すしかない。帆を張っていなくても帆柱の受ける風圧が船体の安定を損ねていた。

大揺れの船の上で十三尺（四メートル）もある帆柱を切り倒すのは困難な作業だが、やらねばならなかった。甲板の上に海水は降り注ぎ、船体は不気味な軋み音を上げていた。沈みゆく観音丸の断末魔のように聞こえて、吉之助は身震いした。権五郎と年長の水主、長兵衛が斧《おの》を使って帆柱を切り倒した。帆柱が海面に横倒しになり、流れていくのを、全員が言葉もなく見つめた。

灰色の密雲が覆いかぶさる海は果てしもなかった。飲み水もないこの先、どうやって命をつないだらいいのか。いっそ観音丸もろとも海の底に沈んだ方がましなのかもしれない。吉之助は、ぼんやりした頭でそんなことを考えた。陽気な甚三郎も口を閉ざし、全員が船首部分に身を寄せていた。

その日を境に、海はべた凪《な》ぎになった。米は尽きてしまったので、魚の干物や鰹節《かつおぶし》を口にしたが、水がないので、塩気が喉に突き刺さるばかりだった。何度か土砂降りの雨が降った。ありったけの桶と、観音丸に備え付けられた端舟《はしけ》の底に水を溜めた。それもすぐになくなった。二月だというのに日差しは強く、帆布で覆っていても、溜め水を蒸発させた。南に流されているという感覚はあった。体も焼かれ、喉はひりつくように渇いた。

「村に帰りてえ」熱にうかされたように藤八が呟いた。「柳《やな》ヶ淵《ふち》に飛び込んで、腹いっぱい水が飲みてえ」

柳ヶ淵は曽木村の真ん中を流れる川の上流にある深い淵のことだった。緑濃い場所で遊びほうけていた子供時代のことを思った。淵の上に突き出した大岩の上から飛び込むのが、村の子供たちの肝試しになっていた。吉之助は十になる前から、頭から飛び込むことができた。

あの頃に帰れたら——。そしたらもう村から出ようなんて思わない。貧しくてもなんでも、村で漁をして暮らす。それがかなうなら——。

気がついたら、隣で藤八がすすり泣いていた。

漂流するうちに、和吉と長兵衛が死んだ。和吉は死ぬ前、狂ったように、海水をがぶがぶ飲んだ。

「うまい。うまいぞ。この水は」

他の者が必死で止めるのを振り切って、喉を鳴らして海水を飲んだ。そんなことをしたら、後で激しい渇きに苦しむことになる。案の定、和吉は胸を掻きむしり、転げ回って苦しんだ。

翌朝、彼は物言わぬ骸《むくろ》になっていた。

骨と皮だけになった軽い体を持ち上げて、海に流した。悲しいとは思わなかった。いずれ近いうちに自分も同じ運命をたどるのだと誰もが思っていた。ただ黙って合掌し、頭《こうべ》を垂れた。ひび割れた唇では、念仏を唱えることもできなかった。

その後、長兵衛の死体を流した時は、観音丸のすぐ近くを鯨が泳いでいるのを見かけたが、それにも心が動かなかった。

たぶん、もう三月に入っている。今どこを流されているのだろう。漂流の間、一隻の船も見かけなかった。異国の領域に入っているのだろうか。それとももう自分たちは死んでいて、それに気づかず流されているのだろうか。こうして浄土にたどり着くのだろうか。

吉之助は、見飽きた海を見渡した。ザンバラ髪が伸びて首に貼りついている。こんな状況でも髪は伸びるのか。生きることを諦めない自分の体が呪わしかった。どこまでも延びる水平線。異様なまでに明るい太陽。それを照り返す海面。毎日同じ風景が続く。

ぐるりと頭を巡らせた時、違和感を覚えた。もう一度同じ地点に目を凝らす。水平線にわずかに盛り上がったものが見えた。鯨の背中だろうか。吉之助は目をこすった。塩が目に沁みた。帆柱に当てた背中をずり上げ、衰弱した体を持ち上げる。

鯨の背中なら、いずれ潜水して見えなくなるだろう。だが、その黒くて薄い影は、いつまでもそこにあった。それればかりか、しだいにはっきり見えてくる。船はそちらに流されている。

「島だ……」

カサカサに干からびた唇が動く。何日かぶりに言葉を口にした。

「島だ！」

藤八がむくりと頭を上げた。

「島だ！　おい、島だぞ！」

跳び上がる吉之助の後ろで、水主たちが立ち上がった。彼らを掻き分けて源之丞が前に出た。立派だった染めの半纏は失われ、吉之助たちと変わらぬ襤褸《ぼろ》をまとった格好だ。

「ほんとうだ……」

源之丞は呻いた。「ほんとうに島だ」

背後から歓声が上がった。その間にも、島影は少しずつ近づいてくる。だが、気まぐれな潮流にまかせているわけにはいかない。源之丞が風の方向を見極めた。

「帆を出してこい」

帆柱を流す前に、帆布ははずしてあった。桶の覆いにしたそれも陽にさらされて傷んではいたが、使えないことはない。源之丞の指示で仮の帆を立てることになった。船内に残されていた細い木材を立てて帆柱にし、それに帆布の上部の帆桁《ほげた》をくくり付けた。心もとない小さな仮帆ではあったが、それでも風を受けてはらんだ。歓声が上がる。

久方ぶりの労働は憔悴《しょうすい》した体にこたえたが、それでも嬉しさの方が勝った。彼らは海水で身を清めて、神仏に祈った。日が暮れて島影が見えなくなったが、方向は間違いない。夜中も一睡もすることなく、神仏のご加護を一心に乞うた。

しらじらと夜が明けた時、目の前に島の姿が現れ、乗組員たちは涙を流して喜んだ。夢ではないかと訝《いぶか》しんだ島が、現実のものとしてそこにあった。しかし風は止《や》み、潮の流れもなくなった。遅々として進まなくなる。午後になって微風をつかまえた帆が膨らんだ。わずかずつだが、また島に寄っていった。近づくにつれ、島の形も明らかになった。穏やかな湾が見えた。湾曲した白い砂浜も確認できた。

「よし、あそこに着けよう。湾の中に入ったら、端舟を下ろす」

源之丞の言葉に、吉之助の体に力が漲った。

それは他の水主も同じようだった。観音丸が湾の入り口を通過すると、すぐに作業に取りかかった。舷《みなぎ》側から綱で固定した端舟を下ろす時、折れそうな細い腕が何本も取り付いた。

「ヨーイト、ヨーイト」

力を合わせて端舟を海面に着水させた。

「誰が乗っていくんだ？」

権五郎の問いに、すぐさま源之丞が答えた。

「皆で行こう。ここまで来たら、観音丸も沖へ流されることはあるまい」

「おお‼」と一斉に声が上がった。

満身創痍《まんしんそうい》の観音丸は、既に碇《いかり》も失っていたが、湾の中は潮の流れも穏やかだから、外海まで戻されることはないだろう。

全員が端舟に乗り込んだ。伊勢神宮の御祓《おはら》いを大事に抱えた源之丞が、最後に端舟に下りた。小さな端舟は、七人の重さにぐらぐら揺れた。

「道具は後で取りに戻ればよい」

誰もが土を踏みたくて気が急《せ》いていた。五十数日間、かろうじて命を乗せて走り続けた観音丸を後にした。吉之助が櫓を漕いだ。漕ぐたびに端舟は左右に揺れ、緩んだ板目の間から海水が入り込む。今にもバラバラになってしまいそうだ。

しだいに砂浜が近づく。背後は鬱蒼《うっそう》とした緑の森だ。あれほど繁《しげ》っているのだから、きっと真水も湧いているに違いない。そう思うと、喉が鳴った。

「あっ！」舳に座った源之丞が叫んだ。「人だ！」

みな一斉に彼が指差す方向を見た。砂浜の奥の森から、一人の人間が歩み出てきた。目鼻ははっきりしないが、男のようだ。砂浜に点々と男の足跡がついた。

「人だ！　人だ！　ここは人が住んでいるんだ。助かったぞ！」

「おーい！　おーい！」

口々にそう言って腕を振る。向こうもそれに応じて手を挙げた。

吉之助は、櫓を漕ぐ腕に力を入れた。

「ああっ！」

艫《とも》に立つ吉之助のすぐ前に座った藤八が、今度は後ろを指差した。

「観音丸が！」

吉之助は手を止めて振り返った。観音丸が後退していく。湾の外まで流されることはないだろうが、湾の入り口に突き出た岩場の方へどんどん引き寄せられている。あそこで流れが複雑になって、渦が巻いているのかもしれない。

「しまった！　戻せ！　戻せ！」

源之丞の叫びに、吉之助は舳を巡らせた。必死で漕ぐが間に合いそうにない。観音丸は、見えない糸で引っ張られているかのように、真っすぐに岩礁に向かって後退を続ける。岩には激しく波が打ちつけて、白い波飛沫《なみしぶき》が立っていた。このままでは、観音丸は岩にぶつかって粉々になってしまう。

いきなり褌《ふんどし》一丁になった藤八が飛び込んだ。若い嘉平もその後を追う。咄嗟《とっさ》に吉之助も櫓を投げ出して飛び込んだ。

「待て！　危ないぞ！」

「船と岩場に挟まれる！」

源之丞たちの声が聞こえたが、抜き手を切って観音丸へ向かった。船がなくなれば、国に帰る手だてがなくなる。それだけが頭の中を支配していた。どこまでも澄み切った湾の水を掻いて進む。泳ぎには自信があったが、それ以上に観音丸の進みは速かった。岩場と船の距離感がつかめない。必死で泳ぐ吉之助の耳に、衝撃音が伝わった。

観音丸が岩に激突した。十代の嘉平の悲痛な叫び声もした。傾いた観音丸は、岩場で波に揉まれて、軋み音を上げている。立ち泳ぎをする藤八と嘉平を追い抜いて、吉之助は岩場に寄った。

「キチやん、無理だ！」

藤八の声を背中に、半分砕けて海に没しようとしている観音丸に取り付いた。どうにか岩場に船体を乗り上げさせることはできないか。少しでも船体が残っていれば、修理がきく。

息を思い切り吸い込んで、船の下に潜った。

かなりの深さだ。ここに沈没してしまったら、もう手の出しようがない。周囲は泡だらけで視界がきかない。息を吐いて、もっと深く潜った。船底がぐるりと回転するのが見えた。岩場に横倒しになるようだ。砕け散った木片が海面に浮いている。そこまで確認して浮上した。

観音丸のすぐ横に浮き上がると、渦巻く海水に自身も巻き込まれた。湾の入り口で流れが速い上に、岩場に何度も激突する観音丸が起こす波もある。体が岩にぶつかった。そのまま深い海の底に引き込まれそうになり、必死で水を掻いた。ごつごつした岩の間に顔を出す。そのすぐそばに、観音丸が大きな音を立てて倒れ込んできた。

吉之助は、流されないように尖《とが》った岩にしがみついた。複雑な形の岩の間から噴き上げられた海水が襲いかかる。塩辛い水が口の中に入り込む。

その時、すっと長い腕が伸ばされた。誰かが岩場に足を掛けて吉之助を助けようとしている。思わずその手にすがりついた。ぐいと引き上げられる。思わぬ力強さだ。引っ張られるまま岩場に上がった。さっき砂浜に出てきた男に違いない。見上げるが、逆光になっていて、黒い影にしか見えない。彼に肩を借りて、岩場を飛び越えた。

足裏が冷たい砂を踏んだ。そこに倒れ込む。目の端で、藤八と嘉平も海から上がってくるのをとらえた。

「すまねえ」

息を整えて相手を見上げ、ぎょっとした。筒袖《つつそで》の服に股引《ももひ》きを穿《は》いた男は、明らかに異国の人間だった。髪の毛ももじゃもじゃと顎を覆った髭《ひげ》も金色で、目は海の色を写しとったような青だった。

そろそろと寄ってきた藤八と顔を見合わせる。

「ここは――異国か？」

男が何かを言ったが理解できない。

「ここは、どこなんだ？　島の名前は？」

「ここは島か？」

藤八と二人で、身振り手振りで尋ねる。男はきょとんとした表情を浮かべているが、敵意は感じられない。二人を見て笑みをこぼしさえする。

何度か虚《むな》しい問いを繰り返した後、相手は「ああ」というように頷《うなず》いた。

そして言った。

「ボニン・アイランド」

手にした写真が、風にあおられて折れ曲がった。律也《りつや》の顔が泣いているように歪《ゆが》む。田中《たなか》恒一郎《こういちろう》は慌てて膝の上で写真を伸ばすと、取り出したパスケースに大事に納めた。そのままジャケットのポケットにしまう。

十一歳の時に別れた息子が成人式を迎えた時に、元妻のりさ子が送ってきた写真だ。離婚後、彼女は東京で看護師として働きながら律也を育てた。三年後に再婚したと連絡があった。そういうことは律儀にする女性なのだ。律也の下に、年の離れた弟ができたことも、律也が成人式を迎えたことも、折節《おりふし》連絡してくれる。

それに対して何の返事もしない元夫のことも、特に意に介さないでいることだろう。律也に会いに行くといえば、拒みはしなかったはずだ。だがそういうことを恒一郎はしなかった。

離婚の原因を自分が作ったという後ろめたさもある。りさ子と違って、離婚後、ろくな人生を送って来なかったという恥ずかしさもある。だが、それ以上に息子に会うのが怖かった。多感な時期に別れた息子は、父親のことをどう思っているのだろう。憎んでいるだろうか。蔑んでいるだろうか。そうされて当然なのだが、面と向かってそういう感情を露《あら》わにされるのを恐れた。

「あなたって肝心なところで逃げるのよね」

九年前、りさ子に言われた言葉は、今も恒一郎の胸に突き刺さっている。

恒一郎が座ったベンチの前の木製の遊具に、四歳くらいの女の子が取り付いている。組み上がった丸太の頂上に向けて、そろそろとよじ登る。

「茜《あかね》ちゃん、気をつけてよ」

見上げる若い母親が声をかける。

「大丈夫だよ」

元気な女の子はロープにつかまった格好で振り返る。ベビーカーの中で泣きだした赤ん坊を、父親が抱き上げた。母親はてっぺんまで到達した娘の写真をスマホで撮っている。ピンク色のダウンジャケットを着た娘が、おどけてポーズを取った。女の子の背後の空に、雪を頂いた富士山が見えていた。

家族の笑い声が公園に響き渡った。父親に抱かれた赤ん坊だけが、体を反らせて大声で泣いた。

りさ子が律也を連れて出ていった時、寂しいと思うよりもほっとしたことを憶えている。

当時恒一郎は、東京で建築物管理の会社に勤めていた。ビルオーナーに代わって、建物の維持管理をする仕事だ。具体的には清掃、点検、修繕などの業務を行う。埼玉県の高校を卒業後、二年間専門学校へ通って電気主任技術者の資格を取得した恒一郎は、すんなり採用された。入社してからビル設備管理技能士の資格も取った。時はバブル景気の真っ只中で、土地神話による大都市の再開発プロジェクトが進んでいた。建築物管理業は、多様化して発展し、事業者数、売上高ともに拡大の一途にあった。

「ミズノ・ビルメン」は堅実な会社だった。管理を請け負う物件の三割を官公庁が占めていたし、顧客には病院も多かった。医療廃棄物の分別回収や建物の衛生管理の依頼にも応じていた。恒一郎は、りさ子が勤務していた名成《めいせい》大学付属病院も担当していた。それが彼女と出会うきっかけだった。結婚した後、家庭のことを優先させるために、りさ子は夜勤のない個人病院へ移った。しっかりと将来を見据えた決断だった。仕事と同じように、りさ子はプライベートでもてきぱきとことを進めた。

やがて律也が生まれた。三か月の産休が明けると、りさ子は当然のように働き始めた。彼女は仕事も家事も育児も手を抜かなかった。しだいに恒一郎は、りさ子はそれができる女なのだと思い込むようになった。

赤ん坊の律也はかわいかった。それは事実だ。だが、全身全霊で頼り切ってくる子供の存在を、自分の中で消化できなかった。「パパ」と呼ばれるたびに、違和感が広がった。

いつの間にか、「親」という役割を、全部りさ子に押し付けていた。会社の業績は伸びていたから、収入はよかった。生活費をふんだんに入れるということで、自分の義務は果たしていると思い込んだ。仕事の忙しさを理由に、子育てには関わらなかった。実際管理物件がどんどん増えていたから、あながち嘘《うそ》ではなかった。

祖父母に育てられた恒一郎には親はなく、地方出身者だったりさ子も、実家からの手助けは期待できなかった。二人ともが仕事から離れられない時は、律也は無認可の保育所に預けられた。それでも何の差支えもないと思っていた。律也はすくすくと育っていった。

だが、勘の鋭いりさ子は気づいていたのだろう。忙しさを口実に家庭から距離を置く夫の、心の奥底にある違和感や恐れに。

「もっと律也の面倒をみて」とか「子供がかわいくないの？」などとありきたりなことを言われるのならまだいい。

「男の子にとって、やっぱり父親は特別なのよ」「今はいいけど思春期になったら、私の手には負えないかもね」

そう言われるたびに震え上がり、ますます家庭から気持ちが離れた。

恒一郎ができることといえば、律也をスイミングスクールに連れていくぐらいのものだった。幼稚園の時に始めた水泳に、律也はのめりこんだ。無類の才能を開花させたといってもいい。スイミングスクールでめきめき上達し、選抜コースに入った。いったい誰に似たのか記録はどんどん伸びた。彼の部屋には、水泳大会でもらったトロフィーがいくつも並ぶようになった。普段はおとなしく、甘ったれた子なのに、水泳の練習では決して音を上げなかった。

いい記録を出したり大会で優勝したりするたびに、大喜びするりさ子と律也から、一歩退《ひ》いている自分を意識したものだ。親として当然の感情を抱けないことで、だんだん妻や息子と乖離《かいり》していく自分を感じた。たぶん、妻にはある程度わかっていたと思う。

浮気相手の梢《こずえ》は、都内で貸しビル業を営む男の妻だった。向こうから誘ってきた。恒一郎はもともと女にもてた。長身で彫りの深い顔をしているという風貌のせいだとはわかっていた。祖父母と埼玉に住んでいた頃、友人と渋谷まで出て歩いていた時に、芸能事務所の関係者に声をかけられたこともある。中学高校時代から告白されることの多かった恒一郎を友人は羨ましがったが、迷惑なだけの話だった。

子のない梢は奔放だった。そういう自由さや放埓《ほうらつ》さも気に入った。梢の夫の目を盗んで、二人はホテルや別荘で体を重ねた。どうやら梢は、そういうことは何度も経験しているようで、たいして罪悪感もないようだった。恒一郎も気楽に付き合えた。

だが、やがて彼女の夫の知るところとなった。そこまでは想定していないでもなかった。今までにも何度かそういうことがあったということは、梢がそれとなく匂わせていた。ちょっとまずいことにはなるだろうが、別れると言えばなんとかうまく収拾がつくだろうと思っていた。

しかし梢は思わぬ行動に出た。夫と別れると言いだしたのだ。

「あの人とは別れて恒ちゃんと一緒になる」

自分が決めたことは、すんなり通ると信じている純真な女は、しゃあしゃあとそんなことを言った。

怖気立《おぞけだ》った。そこまで梢と運命を共にする気はなかった。そのことを素直に告げて謝った。だが彼女は承知しなかった。どうしても恒一郎と暮らすと言ってきかない。奥さんと離婚できなくてもいいから、お互い家を出て同居しようと言いだした。

「ねえ、もうあたし、恒ちゃんなしでは生きられないのよ」

そこまでのすったもんだが、りさ子に知られないわけがない。二つの家庭を巻き込んでの大騒動に発展した。梢はりさ子を呼び出して直談判《じかだんぱん》した。すっかりあきれ果てたりさ子が言葉を失ったのを、自分の勝利だと勘違いした。周りのことは何も目に入らず、自分勝手に引っ掻き回す梢に、恒一郎はすっかり愛想を尽かした。しまいには、梢の夫に同情される始末だった。

「あれは、君のような男には荷が重すぎる」

まったくその通りだと思った。だが、りさ子から言われた言葉の方がこたえた。

「これは、あなたが妻を取るか、それとも不倫相手を取るかという問題じゃないわ。あなたの生き方の問題よ。子供のいる家庭を取って、父親として生きるか、それともただ気ままに女性と暮らしていくか、それを決めて」

一言もなかった。黙り込んだ恒一郎に、りさ子はあの言葉を投げつけた。

「あなたって肝心なところで逃げるのよね」

りさ子はその言葉を残して去っていった。梢とも何とか別れられた。梢は結局離婚せず、貸しビル業者の妻として今ものうのうと暮らしているはずだ。いや、どうだろう。あんな派手な生活はもう続けられなくなっているかもしれない。知ろうとも思わないが。

バブル崩壊後の長期不況は根強かった。どの業界もそうだが、建築物管理業はじり貧の状態だった。ビルの賃料収入が低迷し、それに従って管理費が削られた。そのしわ寄せは、当然社員にも及んだ。バブル期に乱立した事業者は、会社をなんとか存続させるために、品質を無視した値下げ合戦に否応《いやおう》なく巻き込まれた。社員の賃金は低下し、非正規雇用も増えた。収入が減った時期が、養う家族がいなくなった時期と同じという皮肉な結末になったわけだ。「ミズノ・ビルメン」は抱えていた社員の首切りを断行した。リストラに遭った恒一郎は、仕事上顔見知りになっていた不動産業者に拾われた。小さな不動産屋で、従業員はたったの六名だった。そこで営業、経理、その他の事務作業、対外交渉、何でもやった。そうして東京でかつかつの生活を送ってきたのだった。

その間、何人かの女と関係を持った。そのうちの一人とは、三年弱ほど一緒に暮らしたりもした。だが、決して家庭を持とうとは思わなかった。

二年前、ちょうど五十の声を聞いた時、とうとうその不動産屋も潰れた。そうなっても、独り身の気楽さか、途方に暮れるというほどのこともなかった。りさ子は別の男と所帯を持ち、律也も大きくなっている。律也は体育大学で水泳を続け、バタフライでオリンピックの強化選手にも選ばれた。一度、テレビの画面で我が子を見た。成長した息子は、肩幅も広くしなやかな筋肉に包まれていて、十一歳の時の面影はなかった。

不意打ちで現れた息子の映像に、恒一郎はうろたえ、スポーツニュースから別の番組に切り換えてしまった。あの子はあの子で立派に自分の道を見つけたのだ。不甲斐《ふがい》ない実の父親のことなど、頭の片隅にもないだろう。それでいい。

もう東京にしがみついていることもないと思い直した。恒一郎を育ててくれた祖父母はすでに亡かった。祖母は彼が中学生の時に亡くなり、祖父は十六年前に亡くなっていた。

埼玉で暮らしていた祖父は無口な男で、特に理由を言うこともなく、恒一郎が結婚した直後に静岡県三島《みしま》市に転居していた。その後三島市に墓を建てて、妻と恒一郎の母であった娘の遺骨を納めたから、この地を終《つい》の棲家《すみか》にしようと決めたのだろう。そこまでしても、やっぱり明確な理由は恒一郎には語らなかった。

だから田中家の墓は縁もゆかりもない三島市にあった。恒一郎は、たまに三島市へ墓参りに来ていた。そんな関係で不動産屋が倒産して無職になった時、東京からこちらに転居してきた。ごみごみした都会には、もう飽き飽きしていた。

墓はあるが、祖父が暮らしていたのは借家だったから、住むところはなかった。六畳一間に四畳半の台所がついた古いアパートに入居した。三島市で職探しをして、小さな電気工事会社で嘱託の身分で働いている。それで男一人生きていくのに不足はなかった。三島市に引っ越した時、少しだけ迷ったが、りさ子には住所を連絡しておいた。もし孤独死をした場合、血のつながりのあるのは、もはや律也だけだった。

こんなことで自分から投げ出した家族に頼るのは気が引けたが、仕方がなかった。田中家の墓まで背負わせる気はさらさらなかったから、その後は好きなようにしてもらってかまわないと書いたものを部屋に置いてある。息子には迷惑な話だろう。十一歳で別れてから、一度も会ったことはない。

恒一郎は、ベンチから立ち上がった。先ほどの家族連れはどこかに行ってしまっていた。市中心部を流れる大場《だいば》川沿いの公園。ゆっくりと歩き始める。今日は仕事が休みだから、何をする用もなかった。やや上流にある広場で、イベントが開催されているようだ。賑《にぎ》やかな声が届いてくる。それに釣られるようにして広場に向かって歩いた。

石段を何段か上がったところにある広場には、人だかりができていた。いくつものテントが張られている。入り口に「みしま市民フリーマーケット」と横断幕が掛かっていた。テントの中や前にごちゃごちゃと品物が並べられている。個人や商店が、不用品や売れ残った商品などを持ち寄って売買しているようだ。

恒一郎は、ふらふらと広場の中に入っていった。広場を横切った方が、家に戻るのに近いというそれだけの理由だった。ひとしきり賑わったであろうイベントも、午後三時を過ぎた今では、店じまいを始めているブースもあった。ひやかし客も、ちょっと立ち止まりはするが、もうたいして熱心に品定めをしているようには見えなかった。

並べられた品物を見るともなく見ながら、恒一郎は歩を進めた。

一軒の古物商が店を開いていた。使い古された食器や木彫りの熊、ガラスケースに入った日本人形、花瓶、染みの浮き出た掛け軸。どうにも食指が動かない品物ばかりだ。テントの中に座っている店主も、売る気のなさそうな年寄りだった。客を呼び込むどころか身じろぎもしない。彼自体が木彫りか焼き物で出来ているのではないかと思えるほどの愛想のなさだった。

通り過ぎようとして、ふとある物に目が止まった。陶器のシーサーや塗りの剝げた盆などの間に、黒い楕円形《だえんけい》の木彫りの品が置いてある。つい立ち止まって腰をかがめた。

手を伸ばす恒一郎に、やっと店主は視線を投げかけてきた。じっと客の動作を眺めている。

恒一郎は、奇妙な木製品を手に取った。黒光りするほどの艶を持つ木肌をそっと撫でてみる。持ち重りのするそれは、横幅が三十センチ、縦が十五センチほどの楕円形をしている。真ん中が盛り上がっていて、山の形を模したようにも見える。それだけなら、飾り物として作られた品かとも思えるのだが、不可解なことに、山のてっぺんに当たる部分に直径二センチほどの丸い穴が開いている。そのせいで、それは不完全な品なのだと知れる。つまり、かつては何かと組み合わさっていた欠損品なのだと。

穴に人差し指を入れてみた。ほんの三センチほどの深さだ。底に小さな突起がある。ここに挿し込んだ何かをかっちり固定するためのものだろう。その感触には覚えがあった。恒一郎は、人差し指の先で何度も突起をなぞった。

「いいもんでしょう?」

急にスイッチが入ったみたいに、年取った店主が売り込みの口上を言った。

「なかなか珍しい置物ですよ。上等な材質です」

「これ、何の木?」

その問いには「さあ」と首を傾《かし》げた。

「置物なの?」

それにも自信なげに微笑《ほほえ》んだきりだ。おざなりに並べているだけで、たいして知識はないのだと知れた。

「でもね、値打ちもんですよ。これ、ある大きな屋敷からの流れ品でね」

取って付けたようにそんなことを言う。店じまいの時間が近づいて、どうにかもう一品売ってしまいたいと焦っているのだろう。今日、ここでいい商売ができていたとしての話だが。

もう一回、恒一郎はそれを手のひらで撫でてみた。目の高さまで持ち上げて、傾きかけた陽にかざしてみたりもした。底の部分に小さな亀裂がある。よくよく目を凝らさないとわからないほどの傷だ。間違いない。これはかつて祖父が持っていたものだ。亀裂は、祖父がこの置物を土間に投げつけた時についたものだ。普段は物静かな祖父が、いきなりこれを頭の上に持ち上げて、力任せに叩きつけた。恒一郎が四つか五つの時だったと思う。あまりの怖さに大声で泣いた覚えがある。

祖母が裸足《はだし》で土間に飛び下りて、急いでそれを拾い上げた。二人は上《あ》がり框《がまち》を挟んで対峙《たいじ》していた。燃えるような目つきでお互いを見ていた。祖父の握りしめた拳がぶるぶる震えていた。祖父母は何かを言い合ったはずなのに、その部分は恒一郎の記憶からは抜け落ちている。だがあれは、二人が必死に押し込めていた激情の発露だった。

記憶の底に沈んでいたあの情景を読み解く鍵を、恒一郎は何一つ持っていない。だがその時の異様さだけは鮮明に幼い心に刻みつけられた。

あの出来事以来、小さくて奇妙なこの置物が怖かった。自分にはわからない意味がこめられていると思った。だがそういうことがあったのは一度きりで、その後は目立たないガラス戸棚の中に収められた。そのうち恒一郎も成長し、その存在を忘れてしまった。

十六年前、祖父が亡くなった後、遺品の片づけをしたのは恒一郎だ。質素な生活をしていた祖父の持ち物は少なかった。その中に、件《くだん》の木製品はなかった。だが、それに気づきもしなかった。きっと祖父が処分してしまったのだろう。こんな半端な木製品を、誰かに譲ったとも思えなかった。どうして祖父が持っていたものが、大きな屋敷に住む誰かの手に渡ったのだろう。

「どこのお屋敷？　三島市内？」

「いや、それはちょっと……」店主は口ごもった。「市内だけど、もうありませんよ。それを取り壊すっていうんで、あたしが行って引き取ってきたんですから」

おそらく値の張るものは、もっとちゃんとした店が買い取って、この古物商は残り物を十把ひとからげで引き取ってきたのだろう。

「これ、いくら？」

店主が口にした金額は、そんな買い取り方をしたと思われる割には高かった。

「ふうん」恒一郎は、手にしたものをそっと下ろした。

一度買う気を見せた客の意欲が萎《しぼ》んだと勘違いした店主は、かなりの値引きをしてみせた。

「これの前の持ち主を教えてくれたら買うよ。僕が知ってる人が持ってたものかも知れないから」

周囲では、テントの撤収が続々と始まっている。店主が逡巡《しゅんじゅん》したのはわずかな時間だった。

店主は、屋敷の主の名前と住所を教えてくれた。

「でもその人、だいぶ前に亡くなったみたいですよ。ずっと空き家になってたのを、遠い親戚が来て取り壊して更地にして、どこかの不動産屋が買い取ったって聞いたけどな」

恒一郎が差し出す何枚かの札を受け取りながら、店主は言い訳みたいに付け加えた。

無造作に木彫りの品を突っ込んだ紙袋を提げて、恒一郎はその場を後にした。家に帰ろうとしていたのに、引き返してさっきのベンチに腰を下ろした。公園にはもう誰もいなかった。もう一度、木製品を出して、よくよく眺めてみた。どうして今頃になってこんなものと出合うのだろう。そして自分は何で買ってしまったか。

祖父の形見だと思って気持ちが動いたというわけじゃない。だいたいさっきこれを見るまで、祖父と祖母が言い争いをしていた時のものことなどすっかり忘れていたのだ。

祖父、田中武正《たけまさ》は、大正生まれの典型のような無骨で不愛想で寡黙な男だった。孫の恒一郎とも必要最小限のことしか話さなかった。祖母の春枝《はるえ》が生きている時はそれでもよかったが、彼女が死んでからは、家の中はすっかり辛気臭くなった。小男だった武正とは違って、春枝は女にしては大柄で、年を取って、ますます背が丸くなった祖父と並ぶと、いかにも彼が貧相に見えたものだ。

鼻筋のすっと通った春枝は、さぞかし若い頃は美人だっただろうと思われた。ものごころついた頃から、恒一郎には両親がいなかった。子供の頃には、随分寂しい思いもした。春枝に両親のことを尋ねても、「お父さんもお母さんも海の事故で死んだ」としか教えてもらえなかった。死んだのは、恒一郎を産んで間もない頃だということだった。

武正に比べるとおしゃべりな春枝が、両親のこととなるとそれだけしか語らないのだから、いつの間にか、これは聞いてはいけないことなのだと思い込むようになった。戸籍には母、幸乃《ゆきの》の名前は載っているのに、父親の欄は空白だった。幸乃は結婚せずに恒一郎を産んだのだ。父親の写真はなかったし、そもそも名前も教えてもらえなかった。きっとそこにはよんどころのない事情があるに違いない。勝手にそんなふうに想像するしかなかった。

武正は八丈島の出身だと言っていた。春枝もごくたまに「ああ、シマに帰りたいねえ」と独り言を言うことがあったから、八丈島で暮らしていたことがあるのだろう。祖父母も恒一郎もずっと本籍地は、かつて住んでいた埼玉県の住所になっていた。きっと両親は、八丈島で不慮の事故にあったのだ。嫌な思い出の地から離れたくて、祖父母は孫を連れて関東へ移り住んだのだろう。そう自分なりに解釈していた。

どういう事情か知らないが、祖父は三島市に転居した時、本籍地まで三島に移していた。数枚しか残っていない幸乃の写真は写りがよくないが、恒一郎の顔立ちは、母から受け継いだものだとわかる。春枝もその写真を見せた時、「お前はお母さん似だ」とぽつりと言った。

両親のことになると口を閉ざす祖父母とは、いつしかその話題に触れることはなくなってしまった。祖母が亡くなってからはなおさらだった。結局恒一郎は、自分のルーツについては何も知らないまま育った。両親が揃《そろ》った家庭というものも味わうことができなかった。

だから自分の息子とうまく関係を結ぶことができず、結婚生活も破綻したと言えば、あまりにも短絡的で無責任だろう。そんな育ち方をした人間はこの世にいくらでもいる。ただ、

今この木製の置物が巡り巡って自分のところにやってきた奇縁を思った。

これはいったい何のために作られたものなのだろう。なぜ祖父が持っていたものが、他人

の持ち物になってしまったのだろう。何の根拠もないのに、目の前にある造形物が、行き詰まった自分の人生を動かす鍵のような気がしてきた。

恒一郎は、それをまた紙袋にしまうと立ち上がった。

今度こそ、家に帰ろうと思った。誰が待つでもない殺伐とした部屋だが、それでも自分の家には違いない。家族も家庭もいらない。どこから来てどこへ行くかもわからない自分には、おあつらえ向きの住処《すみか》だ。

バス通りまで出ようとやみくもに歩き回って、いつもは通らない道へ入った。やや日の入りが遅くなったとはいえ、二月の夕暮れは孤独な中年男を急きたてるように、あっという間にやって来る。さっきまで見えていた富士山も闇に紛れてしまった。

車の行き交う大通りが向こうに見え、ほっと胸を撫で下ろす。電気工事会社の仕事で市内あちこちを走り回っているが、生まれ育った土地ではないので、時に迷うこともある。車がすれ違うのもやっとというくらいの狭い道の反対側のガラス戸が明るく輝いていた。

ふとそちらに目をやると、中で男が一人、うつむいて作業をしている。土間の向こうの板張りの作業場で、熱心にノミを振るっているようだ。かなりの年配者だとわかった。もしかしたら、もう八十歳を超えているのかもしれない。木槌《きづち》でノミの尻を叩くリズミカルな音が、時折外まで聞こえてきた。看板には、「新井《あらい》木工細工」とあった。

何も考えることなく、体が動いた。恒一郎はそのガラス戸に手を掛け、引き開けた。

「あの……」

来訪者に、老人は顔を上げた。分厚い眼鏡を、ノミを持った手の甲で押し上げる。相手が答える前に、恒一郎はつと作業場に寄っていった。

「これ――」無造作に木製品を取り出す。「これ、いったい何かわかりますか？」

老人は、差し出されたものを反射的に受け取った。道具を体の横に置いて、削りかけていた板も脇に除《よ》ける。それから、楕円形の木製品を、じっくりと検分した。両手でさすったり、裏返してみたり、目を近づけたり、たっぷり三分間はそうしていた。

「ほう……」

眼鏡の奥の目がぐっと細くなる。そして恒一郎の顔をようやく見上げた。

「これは、あんた、オガサワラグワだよ」

「オガサワラグワ？」

老人は大きく頷いた。

「小笠原《おがさわら》諸島でしか採れない固有種の桑だ。だが、今はもうほとんど残っていないから、伐採は禁じられていると思うね」もう一度、楕円形の木工品を眺めた。

「わしの師匠が一点だけ持ってて、散々見せられたもんだよ。木材の見分け方の勉強にね。師匠はあっちの木工師から手に入れたって言ってた。この細かい目と光沢はまさにオガサワラグワだ。他の桑よりもタンニンが多く含まれているせいで、独特の木理《もくり》になるそうだ。いやあ、珍しいな。戦前には大木が伐採されて家具や建具や装飾品に加工されていたんだ。高い値で取引されていたと思うが、資源が枯渇して作られなくなったのと、細工もんは戦災で焼けてしまって、残っているものは少ないと聞いたがな」

恒一郎の手に戻しながら、「これをどこで手に入れたんだね?」と問うてくる。それには曖昧な笑みで返した。

「それは材質でしょう? これはどんな用途で作られたものなんですか?」

老人は、角刈りにしたごま塩頭をガリガリと掻いた。

「さあねえ。何かの台座のように見えるがな。その穴に棒状のものを立てて――」

しばらく思案した挙句、「よくわからんね」と首を振った。

「オガサワラグワって、他の場所には生えてないんですか? たとえば八丈島とか」

「だから、固有種だって言っただろ? これは小笠原諸島にしかない木なんだ」

「小笠原諸島――」

窓の外で子供の歓声が上がった。

賢人《けんと》は立ち上がって、二階の窓から下を覗く。家の前の坂道で、西洋人の子らがスケートボードで遊んでいた。しばらくそれを眺めてから、窓を閉めた。賢人の家がある広尾《ひろお》付近は、外国の大使館が多い。フランス大使館にスイス、ノルウェーの大使館。他にも多くの大使館が集まる場所だ。だからよその国の子をよく見かける。高級住宅街でもある。屋根屋根の向こうにこんもりとした緑が見えるのは、有栖川宮《ありすがわのみや》記念公園だ。

手持ち無沙汰なので、机に座って読みかけの本を開いてみるが、活字が目の前を流れていくだけで内容が頭に入ってこない。ゲームもさっき試してみたけれど、これもうまくいかなかった。ぴったり窓を閉めたのに、子供たちの楽しそうな声がガラスを通して侵入してくる。どこの国の言葉か、早口でしゃべり合っては、わっと笑い声を上げる。

あの子らも春休みなのだろうか。三月下旬の今、賢人が通う私立の中高一貫校は、春休みの真っ最中だ。休みが終わると、賢人は中学二年に進級する。進級してもたぶん、自分は学校にはいかないだろうなと思う。

ベッドの上に這い上がり、壁に背中をつけて膝を抱いた。部屋の中をさまよう視線は、部屋の隅に置かれたチェロのハードケースの上で止まる。チェロをこんなに長い間弾かなかったことはない。それどころか、年が明けてから、ケースを開けたことすらない。

チェロは六歳の時から習っている。初めはピアノを習っていた。手ほどきを受けたのは、祖父の晋《すすむ》からだった。中塚《なかつか》晋といえば、ピアノの指導者として有名で、今は都内の音楽大学の教授をしている。母の中塚真奈美《まなみ》は、プロのバイオリニストだ。美人バイオリニストとしてもてはやされ、世界各地で演奏をしていた。その母が今は精神的に病んで、演奏会をキャンセルしている。

原因は自分にある。それは充分にわかっている。でも賢人にはどうしようもない。

賢人の耳が、チェロの音だけを拾えなくなった。それを苦にして母が鬱状態に陥った。そのこともますます賢人を追い込んでいる。深刻な状況を心配して父の雅人《まさと》が訪ねてきた。今、階下の応接間で、祖父母や母と話し合っている。

父雅人はフリーのカメラマンで、賢人が小学校に上がる直前に母と別居した。今は都内の別の場所で暮らしている。父は気まぐれに我が子に会いにきた。祖父はいい顔をしないが、そんなことはおかまいなしだ。

大きくなるにつれ、何で両親が別れて住むようになったのか理解できるようになった。要するに、父は音楽一家である中塚家と合わなかった。いや、音楽一家というのは正確ではない。広尾のような高級住宅街に住居をかまえ、謹厳で教育熱心で品格を重んじる一家というべきだろう。

一方父の雅人は地方出身者で、型にはまらない自由奔放なところがあった。きっと母の真奈美の目には、そんな父が新鮮で魅力的に映ったのだろう。祖父は二人の結婚にかなりの難色を示したという話だ。父の実家が田舎で小さな食堂をやっているということも、祖父の気に染まなかったようだ。結局、雅人が中塚家の婿養子になるということで決着したらしい。だが、仕事上は旧姓の岡島《おかじま》雅人で通している。

真奈美が演奏家の生活を貫くためには、サポートが必要だったから、新婚生活はこの家で始まったという。だが、フリーのカメラマンなどという不規則で不安定な職業を選んだ父は、固苦しい妻の実家をさっさと出ていった。

籍を抜かずにまだ夫婦でいるのは、母の側からすれば、賢人のために体裁を繕う必要があるからで（賢人が通う学校では、親が離婚した家庭の子は少ない）、父の側からすれば、ただ単に面倒くさいからだろう。

賢人が雅人と会うのは、せいぜい三、四か月に一度で、思春期に差しかかるにつれてその回数は減っていった。ひとつには、学校生活とチェロのレッスンで忙しいのと、もうひとつは、父の生き方に馴染《なじ》めなくなってきたからだった。

カメラひとつを持ち、仕事を請け負ったどこの現場へも出向いていく。その場その場の判断で立ち回り、綱渡りみたいに仕事を仕上げて帰ってくる。計画性もなく、苦労の割に収入が少ないのも気にしない。豪放で場当たり的で粗雑な生き方だ。

母も祖父母も、賢人の前で雅人を悪く言うことはないが、苦々しく思っているのは明らかだ。おそらく父は生活費などというものを母には渡していない。そんなものなどなくても、中塚家は少しも困らないのだが、長じるに従って、賢人は父という存在が理解できなくなってきた。果たしてこの家に父親は必要なのか？　彼抜きで粛々とことが運んでいるのに？　世間体を気にして、父と別れてしまわない母にも反発した。明らかにおかしな家族形態なのに、とりすまして音楽の大家、あるいは教育者然としている祖父にも疎ましさを感じるようになった。そうなるともういけない。純粋に好きで始めたチェロの演奏が楽しいとは思えなくなってしまった。

漠然とピアノかバイオリンかどちらかを選んで演奏家になるんだろうなと思っていた賢人は、偶然にチェロのコンサートのDVDを見た。まだ小学校にも上がらない頃だった。そこでバルトークの『ルーマニア民俗舞曲』を聴いた。弾いていたのは、チェロの詩人と言われるミッシャ・マイスキーだった。

DVDを見ていたのは祖父で、それを賢人がそばで見たのだった。こういう風景は中塚家ではよくあることだった。幼い賢人を音楽環境に浸らせるという意図があったと思う。見ながら祖父が解説をするのもいつものことだった。バルトークはピアニストでもあったので、最初はピアノ曲として作ったものを、自身が管弦楽に編曲した。その後、バイオリンやチェロの曲としても演奏されるようになった。そういうことを、祖父は語った。

賢人が惹《ひ》きつけられたのは、チェロという楽器が出す音の多彩さだった。お腹《なか》にずんと響く低い音に心が震えた。低音ばかりではない。一気に高音まで駆け上がり、とことん透明な音を出す楽器に夢中になった。こんなに表情豊かな音を出す楽器が他にあるだろうか、とまで思った。管弦楽の楽器すべての音を網羅するほどの音域と表現力だった。

魅入られたように何度もDVDを見返す賢人の様子に、祖父は彼の心の動きを読み取った。

「どうだ、賢人。チェロをやってみないか?」

祖父の言葉に素直に頷いた。

「チェロを習う」

そう言った孫に、祖父は満足げに微笑んだ。好きな楽器が一番うまくなるのだ、という教育者らしい考えの下、早速彼のお眼鏡にかなう教授を探し出し、子供に与えるには高価な楽器を買い与えた。

祖父の思惑通り、ピアノよりも格段に上達が早かった。初心者には音を出すのさえ難しいチェロだが、同じ弦楽器であるバイオリンを弾く母親を近くで見ていたせいか、弓の扱いやチューニングのやり方もすんなりいった。体に密着させて弾くチェロの音は、自分自身の歌声のような気がした。初めてのレッスンの時、先生が言った「チェロは、人間の声に最も近い楽器」という言葉は、ストンと賢人の中に落ちてきた。

ピアノと違って、練習も退屈ではなかった。いつまでも弾いていられた。

その頃に、父雅人は家を出た。祖父母も母も、それは「何でもないこと」なのだという振りをした。それはある意味成功したと言えるだろう。なぜなら賢人にはチェロがあったからだ。別居して気ままに暮らす父から目を逸《そ》らし、チェロの練習に没頭した。チェロを学ぶ子供の気を萎えさせる膨大なドッツァウアーの練習曲でさえ、投げ出さずに真面目に取り組んだ。

バイオリニスト中塚真奈美の息子として注目されただけでなく、ジュニアコンクールで優勝するなど、実力も伴っていた。中学生になった時に小規模ではあったが、リサイタルも開き、高い評価を受けていた。有名なバッハの『無伴奏チェロ組曲』の第一番をそこで弾いた。CDデビューの話が持ち上がったりもしていた。

彼の評価には、常に祖父と母親の存在がついて回った。恵まれた環境でじっくり仕込まれた産物のように取り扱われた。完璧な家族なら、それはそれで聞き流せる。だが優秀な音楽一家というのは多分に演出されたもので、実像は欠損家族なのだ。十三歳になった賢人は、強くそれを意識した。ただ好きだからチェロを弾くという純粋な気持ちが汚《けが》される気がした。

葛藤が生まれ、それが雑念となってのびのびとした演奏の邪魔をした。

世間で注目され、もてはやされるにつれ、賢人の口数は少なくなり、投げやりな態度が目立つようになった。いくつか持ち込まれた演奏の依頼を断った。

息子の変化を感じ取った母は、大げさなほど心配した。普段、仕事で家を空けることが多いせいで、そういうところには敏感なのだった。まるで水をやるのを怠った鉢の植物が、枯れかけたのを発見したようだった。

「思春期にはそういうことがままあるものですよ」母が心配して相談した心理カウンセラーは、物知り顔でそんなふうに言ったという。「何もかもを否定したくなる時が。これも賢人君の成長の証《あかし》だと思っておおらかに受け止めてあげてください」

家に帰って来てから、真奈美は心理カウンセラーとのやり取りを、さもないことのように笑って話した。祖父母と賢人が揃った夕食の席で。

「やっぱりそういうところは父親に任せないとね」

祖母は言い、祖父は黙々と食事を口に運んでいた。

母が頼った男性カウンセラーは、テレビでも時折目にする美人バイオリニストの悩みを取り除いてやれたと、満足しきった笑みを浮かべたことだろう。その光景は容易に想像できた。

何もかもが茶番だった。世界は初めから役割分担が決まっているのだ。フリーのカメラマンなどという自由を振りかざす仕事を選んだ男は、堅実な生活を営むものからは蔑まれる。いつだったか、祖父は廊下で賢人が聞いているとも知らず、フリーカメラマンのことを「ヤクザな職業」だと言い放った。

教育者は孫でさえ支配下に置き、母親は己を捨てて子供のことに夢中になる。もううんざりだった。だからといって、賢人に何ができただろう。彼には彼に与えられた役割があるのだ。すなわち音楽の英才教育を施される中学生。家族から愛されて何不自由なく育つ少年。チェロに怒りをぶつけてみるくらいしかはけ口はなかった。

「どうした？　音が荒れているよ。そんな弾き方をしてはいけない」

今教えを乞うているプロのチェロ奏者から、そう言われるのが関の山だった。こんなに苦しく、激しい思いに翻弄されているというのに、チェロの音が荒れているとしか表現できない。賢人の中で、どこへも持っていきようのない怒りや焦燥感がしだいに膨れ上がってきた。自分の中で萌芽《ほうが》したものの実体を見極めるのが怖くて、目を逸らし、何とか飼い慣らそうとしているうちに、それは狂暴な何かに変貌してしまった。

身長百五十センチに満たない小柄な少年の中に巣くったブラックホール――。

だから――深谷碧《ふかやあおい》の誘いに乗った。

碧は同じクラスの女の子だった。一応、名門私立と言われる賢人の学校では、異端の生徒だった。髪の毛を茶色に染め、きっちり化粧をして登校してきた。先生に何度注意されてもスカートの丈も極端に短かった。都内ではありふれた女子中高生の格好かもしれないが、賢人の学校では浮いていた。

噂《うわさ》では碧の家は代々、実業家や政治家を輩出してきた家系らしい。年の離れた姉は東大卒の才媛で、経済産業省に入省した後二年で退職し、今はモデル兼タレントとして活躍している。テレビで時折目にする姉も美人だが、碧も整った容姿をしていた。背も高く、手足はすらりと長かった。顔つきも体つきも大人びていて、幼さの残る風貌の賢人と並ぶと、どう見ても同学年には見えなかった。

孤高の彼女は、クラスではいつも一人で行動していたし、校則違反を率先してやる輩《やから》がよくするように、声高に先生や先輩に反抗するということもなかった。ただ碧は、静かに道を外れていた。

荒れた都立高校の不良グループと付き合っているなどという噂がまことしやかに流れていたが、真偽のほどは誰にもわからなかった。とにかく謎めいた少女であることは確かである。高等部の男子生徒から言い寄られても、洟《はな》もひっかけないその態度が、ますます碧に神話めいた輪郭を与えていた。

クラスの中でも、賢人は自分と似たような仲間（すなわち成績も見た目も飛び抜けたところがなく、真面目過ぎて面白みがないと思われている生徒たち）と何となく行動を共にしていたから、碧との接点はなかった。

だが後から考えると、自分でも持て余すブラックホールが身の内にできてから、何となく碧を意識していたのではないかと思う。異性として魅力を感じるというのではない。均《なら》された家庭環境を持ち、学校では標準的な教育を受け、画一的であることをよしとする社会に何の疑問も持たない生徒の中で見つけた同類としての親和性、あるいはこの世界での生きにくさを共有できる存在――。

それでもやっぱりクラス内では口をきくことはなかった。大人びて暗い影をまとった碧と、チェロのレッスンに励む「いい子」然とした賢人とは、かけ離れた存在に変わりはなかった。

授業が終わると、賢人も碧もさっさと学校を後にした。碧のことは知らないが、賢人は週に三回は師事しているチェリストの許《もと》に通い、レッスンがない日も家に帰って数時間は練習に励んだ。

体格の貧弱な賢人は、まだ二分の一スケールの子供用チェロを使っている。水道橋《すいどうばし》にあるレッスン場まで地下鉄に乗って通っていた。学校から帰ってすぐに出かけるから、車内はまだそれほど混んではいない。ラッシュ時の電車にチェロを抱えて乗り込むのは大変なので、もし混んでいるようならタクシーを使うようにと言われていた。

グラスファイバー製のハードケースに入れたチェロを体の前に置き、足でそっと挟むようにして座席に座った。練習曲を頭の中で再現しながら電車の揺れに身をまかせていると、誰かが賢人の前に立った。スリムパンツに高いヒールのパンプスだけが目に入った。見上げることもなく、賢人はケースの上で指を動かしていた。

「それ、チェロ？」

頭の上から落ちてきた問いかけに、ようやく顔を上げた。碧だった。着崩しているとはいえ、制服姿の彼女しか見たことがなかったので、賢人は面食らった。白のタートルネックセーターに、チェスターコートを重ねている。コートの色は濃紺。碧という自分の名前に合わせたような深い色合いだった。フープ形の大きなイヤリングが、電車の振動に合わせてゆらりと揺れる。

「うん」

それだけ言うのがやっとだった。

「そうなんだ。中塚、チェロ習ってるって聞いたけど、ほんとだったんだ」

くっきりと赤い口紅を塗った唇が、小気味よく動くのを賢人は呆然《ぼうぜん》と見上げた。

「楽器、弾けたら楽しいだろうね」

「まあね」

いかにも子供っぽい言い草だ。自分でもうんざりした。早くどこかで降りてくれないかな、とも思った。気まずく黙り込んだ空気が重い。

「碧」

だから、別の車両から移ってきたらしい少女に碧が呼ばれた時はほっとした。たぶん、よその学校の子なのだろう。賢人たちの学校の生徒の雰囲気とは違った気配をまとっていた。冬だというのに、胸元が大胆にカットされたブラウスの上に、だらしなくダウンコートを羽織っていた。くちゃくちゃとガムを噛《か》みながら寄ってきて、賢人をちらりと見やった。

「何？　知ってる子？」

「うん。おんなじクラスの子」

「じゃ、お坊ちゃんなんだ」

顔がかっと赤らむのがわかった。それきり、二人は賢人のことなど忘れたように話し込んだ。聞きたくもないのに、話の断片が耳に入る。二人はどこかで少年たちと待ち合わせて遊ぶようだ。

電車が水道橋駅に滑り込んだ。賢人は急いで席を立った。碧たちは、額をくっつけるようにして話し込み、チェロを持って降りていく賢人の方を見もしなかった。

その日のレッスンはうまくいかなかった。

母、真奈美の恋愛スキャンダルらしきものがスクープされたのは、師走も半ばを過ぎた頃だった。いつも教室で一緒にいるグループの一人からそれを教えられるまで、賢人はまったく知らなかった。ある週刊誌に写真が出ているという。学校の帰りにその雑誌を買った。誰が見ているわけでもないのに、胸腔《きょうこう》内で心臓が飛び跳ね、喉がカラカラにひりついた。財布から取り出した小銭を、賢人はコンビニのカウンターの上にばら撒《ま》いてしまった。

駅の階段の踊り場でその記事を読んだ。「美人バイオリニスト、中塚真奈美の許されぬ恋」というやや古風な見出しが目に飛び込んできた。貪るように読んだ内容は、真奈美が新生日本フィルハーモニー楽団の常任指揮者といい仲になっているのではないかというものだった。写真も掲載されていて、五十年配の指揮者と寄り添って歩く母の姿が写し取られていた。

新生日本フィルで母が客演演奏をしたその晩、打ち上げの宴《うたげ》から、二人が抜け出して歩くところだと説明があった。真正面から隠し撮りされたようで、体格のいい指揮者は、母の肩に手を回していて、母は彼の顎ひげの辺りに頭をくっつけていた。二人ともが満足げに微笑んでいた。記事には、「コンサートの後の心地よい疲労感と、打ち上げのアルコールによりすっかり親密になった様子の二人は、この後夜の街に消えていった」とあった。

冷静に考えれば、決定的瞬間というわけではない。ただそれらしさを匂わせただけというよくある記事ではある。むしろ賢人の目を引いたのは、記事の中で、中塚真奈美の家庭事情が語られていたことだった。中塚真奈美は、結婚後も実家で暮らしていて、カメラマンの夫とは別居中であること。気位の高い妻と、プライドの高い中塚家に夫が追い出された形であること。一人息子である中学一年生の賢人は、チェロの奏者として頭角を現していて、中塚家の血統は脈々と受け継がれていること。中塚家の強固な結束に入っていけない夫は、惨めなものだということ。新しい恋人が出来たからには、中塚真奈美は早晩、夫と別れるのではないかという推測までがご丁寧に書かれていた。

賢人は駅のゴミ箱にその雑誌を捨てた。

中塚家では、一切その話題は出なかった。賢人がいない時には話し合われたはずだが、子供の耳には入れないようにしているのだろう。おとなしく優秀な孫は蚊帳の外というわけだ。すべてはこうして粛々と執り行われるのだ。黙ってチェロだけを弾いていればいいのだと言われた気がした。

そんな時、ひょっこり父の雅人がやって来た。いつものように飄々《ひょうひょう》とした態度の婿に、祖父はそれとわからないくらいに、顔をしかめた。例によって母は留守だった。急いで彼の夕食を準備しようとする祖母を、雅人は制した。

「久しぶりに賢人と外で飯を食おうと思って」

彼が写真を担当した子供向け生物図鑑が刊行されて、いくらか印税が入ったからと続けると、また祖父は苦々しい顔をした。いつまでそんな不安定でヤクザな仕事を続けているんだという心の声が聞こえた気がした。そんな義父の素振りなど気にもしないで、雅人は賢人の背中を叩いた。

「賢人、何が食べたい？　肉だな、やっぱ」

この人の無神経ぶりにも腹が立つ。そう思いつつも、やっと自分の気持ちをぶつけられる機会がきたと思って、父について外に出た。中学生が着るにふさわしいダッフルコートに手を通して。

ステーキハウスで食事をする間、父は例の週刊誌報道には触れなかった。賢人からも話を持っていきにくかった。近況を尋ねられて、ぽつぽつと弾まない会話を続ける。店を出て、スタバでコーヒーを飲む段になってようやく雅人の口からそれが出た。

「お前、見たんだろ？ ママのスキャンダル記事」

いかにもおかしそうに言って笑う。

「うん」陰気に答えると、やっと表情を引き締めた。

「あのな、あれはでっち上げだからな。ああいうの、よくやるんだよ、何も話題がない時な」

「ママに訊《き》いたの？」

「訊いたさ、そりゃあ」

軽くそんなふうに答える。ますます賢人は怒りを覚える。自分の中で大きく口を開いたブラックホールに自分自身が吸い込まれる感じ——。

「ママ、何て言ってた？」

「お前さあ——」賢人の質問には答えず、父は両肘をテーブルについて身を乗り出した。

「そういうこと、気になるんだったら直接ママに訊けよ」人差し指でつんと息子のおでこを突《つつ》く。「何でそんなこと、遠慮するんだよ、自分の親だろ？」

あんたに言われたくないよ、と心の中で突っ込んだ。夫婦のくせに夫婦の体をなしていないおかしな家族の一員に僕を巻き込んだくせに。

「ママも笑ってた。写真に撮られたことも気づかなかったって。ちょっとした場面を切り取るんだよなあ。ああいう雑誌のカメラマンは。ほんと芸術的手法」

ドリップコーヒーをがぶりと飲んだ父親を上目遣いに睨《にら》みつけた。賢人の小さな抗議になど気づかず、雅人は続けた。

「今度、ママからよくお前に説明しとくって言ってた」

母の説明口調は想像できた。どうせ子供を言いくるめるのに必死で、こっちが納得したかどうかなんておかまいなしなんだ。虚飾家族としての表面さえ整っていればそれで満足なんだ。

「もし――」唇を湿らせたココアの甘さに顔をしかめる。「もしママが不倫したら、パパはどうする？」

「うーん」芝居がかった仕草で雅人は腕を組んだ。あの記事が出てから、ずっと賢人が考えていたことだった。いっそ別れてくれた方がすっきりするかもしれないと思ったりもした。自分の気持ちにもふん切りがつく。こんな中途半端な家族でいるより、ずっとましだ。

「泣くな」

「え？」

「パパは泣くと思うな。ママが他の男に取られたら」

冗談めかしてそんなことを言ったのかと思った。あからさまにむっとした顔を向けるが、父親は動じない。案外真面目に答えたのかもわからないと思って、賢人の方が狼狽《ろうばい》した。急いで言い募る。

「じゃあさ、ずっとつかまえてればいいじゃない。どうして別々に住んでるんだよ」

「賢人は家族三人で一緒に暮らしたいか?」

逆に問われて口ごもる。親が恋しいのかと短絡的に判断されたのではかなわない。いつまで子供扱いされるのだろう。

「別に——」

「なら、このままで勘弁してくれ」雅人は居住まいを正して頭を下げた。「ママの才能を潰してしまいたくないんだ。バイオリニスト中塚真奈美は、パパだけのものじゃない。ああいう特殊な才能の持ち主を妻にした時から覚悟はしていたつもりだ。いろいろ話し合い、試した挙句が今の生活形態なんだ。賢人には寂しい思いをさせて申し訳ないと思っている」

テーブルに両手をついて、雅人はまた頭を下げた。ココアの表面に小さなさざ波が立った。

きれいごとを言って、実は自分の仕事を優先したいだけなんじゃないかとか、親としていい加減なんじゃないかとか、いつまでこんな生活が続くのかとか、言いたいことはたくさんあったが、ぶすっと黙り込んだ。

冷たく暗いブラックホールはますます大きく口を開ける。こんがらがり、複雑怪奇になった大人の事情を含む周囲のすべてを吸い込んでしまえばいい。暴力的な気持ちでそんなことを思った。

地下鉄で碧に会ってから、何となく口をきくようになった。中学になってから、体育の授業に空手を取り入れることがあった。日本古来の武道に親しませることが、私立学校の方針だったようだ。しかし祖父は、賢人が手を傷めることを恐れてその授業への出席を禁じた。学校側は高名な中塚晋からの申し入れを二つ返事で受け入れた。

月に二回ほどの空手の授業の時には、賢人は教室で自習することになった。教室にはいつも碧がいた。彼女は体育の授業全般を欠席しているらしいということを初めて知った。理由はわからなかった。一言二言言葉を交わすことから始まって、会話をするようになった。チェロの話や好きなアニメの話、学校行事のこと、クラスメートの噂など、たわいのないことだ。そういった話をする碧は、いかにもつまらなそうなそぶりをしながらも、賢人の目を真っすぐに見つめていた。賢人は心の中を見透かされているようで、落ちつかなかった。

それまでに碧の家庭事情を、賢人は友人から耳打ちされていた。実業家の父親には何人も愛人がいる。母親は精神を病み、奇矯な行動を繰り返すけれど、そういうことが公になるとまずいから、家の中に軟禁状態にされている。碧の姉は、そんな家庭を嫌ってさっさと家を出ていき、寄り付きもしない。

家を出るという選択もできない幼い碧は、不全家族の中で壊れていく。大人を信用せず、学校に心を開く友人もいない。父や姉の社会的な体面を保つために、けなげな娘は名門校に通いつつ、自分を損ない続ける。家族に向かって振り上げた拳を自分に振り下ろすしかなかったのだ。

「知ってるか？　あいつ、ワルと付き合ってるだけじゃない。ウリをやってるらしいぜ」

「ウリ？」

「体を売ってるってことさ。中一でだぜ。でも十八で充分通るよな。あの体見りゃあ」

賢人とそう変わらないくらい幼い風貌の同級生は、知ったかぶりでそんなことを言う。きっと碧の神秘的な美しさを妬んだ女子が流している根も葉もない噂だろう。だけど、それに近い行為をしていても不思議ではない気がした。それは自傷行為の一つなんだ。あいつの中にもブラックホールが開いているに違いない。

だから、ばったり出くわした碧の言葉には、すんなり共感を覚えた。

「何もかもを壊しちゃいたいんだよね。きれいなものとか、正しいものとか、整ったものとか――」小さな声で「自分もね」と付け加えた。

まさにそれだと思った。狂暴な破壊衝動――。

自分の中の名状し難い感情が行き場を失って真っ黒い塊になっている。しだいに重さを増すそれは、抱え込んだ本人を痛めつける。心を蚕食《さんしょく》し大きな穴を穿《うが》っていく。虚無を体現するその穴は、いつかくるりとひっくり返り、外側を内側に取り込む。

その瞬間を待ち望む十三歳の二人の子供。本当は世界の真実を、僕らだけが知っている。もうすぐ終わりが来るんだ。せいせいするほどの凄絶な終わり。それを自分たちが演出する。

不思議な全能感に気持ちが昂《たかぶ》った。

チェロの楽譜を買いに行った帰り、碧に会った。年の瀬も押し迫った時期だった。碧はこの前の女の子と一緒だった。今夜は交流サイトで知り合った男の家に泊めてもらうのだという。

「初めて会う人？」

恐る恐る訊いた賢人に、うん、と頷く。彼女らはそういうことを繰り返しているようだ。

「ヤバくない？」

思わず口を突いて出た。咲里《さり》と名乗った友だちが、鼻で笑った気がした。

「ヤバくないよ。いい人っぽいもん」

「だってさ――」

賢人はつい言い募った。それに対して言葉を返していた碧だが、すぐに醒めた顔になった。

「どうだっていいよ」

それ以上は口をきくのも億劫《おっくう》だと言わんばかりに、碧はスマホをいじり始めた。何が起きようと、碧は怖くないんだな、と思った。だって自分を大事にしようなんてこれっぽっちも思っていないから。先のことを考えず、感覚的に都会の夜を渡り歩く同い年の女の子が持つ強さに揺り動かされる。

だから――迎えに来た三十男の車に、賢人も乗った。

後部座席に乗り込みながら、碧がふと振り返った。

「中塚も来る?」

思わず「うん」と答えた。

「僕もいい?」

二人の少女と共に乗り込んできた小柄な少年に、男は、いいよと短く答えた。そしてアクセルを思い切り踏み込んだ。

首がのけ反るほど加速する車の中で、碧の隣に座る。急カーブを曲がる時、碧と体が密着した。

「うち、ちょっと遠いんだ。それまでドライブってことでいいよね」

「へえ、どこ?」

助手席に座った咲里が問うと、男は「高崎」とだけ言った。予期せず少年まで連れていくことになった状況に戸惑っているのか、気に食わないのか、会話は弾まない。スピードが上がったり、男がエンジンを噴かしたりすると、咲里は高揚して奇声を上げた。

時間はまたたく間に過ぎ、空は暗くなっていた。心配した祖母からだろう。賢人のスマホが何度も振動する。しまいには、電源を切った。邪魔な中学生男子をびびらせようとするのか、運転席の男はわざと乱暴なハンドルさばきを続けている。

碧も咲里も男の名前すら訊かない。それともサイトでのやり取りですでに自己紹介し合っているのか。

どこを走っているのか、わからなかった。車は夜を突き破るように疾走した。なぜか生きているという実感がする。意識が麻痺《まひ》する刹那に覚える生々しい感覚――。

郊外に出たのか車の往来が少なくなった。ヘッドライトが一本の真っすぐな道を照らし出す。前をいく車との間隔を一気に詰める。しばらくその状態を続けたあと、強引に前に出た。サイドミラー越しに追い抜いたはずの車がついてくるのがわかる。

ふと隣を見ると、碧はたいして面白くもなさそうに外を見やっている。この子は本当に今ここにいるのだろうか。薄っぺらい少女の影が、シートに貼りついているだけのような錯覚に陥る。

碧が振り返った。じっと自分を見つめる同級生の視線をとらえてもなお、つまらなそうな表情を崩さない。だるそうに自分の髪に手をやった。前髪をとめたヘアピンがするりと落ちて、賢人の足下に転がる。小さなヘアピンは銀色に光っていた。暗闇の中で不思議に発光する金属片に、賢人は目を凝らした。何の変哲もない平べったいヘアピンを探して、碧の手が前髪をまさぐり続けている。たった一本の細いヘアピンを失うことが、何より不安とでもいうように。それが、碧が手放したたったひとつの真実みたいに思えて、賢人は急いでヘアピンを拾おうとかがんだ。

ガッという不吉な音がした。急カーブにブレーキが間に合わない。すっと体が浮く。はっとして顔を上げた瞬間、碧と目が合った。車内に入り込んできた街灯の明かりに、碧の顔がぽっと浮かび上がる。それまで物憂《ものう》い表情だった碧が、ふっと微笑んだように見えた。

激しい衝撃音を聞いた気がする。回転する車。天井が紙細工のようにへこんで潰れた。咲里の叫び声は、まだ何かはしゃいでいるように聞こえた。それがすうっと消え、後には信じられないほどの静寂がやってきた。その間、たぶん一秒か二秒。でもそれは永遠と同等の時間に感じられた。あまりに短過ぎるか、あまりに長過ぎるかして、痛みも恐怖も覚えなかった。

瞼《まぶた》の裏に光を感じる。かすかな光。

そっと目を開く。すぐ目の前に、碧の顔があった。目を閉じ、ほんのわずかに唇を開いている。侵入してくる街灯の光が、青白い頬の上に長い睫毛《まつげ》の影を落としていた。この世のものとも思えない美しい造形。賢人はしばらくそれに見入った。自分たちがどういう状況に陥ったのかも理解できなかったが、ただ三十センチほどしか離れていないところに碧の顔があって、それに向き合っているという状態が一種の多幸感を呼び、束《つか》の間《ま》、それに酔った。

「深谷」

たいして親しくもないクラスメイトの男の子と向かい合っている状況を、彼女はどう思うだろう。驚くか、不快に思うか、それとも微笑むか。そのどの表情も見てみたいと思った。大きな瞳が開かれるのを待ったが、碧の瞼はぴくりとも動かなかった。

「深谷」

　ああ、と思った。彼女は死んでしまったのだ。焦がれるほど、身悶《みもだ》えするほど、妬ましかった。

　遠くからサイレンの音が近づいてきた。夜の静寂を破る不吉な音が耳に突き刺さる。

　何もかもを拒むつもりで目を閉じた。

　潰れた車の中から救い出されるまで、長い時間がかかった。

　その間、賢人は死んだ少女の声を聞いていた。

　――それ、チェロ？

　――楽器、弾けたら楽しいだろうね。

　賢人は後部座席の床に仰向《あおむ》きに倒れ、碧はどこかに引っ掛かって、賢人を上から覗き込むようになっているのだとわかった。形のいい唇はまったく動かないのに、碧の声だけは繰り返し賢人の上に降り注いだ。

　天上の音楽のように。

　駆けつけたレスキュー隊によって、賢人はぺしゃんこになった車から引っ張り出された。

　奇跡的に軽傷で済んだ。小柄な体は、後部座席の足下にすっぽり潜り込み、スペースがまったくないほど潰れた車の中でかろうじて生き残った。あとの三人は全員死亡が確認された。助手席に座っていた咲里の体は折れ曲がって、頭がフロントガラスを突き破っていたという。

衝撃で後ろに倒れた運転席の背もたれと落ちて来た天井に挟まれて、碧は下向きになって絶命していた。

運転者の男は、車外に放り出された。病院に収容されて、二時間ほどは生きていたらしいが、助からなかった。

賢人の両親、祖父母が病院に駆けつけてきて、軽傷で済むという賢人の身にもたらされた奇跡に狂喜した。遅くまで戻って来ない孫息子を死ぬほど心配していた祖母は、その場で失神したほどだった。検査のため三日ほど入院した賢人は、この家族から乖離した自分を自覚していた。

彼らは、賢人が素行の悪い同級生の女の子に誘い込まれ、初対面の男とのドライブにつき合わされたという理解をしていた。罰《ばち》が当たって悪い子らは命を落としたが、無垢《むく》な賢人は助かったというふうに。

そんなんじゃないと反論する気も起こらなかった。僕の魂は、碧にやったのだ。潰れた車の中で対峙していた数十分の間に、彼女にあげてしまった。あの美しい子は、それをブラックホールの中まで持っていった。だからここにいるのは本当の僕じゃない。僕の抜け殻なんだ。

その証拠に、チェロの音だけが聴こえなくなった。いくら弾いても、音色がわからない。チェロが弾けることを羨ましがった碧が、楽器にまつわる感覚も持っていったのだろう。それが惜しいとは思わなかった。自分が出すチェロの音を、彼女が寂しいブラックホールの中で聴いていると思えば、嬉しい気がした。

賢人はチェロを弾くことをやめた。年が明け、三学期が始まっても学校へ行くこともなかった。祖父母や母にとっては由々しき問題だった。自慢の孫、あるいは息子がチェロを捨て、学校からは弾き出される。そんなことは中塚家ではあってはならないことだった。

賢人はあちこちの病院を連れ回され、あらゆる検査や診察を受けさせられた。事故で頭を打ち、なんらかの後遺症が残ったのではないか。脳神経外科でも耳鼻科でも異常なしの診断が下された。とうとうたどり着いた精神科で、「心因性の聴覚障害」と言い渡され、長い間続いた半狂乱状態の病院巡りは終結した。母、真奈美は、自分のスキャンダル記事が尾を引いているのではないかと訝ったようだ。あの指揮者の下では、演奏をしないと賢人に誓った。

それには笑ってしまった。大人というのは、何だって原因と結果を結びつけたがる。今の状態から何かを取り除けば元に戻るとでもいうふうに。賢人のためと言いながら、実のところ、自分が安心したいだけだ。

世界はそんなに単純じゃないよ。そう言いたかったが、賢人は口を閉ざし、楽器に触れず、登校も拒否し続けた。ただ待っていた。碧が行ってしまった世界が自分を迎えに来るのを。

真奈美はうまく精神をコントロールすることができなくなり、演奏会をキャンセルした。その原因は、心を閉ざした息子にあるってことか。おかしなつながりだ。

そんな中塚家の大騒動を傍観していた雅人が、今日になってやって来た。賢人とちょっとだけ言葉を交わすと、祖父母、母と話し合うために階下に行った。

また窓の向こうから、子供の声が聞こえた。他の音はこんなに明瞭に聴こえるのに、大好きなチェロの音だけが拾えないなんて。賢人はちらりとハードケースを見やった。ケースの中のポケットには、碧のヘアピンが入っている。事故を起こした車から助け出された時、賢人はあのヘアピンを握りしめていた。碧の葬儀は賢人の入院中に行われて、彼はそれに参列することもなかった。だからあのヘアピンは賢人の手元に残った。碧のヘアピンなど、彼女の家族にとっては何の価値もないだろう。一緒に事故車に乗っていた同級生に、話を聞きにくることもなかった。

だが賢人にとっては、重い意味があった。死ぬ直前にあんなに心細そうに、落としたヘアピンを指で探っていた碧のことは、今も鮮やかに思い出すことができた。これは彼女とつながる唯一のツールだった。いわば自分がいる生の世界と、碧がいる死の世界をつなぐものだ。かけ離れているようで、実は生と死は近しい場所にあると感じていた。チェロの音を捨て、無の世界、冷たい死に惹かれている自分を意識する。

階段の下から、父の呼ぶ声がした。腫れ物に触るように扱われている今は、こんなふうに呼びつけられることはない。やはり父は父だ。のっそりとベッドを下りて、階下へ行く。応接間の前に、雅人と祖父が立っていた。開け放たれた応接間のドアの向こうで、母と祖母が寄り添っている。

「賢人、パパは来月から撮影旅行に行くんだ。それに一緒に行こう」

「行かないか」ではなくて、「行こう」だ。ちらりと祖父の顔を見る。

「行って来なさい。家に閉じこもっているよりずっといい。今、前川《まえかわ》先生にも相談したんだ。先生もそれがいいって言ってる」

前川は、「心因性の聴覚障害」と診断を下した精神科医だ。

雅人が提案した環境を変えてみるという療法に、精神科医まで巻き込んだすったもんだの家族会議が開かれたことが知れた。

「気分を変えるには最適のところなんだ」

気安く雅人が言い、応接間にいる真奈美が何かを言いかけた。祖父がそれを制した。もう何度も同じ議論が交わされたのだろう。

「最適のところってどこ？」気は進まないが、一応訊いてみた。父は息子が興味を持ったと勘違いしたのか、にんまりと笑い、口を開いた。

「小笠原諸島」

二、海の天女

どこまでも群青色《ぐんじょう》の海が広がっていた。

あまりに海の色が濃いので、却って水平線がくっきりと見える。空の青の方が、海に遠慮したみたいに薄い。空には白い雲が、ちぎれた綿のように浮かんでいた。

吉之助は、島を一望できる小高い山の頂に立っていた。

山の緑は、太陽の光を照り返すほど繁り、山裾から吹き上げてくる海風にざわざわと揺れた。名前も知らない花の白い花びらが一片《ひとひら》、風に乗って飛んでいく。

あまりに平和な光景だ。

この海を当てもなく漂流し、死を覚悟していたのは、ついこの間のことではなかったか。

あんな思いはもうごめんだった。水も食料も豊富な島に流れ着いたことは幸運だった。命の危険のない島での生活に慣れるにつれ、国に帰れる確証もなく海に出ていくことは、身震いするほど怖くなった。

しかし源之丞ら観音丸の乗組員は、船を造って海に漕ぎだし、どうやっても日本へ、陸奥国へ帰るのだと言い張る。この圧倒的な海の大きさを目の当たりにすると、吉之助にはそれがとても無謀なことに思えた。今は穏やかな海だが、五百石船を破船にしてしまうほどに牙を剝《む》く。

「伊豆国からボニン・アイランドまではおよそ二百七十里（千六十キロ）ということじゃ」

吉之助の考えを察したのか、隣に立った多十郎《たじゅうろう》が口を開く。

八丈島からでも百八十里（七百七キロ）などと口にする多十郎の口調は淡々としており、本当にこの男は帰国することを諦めているのだと感じられた。ここで長年暮らすと、望郷の念も薄れるのだろうか。それとも彼には、国に戻らないと決めた事情でもあるのか。

日本から遠く離れたこの島に、まさか日本人がいるとは思わなかった。

吉之助らが命からがらこの島に流れ着き、異人たちに助けられた後、浜に駆け付けてきたのが多十郎だった。

水を飲ませてもらい、食べる物をもらって木陰で休んだ水主たちの前に、西洋人と同じような服装をして、髪の毛を後ろでひとつにくくった男が現れた。その髪の毛は、吉之助らと同じように真っ黒だった。黒い顎髭に覆われた顔が赤銅《しゃくどう》色に日焼けしているのが、故郷の曽木村の漁師にそっくりの風貌だった。

「なんとまあ、あんたら、日本人かい」

男の言葉に、吉之助らはぽかんと口を開いた。

「こりゃあ、たまげた」

源之丞がようやく口をきいた。だが、それ以上の言葉は続かない。

男は振り返って、浜に集まった異人たちと話した。浜には、男女、子供合わせて十二、三人ほどが出てきて、漂流者たちを観察していた。

「あんた、この人たちの話す言葉がわかるのかい？」

「まあな」髭もじゃの頬を持ち上げて、男は笑った。「憶えれば簡単な言葉なんだ。わしはここにもう六年以上住んでいるからな」

「六年――」全員が絶句した。

しかし、すぐに源之丞は我に返ったようだ。つっと寄っていって、男の手を取った。

「なにとぞ、この島のこと、それから住んでいる人々のことを教えてくだされ。あなた様のことも」

男は豪快に笑った。

「あなた様たあ、とんでもねえ。わしはただの漁師だ」

「漁師――」

男は、自分は多十郎という名前だと言った。年齢は四十九だという。源之丞らも一人一人名を名乗った。

「国はどちらで？」

「土佐《とさ》国室津《むろつ》じゃ」

「で、ここは何という島なのです？」

言葉の通じる人間に出会った嬉しさを満面に浮かべ、源之丞は今まで溜め込んでいた疑問を次々に口にした。

「ここか」多十郎はにやりと笑った。「この島はボニン・アイランドという」

「ボニン――アイランド……」

吉之助を海から引き揚げてくれた西洋人の男も、そう言っていた。

「アイランドとは、島という意味じゃ。ボニンは無人がなまったものだ。無人島《むにんしま》という名を初めに日本人がつけた。異人の間でムニンがブニンになり、ボニンになったと聞いた」

「日本人が？　ではここは日本なのですか？」

源之丞が矢継ぎ早に尋ねる。

「日本の端にあるが、日本ではない」

誰もがきょとんとした。

「聞いたことはないか？　八丈島のまだずっと南にある辰巳無人島《たつみむにんしま》のことを」

源之丞が「おお」と声を上げた。

「耳にしたことがある。確かに八丈島の辰巳（南東）の方角、遥《はる》かな大洋中にいくつかの無人島の塊があるという話を。では、ここが――」

船頭としての知識が豊富な源之丞の顔には、安堵《あんど》の色が浮かんだ。どことも知れぬ島から、だいたいの位置がわかっただけでも帰路の目途《めど》が立つ。

「この島を発見した日本人の名前から、小笠原島とも呼ばれておるがな。当時、権現《ごんげん》様（徳川家康）からそう名付けるお許しを得たとの話もある。が、異人の間ではもっぱらボニン・アイランドの方で通っておるようだ」

吉之助には、初めて聞く話ばかりだった。

「八丈島——それでは、船さえ造って、海に漕ぎ出せば八丈島まで行けるんだな」

権五郎が初めて口を開いた。他の者も顔を輝かせる。

多十郎は、振り返って遠巻きにしている異人たちに何かを言った。襤褸をまとい、ザンバラ髪で痩せ衰えた幽鬼のような日本人たちを、彼らは物珍しそうに眺めていた。吉之助を助け上げてくれた男が前に出てきた。この西洋人が、島の長《おさ》のようだった。

「ジョン」彼は自分を指差して言った。「ジョン・マッカラン」

それが名前なのだとは察しがついた。西洋人の年齢はわかりにくいが、おそらく四十代かそこらだろう。他に二人、西洋人の男がいて、彼らは兄弟なのだと多十郎が説明してくれた。弟の方は吉之助と年が同じくらいの若者で、物怖《ものお》じせずジョンの横に立って自分の胸を親指で指し、「チャーリー・サンダース」と自己紹介をした。

ジョン・マッカランはアメリカ人で、サンダース兄弟はイギリス人だと多十郎が付け加えた。よその国のことなど何の知識もない吉之助らは、ただ啞然《あぜん》として聞くしかなかった。

女たちは西洋人とは違って色が黒く、がっしりした体型をしていた。誰もが難破船の乗組員を警戒している様子はなかった。子供や赤ん坊を連れているから、ここで子を産み育てているのだろう。島民たちは一応、好奇心が満たされると、ぞろぞろと浜の向こうに引き揚げていった。

多十郎も、水主たちも木陰に腰を下ろした。

「あんたらは、どこから来たんだね？」

多十郎に問われて、源之丞は陸奥国気仙沼の五百石船である観音丸が、九十九里浜沖で颶《ぐ》風《ふう》に見舞われ、破船となってこの島に流れ着いたいきさつを語った。

「そうかね。そりゃあ災難だったたな」

話を聞き終わった多十郎は素っ気なく言った。

「多十郎さんはどうやって？」

「似たようなもんさ。わしは五人乗りの小さな船で室戸沖で漁をしておった。そこでシケに遭った」

「お仲間は？」

「漂流中に皆死んでしもうた」

たいして感情も込めず、そんなふうに言った。

「で、ここに流れ着いたわけですね？　それで六年も」

しばらく源之丞は黙り込んだ。この男のように、自分たちもいつまでもここで暮らさなければならないのかと吉之助も暗《あん》澹《たん》たる気持ちになった。

「六年前にあなたが来た時には、もう今の異人たちは住みついていたのですか？」

「そうだな。西洋人の男が何人かとカナカの女たちがいた」

カナカとは、南洋の島に住む種族を表す言葉だという。無数の小さな島が、ボニン・アイランドのまだ先の太平洋には点在しているのだという。彼らの祖先はそれら南の島から渡ってきたらしい。カナカの女たちは、西洋人にとっては使用人のような存在で、彼らと婚姻関係を結び、一緒に暮らしている者もいた。だからさっき見た数人の子供は、すべて西洋人とカナカの女たちの間に生まれた。彼らは自分から望んでボニン・アイランドへ移り住んできたのだと多十郎は説明した。

「このまだずっと海の向こうにサンドイッチ（ハワイ）島という島があるらしい。そこで移住者を募って渡ってきたと聞いた。十年ほど前の話だと」

「こんな島にどうして――？」

多十郎は胸を反らして笑った。

「この島は、孤立した島ではない。異国の捕鯨船が立ち寄る。捕鯨船は長い航海をする。途中で食料や水を仕入れねばならん。ここは天然の良港だ。山間《やまあい》には清水が湧き、何本もの川となって海に注いでいる。海亀は獲《と》り放題だ。捕鯨船にとっては野菜や果物も貴重だ。ジョンたちは、そういう物資を捕鯨船に売る。逆に必要な品物があれば、彼らから買う。ここでは交易が成立しておるのじゃ」

吉之助の想像を超えた話だ。今まで生きてきて、異国の人に出会うことなどなかった。ましてや彼らに助けられることがあろうとは、一度も考えたことがなかった。

「捕鯨船――。鯨を獲る船、ですか?」

「異国の捕鯨船は豪壮じゃ。土佐国にも沿岸で鯨を獲る船があるが、比べものにならん。一度乗り込んで漁に出たら、何か月も航海する。そんな具合じゃから、世界のあちこちに補給港が必要なんじゃ」

ボニン・アイランドには、年間、何隻もの捕鯨船や軍艦、商船が寄港すると多十郎は言った。船籍は多岐にわたり、アメリカ、イギリス、スペイン、フランス、ロシア、ポルトガルと様々だという。

「日本の船は? 日本の船は来ませんか?」

源之丞が急き込んで問うた。多十郎はゆっくりと首を振る。

「日本の船には、外洋を航行するようなものはない。お前さんもわかっておろう。ここに流れ着くのは、わしやあんたらのような漂流者だけだ。それもまれじゃ。わしが流れ着いた後、日本人を見たのは今度が初めてで」

ククッという声が漏れ聞こえ、吉之助が見やると、徳松がこらえきれずに泣き崩れていた。彼は六人の子持ちで、妻は病気がちなのだと航海の途中で聞かされた。妻は夫の帰りをどんなにか待ち望んでいるだろう。他の乗組員も沈鬱な顔でしばらく黙り込んだ。

ご公儀は、外洋を航行する能力を有する船の建造を許可しない。吉之助がまだ見たことのない千石船でさえ、外海でのシケにはめっぽう弱いと聞いた。こんな遠くの島までやって来ることは到底できないだろう。

「それでは、待っていても我らは国に帰れないということですな」

源之丞は暗い声で言った後、意を決したように多十郎ににじり寄った。

「観音丸は、形を失うほど損なわれてしまいましたが、湾の入り口の岩礁には、まだ敷木《しきぎ》と戸立《とだて》の板が残っておりますゆえ、それを何とか引き揚げたいと思っております。明日から湾の中に散らばっている船材を集めます。端舟もばらします。材が揃えば、時間はかかるかもしれないが、八丈島へたどり着ける船を造ることはできます」

熱を入れて話す源之丞を、多十郎は表情を変えることなく見据えていた。堅牢《けんろう》な材でできていた船底の敷木は残っていて、それに船尾の戸立がくっついたままになっていた。敷木は航《かわら》とも呼ばれて船の中心である背骨に当たる。

横倒しになったその部分は、大きすぎてとてもじゃないが引き揚げることはできない。幸いにもがっちりと岩と岩の間に食い込んでいるので、流れていくことはなさそうだった。

「ここであなたに出会えたのも神仏のお導きです。どうか我らに力を貸してくだされ。そうすればあなたも乗せて、国に帰ることができましょう」

源之丞は、膝と膝がくっつきそうになるほど多十郎に近づいた。

「いや――」多十郎は、すっと身を退く。「わしは国に帰る気は毛頭ない」

「え？」

そこにいた全員があんぐりと口を開いて多十郎を見た。

「わしはこの島から出る気はない。ここで一生暮らすつもりでおる」

「そんな――」

誰かの口から呟き声が漏れた。

多十郎は小枝を持ち上げて、南の方角を指した。

「この広い太平洋には、ここの島民たちが船出してきたサンドイッチ諸島がある。そしてその先にはアメリカという大きな国がある。海は広い。カナカ人たちの故郷である小さな島があちこちに浮かんでいる。さっきわしが口にしたたくさんの国もある」

「じゃが、それらの国は皆日本より小さいんじゃろう?」

たまらず嘉平が質問した。ハハハと笑ったのは、多十郎だけだった。源之丞も権五郎も真剣な表情を崩さない。吉之助は藤八とそっと顔を見合わせた。誰一人として異国の知識など持ち合わせていない。多十郎が口にした異国も、本当にあるのかどうかわからない。ポルトガルという名だけは耳にしたことがあるような気がしたが。

「あんたらがここにおる間に、どこぞの国の捕鯨船でもやって来るといいが。そうすれば、いきおい、国の大きさや強さが知れる」

「とんでもねえこった」権五郎が吐き捨てるように言った。「異国のことを話題にするだけでもご法度《はっと》だ。そんな恐ろしいこと……」

「ここは日本じゃねえ」多十郎が鋭い口調で言い返す。「さっきも言ったろう？　日本の端にあるが、日本ではないと」

慄《おのの》いて口をつぐんでしまった権五郎に向かって、今度はいくぶん柔らかに言う。

「この島は日本人が見つけて名前も付けたが、長い間捨て置かれている。本土からあまりに遠いのと、たいした価値がないと判断されたのとでな。だからジョンたちが移り住んできても何のお沙汰もない。ここはどこの国にも属さない島なんだ。誰が住んでもかまわない。どんな暮らしをしようと文句を言われない。好きなように生きられる」

誰もが言葉を失った。

最果ての島に流れ着き、六年間も異人たちの間で暮らしてきて、国に帰りたくないと言う人物が信じられなかった。どれほど望郷の念に身を焦がしているかと勝手に思い込んでいた。この土佐国の漁師は、こんな寂しい島で一生を終えるつもりなのだ。

「だが、あんたらが船を造って国に帰るというなら、そうすればいい。邪魔はしない」

多十郎はさらりと言ってのけた。

島に流れ着いて十日が過ぎた。吉之助は、多十郎とチャーリーとともに、ピール島の山に登った。他の水主たちは異人たちを忌避するか怖がるかのどちらかだ。吉之助はもともと好奇心旺盛な性質《たち》で、物怖じすることもない。ジョンたちと交わって情報を仕入れてくるのは、自然と吉之助の役目になった。

ボニン・アイランドは、小さな島も入れると、数十の島が寄せ集まった群島だということだった。吉之助らが流れ着いたのは、その中で一番大きなピール島という島だという。だが、こうして全景を眺めてみると、面積は思っていたよりも小さいようだ。湾の名前はポート・ロイド。「ポート」は港を表す言葉だ。異人たちが付けた地名も少しずつ憶えた。

「この島はどれほどの大きさなのですか？」

「周囲が十五里（五十九キロ）ほどじゃろう。人が住んでおるのは、ポート・ロイドの周りだけで、後は人の行かない浜や深い森ばかりだ」

ポート・ロイドは、きれいに湾曲した天然の入江だ。湾の入り口の荒磯に白い波が当たって砕ける。

吉之助は眼前に広がる豊かな海を見渡した。

「キチ！」

チャーリーが、ぽんぽんと肩を叩く。吉之助という名前は異人には発音が難しいようで、島では「キチ」で通っている。

「あっちを見てみろ」というふうに指差している。真後ろを振り返ると、別の島が見えた。かなり近い。が、ポート・ロイドのちょうど反対側なので、山頂まで来ないとそこに島があるとはわからなかった。

「ホッグ・アイランド」

チャーリーが教えてくれた。アイランドは島を表す言葉だと学習したから、ホッグ島ということだ。ピール島との間の海峡は狭いが、恐ろしいほど暗い色をしている。相当の深さがあると知れた。ホッグ島は険阻な島で、上陸する場所も見当たらない。人が住んでいないというのも頷ける。十二里（四十七キロ）ほど南にあるベイリー島には、ピール島から渡った一家族が住んでいるらしいが、他のホッグ島、キッド島、ケタイ島と名付けられている周辺の島々には、今のところ人は住みついていないようだ。

多十郎の提案で山に登ってみて、この島の様子がよくわかった。そう高い山ではないが、浜辺とはまた違った様相だった。山間部には、鶯《うぐいす》のような可愛《かわい》らしい鳥がいた。ヒヨドリも鳩《はと》もいるが、やはり色が日本のものとは違っていた。ここには大きなコウモリもいるのだ、と多十郎は言った。

あちこちに渓流があり、水が豊富な島なのだと窺《うかが》い知れた。川は山を流れ下り、海に注いでいる。樹木の種類も多かった。棕櫚《しゅろ》の木が一番目についたが、柏《かしわ》、ビロウ、ムクロジ、朴《ほお》の木も生えている。桑は二抱えも三抱えもある大木だ。見たこともない南洋の木もあって、タコの足のように根が縦横無尽に伸びているもの、シダが巨大化して木になったようなものもある。タコの木には不思議な形の実が生《な》っていた。

椰子《やし》の木にも実が生っていた。椰子の実の汁を発酵させて、カナカ人は椰子酒を作るという。口当たりのよい酒で、島内でも重宝がられるが、船乗りの間でも知られている。捕鯨船が来た時には、いい値で取引されるのだと多十郎は言った。

島でトゥバと呼ばれている椰子酒作りは、カナカ人たちが、生まれ故郷の島から持ち込んだ製法によるのだという。カナカの女たちは陽気で気のいい者ばかりで、すぐに吉之助とも馴染んだ。彼女らに身振り手振りで名前を問うと、「ニキ」だの「ナウリ」だのと変わったものが多かった。

「どこから来たのか」という問いには、それぞれ耳慣れない名を口にした。「バナバナ」とか「ネンゴネンゴ」と言う。きっと生まれた島の名前なのだろう。カナカの言葉には、繰り返し言葉が多い。彼女らは、小さな島が寄せ集まった南の海から来たらしかった。西洋人とカナカ人は、別の言語を使っているようなのに、不思議と意思の疎通はできている。どうやら違う民族同士で話すための簡易な言語がここには存在するようだ。

多十郎が「憶えれば簡単な言葉なんだ」と言った言語のことだろう。彼によると、誰でもすぐに習得できるよう、アメリカ人やイギリス人の使う英語を簡略化し、他国出身の住人の言語も取り交ぜた、いわばボニン・アイランドだけで発達した言語だという。航海が盛んになって開かれ、多くの人々が集まった地域では、よく見られるあり様だと多十郎はジョンから聞いたらしい。

吉之助も早くその言葉を憶えたかった。人懐っこいカナカの女たちと身振り手振りではなく、自由に話してみたかった。彼女たちには、どこか漁村に住まう日本人の女を彷彿《ほうふつ》とさせるものがあった。

背が低く、浅黒い肌に、ふくよかに肉を蓄えた体軀《たいく》の女たちは、よく働いた。西洋人たちは、初めから労働力として彼女らを雇い入れ、連れてきたのだろう。ただ奴隷のような低い身分ではなく、使用人という立場だ。サンドイッチ諸島では、そういう関係は普通に存在し、少ないなりにも報酬が支払われるという。

「大海原を小さなカノーで渡って、あちこちに住みついた祖先を持っておるからな。カナカは海の種族じゃ」多十郎は説明した。

西洋人もカナカ人も、丸木舟のことを「カノー」と呼ぶ。一本の木をくり抜いて作るのだが、それでは安定性に欠けるから、丸太の胴体の側面に二本の角材を支えに浮き板が取り付けてある。舟の両側に浮き板があるものも、片側だけに取り付けているものもあった。

「アメンボのようじゃ」と藤八はうまいことを言った。

カノーは、島の海上交通には欠かせないもののようで、西洋人もカナカの女たちも巧みに乗りこなす。羽子板のような櫂《かい》で漕ぐのだ。

十日の間に、吉之助が獲得した知識は多かった。流れ着いた浜近くから動こうとしない観音丸の水主たちを尻目に、島のあちこちを歩いた。毎日新しい発見があった。

「さあ、もう下りよう」

多十郎が吉之助には日本語で、チャーリーには島の言語で声を掛けた。チャーリーが「オーライ」と答える。三人はもと来た道を引き返した。

道々先頭に立つチャーリーに、木々の名前を尋ねる。

「ワッツネーム」というのがものの名前を問う言葉だ。一本一本の木を指して、「ワッツネーム」を繰り返す。

チャーリーは面倒がらずにいちいち答えてくれる。早く言葉を憶えたくて、吉之助は耳に入った言葉を聞いた通り繰り返した。

「シャータック」「マルベリ」「ヘンハーム」「ロースード」「ヤロード」

吉之助の口真似《くちまね》に、多十郎が笑い声を上げた。きっと聞き間違えているものもあるのだろう。それでも気にはならなかった。子供が言葉を憶えるように、何度でも繰り返して憶えるしかない。

頭の上を、黒い背に白い腹の大きな鳥が飛んだ。あれはカツオドリという鳥だと多十郎に教えられた。南にしかいない鳥だ。

チャーリーは空を見上げて鳥を指差し、「ブーベ」と言った。

チャーリーの兄、ロバートが、使っていないカノーを一艘《そう》貸してくれた。

チャーリーの手ほどきで、操り方も憶えた。この島で唯一の独身男、チャーリーとは年も近く、気が合った。彼と過ごすことで、吉之助の言語能力は少しずつ高まった。向こうも面白がって吉之助の口真似をする。吉之助がジョン・マッカランと相対した時、腰を折って「へえ、へえ」と言うのを真似して、お辞儀をしながら「へえ、へえ」と言う。ひょうきんなチャーリーの仕草に、ジョンやロバートやその妻たちは笑い転げた。

ここの海は豊かで、磯で三尺（九十センチ）もあるエビやタコが素手で獲れる。ナマコもいる。岩にはカサガイに似た貝がたくさん貼りついていた。驚いたのは、多くの海亀が浜に上がってきていることで、まったく人を恐れなかった。誰でも簡単に捕まえることができる。カナカの女たちは、それをさばいて鍋に放り込んで、豪快に塩煮にして食べている。

飢えていた日本人らもそれに倣って、食料を調達した。西洋人たちは豚や山羊《やぎ》を家畜として飼っていて、それも食料にしているようだが、獣肉を食うよりは、まだ海亀の肉を口にする方がよかった。恐る恐る口にした海亀の肉は、淡白で臭みもなくうまかった。

何か月も餌を与えないでも生きる海亀は、航海者にとっては新鮮な肉として重宝されていて、生きたまま捕鯨船に積み込まれていくのだという。

藤八は、魚の骨を細工して釣り針を作り、釣りを始めた。色鮮やかな魚が次々に釣れた。海藻もふんだんに採れ、甚三郎が作るごった煮の内容は日々変わって、飽きることがなかった。

カノーを手に入れて、吉之助の行動範囲はぐっと広がった。ポート・ロイドを横断し、多十郎の住処も何度も訪問した。ジョンやチャーリーが住む集落《コロニー》とは別に、ポート・ロイドの南には、もう一つ集落がある。そこに多十郎の家もあった。異人たちは、ポート・ロイドの北の端に位置するジョンたちの集落をヤロービーチ、南の集落をダウンザベイと呼んでいた。

平べったい櫂で海水を掻いて進むカノーは、まことに理に適《かな》った乗り物で、一人か二人を運ぶなら日本の伝馬船《てんません》などよりよほど速い。幅が二尺五寸（七十五センチ）ほど、長さが九尺（二・七メートル）ほどの細長さなので、波の抵抗を受けないせいだろう。カノーは、波の穏やかなポート・ロイドの水面を、するすると進んだ。

気持ちのいい風が、散切《ざんぎ》り頭をなびかせた。

漂流している時に、神仏に祈りを捧《ささ》げるため、髻を切った。そのまま月代《さかやき》も剃《そ》らず、髪の毛はぼうぼうに伸び放題だった。ピール島の男たちの髪型は短い散切りで、頭の後ろは剃ってあった。カナカ人の女は、髪を輪のようにして結い上げ、木やべっ甲の大櫛《おおぐし》を挿していた。

ここには髪結いもいないから、同じ散切り頭にするしかなかった。

最初は抵抗していた権五郎や甚三郎も、源之丞がジョンに借りたハサミでさっぱりした頭になったのを見て諦めたようだ。お互いの髪の毛を切り合い、剃刀《かみそり》で髭もあたった。

「こんな頭では国に帰れん」

権五郎はしばらく嘆いていた。

南の島も夏に向かい、さらに気温が上がってきた。山の中からは、蟬《せみ》の声が響いてくる。散切り頭はここの気候に合っていた。

吉之助は、ピール島の状況がだいたい頭の中で整理できた。自分の足で歩き回り、拙い島言葉を操って人々と話す。疑問に思うこと、詳しく知りたいことは多十郎に頼った。

二つの集落に分かれていても、まとめ役はやはりジョン・マッカランで、ヤロービーチには、ジョンとその家族(カナカ人の妻と二人の子供)が住み、カナカ人三人を雇っていた。チャーリー・サンダース、チャーリーの兄のロバートとその家族(カナカ人の妻と四人の子供)の家では、カナカ人の使用人は、一人が子守り、あとの一人は家事を受け持っていた。

湾の向こうのダウンザベイには、デンマーク人のカール・ニールセンとその家族、イギリス人のトーマス・タイラーとその家族が住んでいる。トーマスの妻アナは、カナカ人とスペイン人の血を引いているということだった。サンドイッチ島の生まれで、伯母とともにボニン・アイランドへ渡ってきたが、伯母はここの生活に馴染めず、早々に引き揚げたらしい。アナは残ってトーマスと結婚したのだった。次々に七人の子を産んだ。二人が赤ん坊の時に死んでしまったので、今は五人の子を育てている。

それからマリアというイタリー人の女と、五歳の息子エンゾがいる。マリアは美しい女で、見事な金髪を長く伸ばしている。親子ともに緑色の瞳を持っていた。

「マリアとエンゾは、二年ほど前に捕鯨船から逃げて来たのを、カナカ人がかくまった。そのまま居ついている。その後、何度もアメリカやヨーロッパの船が来たのに、いっこうに去ろうとせん」

多十郎はそう説明した。寄港するのは、友好的な船ばかりではないらしい。

「まあ、ずっと平和にやってきたというわけではない。時にはひどい奴《やつ》らがやって来て、理不尽な行為に及ぶこともある。そういう時は、自分らで解決しなければならん。そこはやっかいだ。なんせ、ここは太平洋のど真ん中なんじゃから。誰も助けてはくれん」

それを聞いて源之丞らは、ますます自分たちで船を建造しようという思いを強くした。

船を造り直して国に帰りたいという希望をジョンに伝えると、彼は目を丸くした。

「あれほど壊れてしまった船を造り直すのは無理だ。そんなことをしなくても、どこかの船に乗せてもらえばいい。そうすれば日本へ送り届けてもらえる」

多十郎が通訳すると、源之丞も権五郎も激しく首を振った。

「異国の船に乗るわけにはいかん」

「そうじゃ。どこへ連れて行かれるかわかったもんじゃない。よその国で奴隷のように働かされるに決まっておる」

「そんな――」

真に受けた徳松は震え上がり、甚三郎は吉之助を見据えてゆっくりと首を振った。藤八と嘉平も不安そうな顔をした。

源之丞は、過去に漂流者が異国の船で送り届けられた事例のことを聞き及んでいた。ご公儀により、厳しい取り調べがある。海外渡航を試みたのではないか、異国人と接している間に、耶蘇《やそ》教に染まったのではないかと、それはもう生きた心地もしない御改《おあらた》めだ。せっかく生きて帰ってきたというのに、着いた港の御奉行所に何か月も留め置かれ、お役人からまったく割に合わない扱いを受けるのだ。中には疑いが解けず、牢《ろう》につながれたまま長い年月を過ごす者もいる。

そうまで言われると、吉之助も他国の船に助けてもらうという選択肢を捨てざるを得なかった。見も知らぬ異国人が、親切に日本に船を向けてくれるという保証もない。多十郎の話では、荒くれた乗組員が島で乱暴を働いたこともあるというではないか。

広い世界を見てきた西洋人たちは、閉じられた国で暮らしてきた日本人の気質が理解できないのだ。厳しい身分制度に縛られ、生まれ落ちた環境を受け入れて生きていくしかない。気軽に「外国の船に乗せてもらえば」などと口にするジョンには想像もできないことだろう。

「どんなみすぼらしい船でも、我ら自身の手で造り上げて、それに乗って堂々と国に帰ろう」

「そうだ、そうだ。わしは端《はな》からそのつもりだ」

権五郎の一言で、すべては決まった。

日本人である多十郎には、水主たちの気持ちが理解できたに違いない。そっと首をすくめてため息をついた。

吉之助がピール島の中を歩き回っている今も、源之丞たち年長者は、船を造る算段をしているはずだ。七人が乗るだけなら、三十石船を造れば間に合う。

一番近い八丈島まで到達できれば後はなんとかなる、と源之丞は言った。

「三十石船なら、長さが二十尺（六メートル）もあればよい」

山裾にもたくさん生えているヤロードの木《き》を伐り出してきて、横になれるだけの簡単な造りの家を建てた。鋸《のこ》や鉞《まさかり》はジョンに借りた。鋸は日本のものと違い、引かずに前に押して切るのだ。

ジョン・マッカランの家は、手作りにしてはなかなか立派なものだった。四本の柱で支えた屋根は、勾配がついている切り妻造りで、丈夫そうな植物の葉で葺《ふ》いてあった。間取りは二間。手前が食事をしたりくつろいだりする部屋で、奥が寝室になっている。寝室には、大きな寝台が置いてあり、真菰《まこも》のようなもので織った敷物が敷いてあった。床は二間とも板敷で、かまどのある台所は外にあった。

どうせそう長くは住まないのだからと、観音丸の乗組員たちは小屋といってもいいような一間だけの家を建てた。漁村の浜にある苫屋《とまや》に似ている。端舟で運んだ伊勢神宮の御祓いを柱の高いところに掲げ、朝晩、皆で拝んだ。全員が揃って国に帰れるよう、心を込めて祈った。

雨に何度も降られたせいで、屋根のある場所で眠れる有難さが身に沁みた。ここでの雨の降り方はすさまじく、初めての豪雨に遭遇した時は、ジョンが所有する納屋に駆け込んだものだ。それに地べたに寝ていると、大きなヤドカリが這ってきて、仰天して飛び起きるということがあった。体格はいいが、割合気の小さい嘉平は仰々しいほど大声を上げた。

多十郎は笑って、「あれも焼いて食うとうまい」と言った。

ヤロービーチ周辺からほとんど出ない観音丸の乗組員とは違い、吉之助はポート・ロイドを渡って二つの集落を何度も行き来した。どちらの集落でも、全員と顔見知りになった。

ダウンザベイで特徴的なのは、カナカ人が共同生活している家があることだった。西洋人の家と違い、簡素な高床式の家だが、かなり大きな造りだ。そこでカナカ人の女十四人が暮らしている。彼女らは家のことをウトとかウットゥと呼んでいる。女性の共同屋という意味らしい。こうして島に来た時から、助け合って暮らしているという。共同屋から雇われた家に出向いて労働をする。子守りなどで雇い主の家に泊まり込むこともあるが、基本的にはウトで寝泊まりをしている。

南洋の習慣によるカナカ人だけの閉鎖的な空間というわけでもなさそうだ。なぜなら、マリアとエンゾもここで暮らしているからだ。男子禁制ということもなく、吉之助が訪ねてい

く と中に招き入れてくれる。戸口で「アロウハ」と声をかけ、片手を挙げて挨拶する。帰る時も同じ挨拶をする。「アロウハ」はどんな時にも使える挨拶言葉だ。

吉之助がマリアと親しくなったのは、彼女が観音丸からこぼれ落ちて海底に沈んでいる荷物を拾い上げてくれたからだ。吉之助は、岩礁に挟まったままの敷木を時々見に行った。海の中に入って、どうにか外せないものかと思案している時、海底を見ると、白い砂の上に瓶や鍋や釜、斧などが点々と散らばっているのが見えた。小さな黒いものは、舟板を留めていた船釘《ふなくぎ》に違いない。水が澄んでいるから、よく見えた。あれを取って来られたら、船造りにも勢いがつく。

源之丞に伝えると見には来たが、水面に浮かび上がって首を振った。

「あれは到底潜っていけるとこじゃねえ。諦めろ」

深さは十三尋《ひろ》（二十三メートル）はありそうだった。年季の入った海女《あま》でもなかなか潜っていける深さではない。長い棒を持って潜ってみたりしたが、無理だった。

その話を多十郎にすると、マリアに頼めばいいと言う。自分が話をつけてやると請け合った。

「マリアは、イタリーで素潜り漁をしておったそうな。そのせいで、深く潜ることができる。あんな頼りなげな体の西洋の女に、そんな能力が備わっているとは思えなかった。

マリアに話を通しておいてやろう」

半信半疑だったが、「たのんます」と軽く頭を下げておいた。

ところがエンゾと一緒にカノーに乗ってやってきたマリアは、いとも簡単に海底に散らばったものを拾い上げてきた。それには度肝を抜かれた。

場所を教えるために海に入った吉之助が、立ち泳ぎをしている前で、マリアは紐《ひも》を通した小さなメガネをかけた。両目をぴったりと覆う磯メガネというもので、水圧から目を守る道具だという。その他に、腰には石の重りを巻き付け、鯨のヒゲに植物の繊維を編み込んだ足ヒレをつけていた。

海面をぐるぐる回っていたマリアは、目標を定めたように動きを止め、ゆらりと浮いた。そのまま、体をくの字に曲げ、頭を下にしたかと思うと、一気に潜っていった。

藤八が美しい海女をよく見ようと、岩を伝って最先端まで出てきた。

マリアの白い体は、一気に沈んでいく。何の迷いもない。足ヒレが滑らかに上下に動き、力強く水を蹴っていく。あっという間に彼女の姿はおぼろになる。青に溶け込む。立ち泳ぎをする吉之助と岩の上の藤八は、瞬《まばた》きもせず、じっと海面に目を凝らした。かなりの時が経ったように思われた。自分たちも海辺で育った漁師の子だ。人間がどれくらい海に潜っていられるかは見当がつく。

「キチやん……」

藤八が不安げに呟いた。その時、深みに影が見えた。見えたと思った途端に、それは浮上してきた。最後は腕のひと掻きで、マリアが海面に顔を出した。

「マンマ！」

嬉しそうに浜からエンゾが叫んだ。

マリアは腰に付けた、これも何かの繊維で編んだ袋を差し出した。

「おお！」

中には船釘がいくつも収まっていた。それを取り出せ、というふうに身振りで示し、マリアは立ち泳ぎしている。大事な釘を一本たりとも落とさないよう、注意して吉之助は取り出した。八本の釘を藤八に渡す。彼も大事に包み込むようにしてそれを受け取った。波がかぶらない岩の上に格好の窪《くぼ》みがある。そこにそっと納めた。

マリアはまた海に潜った。体がくるりと下を向き、形のいい尻が見えたと思うと、足ヒレの先がわずかに海面を叩いた。無駄のない動きでマリアは海底まで到達する。そんなふうに何度も往復して船釘を拾ってきてくれた。最後には、沈んでしまっていた瓶や斧、包丁や砥《と》石《いし》まで拾い上げてくれた。割れた硯《すずり》もあった。斧は、帆柱を切り倒した時に使ったものだ。

マリアはしなやかな水棲《すいせい》動物のように身を翻し、どこまでも潜っていく。足ヒレが体から生えているかのような美しい動きを、海面から吉之助は見ていた。長い金髪が背中で揺れる。

「天女のようじゃ。海の天女──」

岩の上で藤八がぽつりと呟いた。

驚いたことに、彼女は細い岩に絡みついていた綱も巧みに解いて持ってきた。

綱はかなりの長さがあった。海水に浸かっていたにしては丈夫だった。綱に油を塗り込んで手入れをするのは、下っ端の吉之助と藤八の仕事だったのだ。吉之助は、イチかバチか、岩に挟まったままの敷木に結び付けてみることにした。浜にいる連中全員で引けば、もしかしたら引き揚げられるかもしれない。

一人で作業をしていると、吉之助の意図を汲み取ったマリアが手を貸してくれた。波が叩きつける岩場で、マリアは滑らかに体をくねらせて、敷木の下を何度もくぐって綱を敷木に結び付けてくれた。

吉之助が綱の端を持って浜まで泳ぐ。二本の綱の端を、観音丸の乗組員と集まってきた西洋人やカナカの女までが引いた。少しずつ敷木が浮き上がった。マリアは岩の間に入り込み、太い木材を下から押した。

吉之助も同じように海に潜って敷木に手を掛けるが、岩の間を激しく出入りする波に翻弄されて身動きがとれない。そばの岩にしがみついて、挟まった敷木をどうにか外そうとするマリアを見ているしかなかった。マリアは海の中でも冷静で、波が船材を押し上げる瞬間を見計らって力を入れた。何度か同じことを繰り返すうち、太い木材はぐらりと動いた。

浜の人々が掛け声を合わせて一気に引いた。敷木は跳ね上がるように岩から外れた。勢いよく回転した船材の端が当たりそうになって、マリアが素早く身を翻したのが見えた。

「危ねえ！」

無数の泡の向こうにマリアの姿が消え、吉之助は思わず叫び声を上げた。途端にがぶりと海水を呑《の》む。岩から手が離れた。肺から急速に空気が抜けていく。

海底に向かって落ちていく吉之助を目がけて、下から弾丸のようにマリアがやってきた。腕を取られ、勢いよく引っ張られた。海の上に顔を突き出して、吉之助は喘《あえ》いだ。すぐそばにマリアの顔があった。

「すまねえ」

照れくささに、つかまれた腕をそっと外した。

浜の方から、源之丞たちが上げる歓声が聞こえた。敷木はするすると浜に向かっていく。敷木の材質は樟《くすのき》だ。樟は硬さがあり、海水に浸かっていても腐食に強い。だが、海中に没していた部分は、ひどく傷んでいた。岩に激突した時に裂けてしまったらしく、切り落とすしかなさそうだった。それでも残った材で、三十石船の航なら充分間に合うはずだ。敷木が挟まっていた岩の中ほどに錐《きり》と曲尺《かねじゃく》が落ちていた。それをまたマリアが拾い上げた。思いもよらない収穫だ。浜に持って行くと、早速徳松が曲尺を敷木に当てて測った。

敷木を船底材とし、両側に棚板を取り付けて船体を造り上げていく。板を何枚も接《つ》ぎ合わせる技術が必要な工法だった。藤八は、着物に包んで持ってきた船釘を、芭蕉《ばしょう》の葉の上に並べて数を数えた。全部で三十八本あった。おそらく充分とは言えないだろうが、これを活用するしかない。

それにしても、細い体からは想像もできないマリアの素潜りの能力には舌を巻いた。異人を嫌っていた水主たちも、マリアの働きには感謝するしかなかった。

「あんなに深いところに潜れるとはなあ。魚の親戚かもしれん」

嘉平は能天気にそんなふうに言った。

それ以来、吉之助はダウンザベイを訪ねると、ウトへ足を向けるようになった。

マリアはいつもいるわけではない。自分専用のカノーに乗って、素潜り漁をしていた。その間、エンゾはたいてい浜に出て遊んでいた。トーマス・タイラーの五人の子供といつも一緒だった。物怖じしない子供たちは、吉之助の姿を認めると、「キチ!」と呼びかけて走り寄って来た。

子供たちの拙い言葉は、吉之助の言語能力に見合っていて、よく理解できた。だが、それぞれの家庭に戻ると、両親の母国語で流暢《りゅうちょう》に会話をしていたりする。

ボニン・アイランドでは、出身地などあまり意味がないと、吉之助は理解するようになった。ありとあらゆる国からやって来た人々は、ここで一定の秩序を持って生活している。ヨーロッパから来た人もいる。ジョンはアメリカ人だ。カナカの女たちは、多くの島からの寄せ集めだ。そこに漂着した日本人が加わったとしても、何の問題も起こらなかった。全員が海を越えてやってきた民族だ。そこのところだけが共通している。それだけで充分なのかもしれない。

自由に生きられるから、日本に帰るつもりはないと言った多十郎の気持ちが少しだけわかった気がした。

エンゾは、白に近いほどの金色の髪に、緑色の瞳をしていた。トーマスの子供は、アナからきたカナカ人の血が流れているので、小麦色の肌をして、やや縮れた黒っぽい髪の毛をしている。

エンゾの特徴は、すべて母親から受け継いだものだ。波打ち際で遊んでいると、マリアがカノーで帰ってくることがあった。ポート・ロイドの外の海岸で漁をしてきたのだろう。カノーの中には、大きなエビや銛《もり》で突いた魚などが載せられていた。収穫物を下ろし、ゆっくりとした歩調でやってきたマリアは上背《うわぜい》があり、手足もすらりと長かった。瞬きをするたび、瞳を縁どった長い睫毛が上下する。エンゾが母親に向かって走っていく。マリアも腰を落として息子を抱き締めた。

いったいこの親子は、どういう事情でここに来たんだろうと、吉之助は思った。母国も様々なら、背景も様々なのだろう。とにかく、マリアが息子をこの上なく愛しているのはよくわかった。マリアは我が子の金色の髪の毛に唇をつけて、「マイ・ボーイ」と囁《ささや》く。そうされたエンゾは、輝くばかりの笑顔を見せて、母親の首に腕を回すのだった。

やがてマリアは立ち上がり、エンゾの肩に手を置いて、「ハイ、キチ」と微笑む。一緒に海に入って、敷木を引き揚げるという作業をして以来、マリアは吉之助と気軽に口をきくようになった。

ぴったりと貼りついた申し訳程度の布の向こうに、マリアの体が見てとれた。豊満ではない。たいして筋肉もついていない。無駄をそぎ落とし、ただ海の中で動くためだけに適した体。吉之助の村の近くには、潜水してアワビやウニを採る海女もいたが、彼女らは冷たい海に潜るため、皮下脂肪を蓄えた厚い体をしていた。マリアは温暖な気候の海に潜っていたのだろう。

いつだか、「どこから来た?」と問うと、そばかすの浮いた頰をにっと持ち上げて「サルジーニャ」と答えた。

それがどこにあるのかわからない。そもそもイタリーという国も知らないのだ。

海から上がったマリアの黄金《こがね》色の髪から、海水が滴り、まろやかな背中を流れ落ちた。マリアは長い髪をねじって絞った。光り輝きながら滴る水滴を、吉之助は眩《まぶ》しい思いで眺めた。

初めて異国の捕鯨船を見たのは、吉之助がボニン・アイランドに来て二か月余りが過ぎた頃だった。照りつける日差しは強烈で、北国の出の観音丸の乗組員たちはすっかり参っていた。特に年を取った甚三郎の憔悴は激しく、飯の支度は嘉平が引き受けた。獲れたものを、ただ塩煮にするか、焼くかだけの料理法しかなかったから、誰がやっても同じようなものだった。

一度、藤八が川で大鰻《おおうなぎ》を捕まえた。甚三郎に精のつくものを食べさせられると、嘉平が張り切ってさばいた。しかしそれも塩水に浸けて焼くしかなかった。

「ああ、醬油《しょうゆ》があればなあ！」

身の厚い鰻を食べながら藤八は嘆いたものだ。

捕鯨船は突然現れた。

ダウンザベイの先は小高い山を擁する岬になっている。岬の付け根に当たる部分には、大きな天然の洞窟があった。この洞窟は硬い岩を貫通しており、向こう側の海岸へ通じている。天井までの高さは八間（十五メートル）ほどもある壮大なもので、海水が流れ込んでおり、カノーで通過することができる。

島の住人は、洞窟を抜けていき、その先の海岸で漁をした。

吉之助もカノーを自由に操れるようになってからは、何度もその天然の洞門を抜けた。ダウンザベイに向かってカノーを漕いでいる時、洞窟越しに、何か大きなものが見えた。はっとして櫂を漕ぐ手を止めた。

海の上を動く大きなもの——それは大型船に他ならないのだが、長い間、そんなものを見なかったせいで、幻でも見ているような気がした。

やがて岬の突端を回って捕鯨船が現れた。その時になっても、吉之助は呆然とカノーの中に座っているきりだった。みるみるうちに捕鯨船は近づいてきた。ポート・ロイドの中に入ってくる。見たこともない大きな船だった。三本の帆柱が立っていて、帆は風を受けて大きく膨らんでいた。日本の船のような三角形の帆ではなく、台形の帆がいくつかに分かれて張られていた。

舷側に五、六隻の平底船が積んであるのが見えた。はためいている国旗らしきものが見えたが、もちろんどこの国のものかは吉之助には判断できなかった。

見上げるほど近づいてきた捕鯨船は、ポート・ロイドの沖で碇を下ろした。

その頃になって、やっと吉之助は我に返った。

「こりゃあ、大事《おおごと》じゃ」思わず独りごちた。

あの大きな船の前を横切ってヤロービーチまで帰る気にならず、とりあえずダウンザベイの浜にカノーをつけた。ウトからカナカの女たちが出てくるところだった。

特に緊迫した表情ではない。のんびりと浜に立って様子を窺っている。アナが末子を抱いて家から出てきた。他の子供たちもその後に続く。

「木綿の布を持っていないかしら。子供たちの洋服を作ってやりたいから」

最後に出てきた夫に向かってそんなことを言う声が聞こえた。吉之助もそれくらいの会話は聞き取れるようになっていた。

捕鯨船からは一隻の平底船が下ろされ、岸に漕ぎ寄せた。ヤロービーチの浜にも島民が出てきて、待ち受けている。上陸してきたのは五人の異国人で、ジョンと浜に立って話し合っている。

吉之助の背後ではカナカ人たちが、リーダー格のイロジ・ラエの指図で忙しく働き始めた。椰子酒トゥバを始め、捕鯨船に売れそうなものを取り揃えているのだろう。急いで海亀を獲りに出て行く者もあった。

女たちにカナカの言葉であれこれと指示を出すイロジ・ラエは、でっぷりと太った貫禄《かんろく》のある老女だ。彼女は頑《かたく》なに島の共通語を憶えようとしない。草木の汁で染めた模様入りの布を体に巻き付け、サメの骨をくり抜いてつくった腕輪をしている。首には、小さな巻貝の殻をつなげて作った首飾りが下がっている。巻貝には鮮やかな橙《だいだい》色の筋が波打つように入っていて、イロジ・ラエが動くたびにジャラジャラと鳴った。

浜辺では、興奮したトーマスの五人の子供たちが騒いでいる。

そこにエンゾの姿がなかった。いつもなら、一番に出てきて騒ぎそうなものなのに、おかしいと思い、ウトに近づいた。ウトの入り口の暗がりにエンゾの姿が見えた。顔を突き出そうとしてイロジ・ラエに怒鳴られ、首をすくめた。すかさず後ろから引っ張られ、奥に消えた。ちらりと見えた腕は、マリアのものだった。

多十郎がやって来て、吉之助のそばに立った。

「あれはイギリスの捕鯨船じゃ」国旗を見てそう言う。「たぶん、前にも来たことがある船のようだ。ジョンと交渉を始めておる」

遠目にジョンが、彼らを自分の住まいの方に案内するのが見えた。どうやら友好的に話は進んでいる様子だ。

「まず大量の水を欲するだろう。それから食料を積み込むはず」

多十郎はそこまで言うと、自分の家に取って返した。こういう時のために、多十郎はたくさんの魚や海藻の干物をこしらえてある。それらは異国人には珍しがられ、長持ちするので重宝されるという。去る前に、吉之助を振り返って言った。

「ぼうっとするな。お前たちだって交易に参加できる。とりあえず山に入って果物でも採ってくれれば、何か必要なものと交換してくれるぞ。捕鯨船はたいてい二、三日は滞在するはずだからの」

そこで吉之助も我に返った。少しの帆布でも、板切れでも手に入れば有難い。

急いでカノーに乗り込み、ヤロービーチに戻った。捕鯨船の前を横切る時、その威容に再び目を見張った。今は三本の帆柱に帆はない。湾に入ってきた後、巻き取られたようだ。さっきまで風をはらんでいたのに、その素早さにも驚く。高い帆柱からは無数の綱が下に向かって伸びており、帆柱に上るための横木が整然と並んでいた。帆柱の上部には、人が立って遠くを見渡せる小さな見張り台までついていた。甲板では大勢の水夫が働いていた。太平洋のような大きな海を縦横無尽に渡っていける船だと知れた。

吉之助にとっては、観音丸が知り得る最大の船だったが、五百石船が足元にも及ばない豪壮さだった。前に多十郎が「どこぞの国の捕鯨船でもやって来れば、いきおい、国の大きさや強さが知れる」と言った意味が身に沁みてわかった。

ヤロービーチの浜にカノーを乗り上げた。

チャーリーが兄に命じられて、飼っている山羊と豚を囲いから引き出していた。カナカの使用人は、鶏と洋鴨《バリケン》を蔓《つる》で編んだカゴに押し込めていた。ジョンとイギリス船の交渉から、彼らが食料として買ってくれることになったのだろう。

水主たちの姿は、浜には一人も見えない。急いで自分たちの家に向かおうとすると、後ろからチャーリーが呼び止めた。

「お前の仲間は、皆、山の中に逃げたぞ」

「なぜ？」

「知らん。捕鯨船が見えた途端に、何もかも放り出して走っていった」

おそらくは大きな捕鯨船に肝を潰し、大慌てで身を隠したのだろう。自分たちに害を及ぼすのでは、と不安にとらわれたのだ。山に分け入る道の方に足を向けると、こんどはロバートに声を掛けられた。

「捕鯨船は、海亀を積めるだけ積んでいきたいと言っている。お前も海亀を獲ってこい。言い値で売れる」

早くしないとダウンザベイの住人やウトのカナカ人たちに先を越されると、長い棒の先に鉤《かぎ》の付いた道具を貸してくれた。これを海亀の首に引っ掛けて引き揚げるのだ。

海亀漁は何度もやったから、要領はわかっている。

それをカノーの中に置き、山道を登った。以前、多十郎とチャーリーとで登った山の頂へは、何度も登って慣れたこともあり、四半刻《しはんとき》（三十分）もかからず到達できた。山頂に固まっていた水主たちは、吉之助の顔を見ると、安堵の表情を浮かべた。特に藤八は、くしゃりと顔を歪めて飛びついてきた。

「よかった、キチやん。あいつらに連れていかれたかと思うたぞ」

「バカなことを言うでねえ。あれはイギリスの捕鯨船じゃ。船をこさえるのに役に立つ材料が手に入るかもしれん」

「いや、危ねえ。あの船が去るまでは、ここに隠れておった方が賢明じゃ」

「ここなら浜の様子がよう見えるでな」年長者は口々に言った。

この島にいたのでは絶対に得ることのできない貴重なものが手に入るかもしれないのに、と吉之助は歯噛みしたい気持ちだった。

「なら、浜には下りなくていい。俺が交渉する。皆は山の中の果実をもいで集めておいてくれ」

ああいう船は新鮮な食物が何より欲しいのだ、と説得して、山を駆け下りた。捕鯨船からの注文を聞いたらしい島民たちが、こぞってカノーに乗り込んで、海亀漁に出ていた。ポート・ロイドの海岸だけでなく、人の住まない海岸沿いにも、多くの海亀が群れていた。特に今は雌亀の産卵期に当たるので、ボニン・アイランドの海岸近くに寄ってきていると聞いた。カノーを漕いで、ポート・ロイドを出た。ダウンザベイの岬の洞窟を抜けた南の海岸もいい漁場だが、そちらにはもう別の島民が向かっているだろう。吉之助は逆に北に向かった。ポート・ロイドの反対側、ホッグ島に面した海岸にも海亀が群れていることを知っていた。あまり人の行かない海岸なので、砂浜を埋め尽くすくらいにたくさん上がっていることがある。以前、カノーで通った時に見たことがあった。

その日の夕方までに、海亀でいっぱいになった吉之助のカノーは、何度も反対側の海岸とヤロービーチの浜とを往復した。藤八と嘉平が、おっかなびっくりで山で採集した果実を背負って下りてきた。浜にそれらを広げ、捕鯨船の乗組員と交渉した。言葉の足りないところは、チャーリーが補ってくれた。

身の丈六尺（百八十センチ）もあろうかと思われる大男や、赤ら顔の鬼のような水夫を相手に、吉之助は、自分たちの欲しいものを伝えた。相手は、この島に日本人が居住していようともまったく気にしていない様子だった。

この島は出入り自由で、誰かに収奪されることもない。自分の働きに見合うものが得られる。人別改《にんべつあらため》も年貢もない。そのことに吉之助は思い至った。

驚いたことに、捕鯨船には樽《たる》を作るための木材がたくさん載せてあった。樽には鯨から採った油を詰めるのだという。その材の古くなったもの、また切り損じたものを分けてもらえた。小躍りするほどの収穫だった。島民が皆欲しがる鯨油《げいゆ》も少し手に入れた。異人たちは、これを灯火に使う。吉之助たちも、お陰で夜に明かりが取れるようになった。

結局、捕鯨船は四日間滞在して碇を上げた。

薬や鯨油や布地、コーヒーや茶、紙、インキ、食器、工具、調味料、英語で書かれた書物や雑誌などと引き換えに、捕鯨船には水と椰子酒と食料品が積み込まれた。海亀は五十四以上載せられたようだ。硬い殻の中身が飲み水代わりになる椰子の実も大量に仕入れていった。

それぞれ欲しかったものを手に入れた者も、手に入れられなかった者も、浜に出て出港を見送った。次に来る時までに仕入れてきてほしいものを頼む者もあったし、故郷の親戚に向けた手紙を託す者もあった。次の寄港地で、また誰かを通じて送ってもらうのだという。やり取りに一年以上もかかるそうだが、それでも便りの交換ができるとは、たいしたものだ。

捕鯨船が出ていくのが、山の上からも見えたのだろう。観音丸の乗組員たちも恐る恐る下山してきた。そして吉之助が獲得したものに賞賛の声を上げた。

その晩から、小さな灯明が彼らの家には灯された。

その灯《あか》りを見て吉之助は、あばら家同然の故郷の家を思い出した。

「捕鯨船は、主に鯨油を採るために操業しておるのじゃ」

不要な樽材を分けてもらえたことを多十郎に告げると、彼は言った。多十郎も魚の干物や海亀を捕鯨船に提供し、しっかりした柄のついたナイフという小刀と、股引きのような穿き物、乾燥した豆を手に入れていた。

鯨油は、仕留めた鯨の脂から採られるのだと彼は説明した。鯨油を保存するためには、大量の樽がいる。しかし、最初から空樽を積んでいくわけにはいかない。邪魔になるし、海がシケた時に樽が転がって危ない。そこで樽用の木材と、樽職人を乗せていくのだ。樽職人は、採れた鯨油の量に合わせて船上で樽を作る。

「だが、大事な木材を譲ってもらえることはまれだ。切り損じがあったとは、あの船の樽職人は、よっぽど腕が悪かったのだろう。お前たちは運がよかった」

ダウンザベイの多十郎の家の前の草地に、二人は足を投げ出して座っていた。ともに上半身は裸だ。多十郎が捕鯨船の誰かから譲ってもらった古びた西洋風の穿き物は、大事に取ってあるらしい。南の島のボニン・アイランドも、冬にはそれなりに気温が下がるという。

その頃までここにいるのだろうかと、何の備えもできていない吉之助はぼんやりと考えた。

今、源之丞や水主たちは、せっせと船の建造計画を立てている。マリアに道具や船釘を引き揚げてもらったこと、捕鯨船から木材を仕入れられたことが、励みになって熱を帯びている。山から伐り出した木を使って、小さな船の模型を作ってみたりして設計を思案している。

甚三郎は、寝たり起きたりの状態だ。この島の気候が、老体をさらに弱らせている。容赦なく照りつける陽と気まぐれな豪雨には、すっかり参っている様子だ。嘉平が甚三郎の面倒をみながら調理の担当を続けている。権五郎と徳松は草地を開墾して畑を作った。吉之助がもらってきた種を蒔《ま》いて野菜を育てた。

吉之助は労働の合間をみては、カノーであちこちを巡って回る。一人で捕鯨船と交渉し、得難いものを得たことで、水主たちからは一目置かれるようになった。捕鯨船は、これからも寄港するだろうから、今度は計画的に交易をしなければならない。そのことで多十郎の意見を求めにきた。

「西洋式の捕鯨は豪快じゃ。鯨の群れを探して大洋を航海する。大型船じゃから、見つけた群れをいつまでも追うことができる。鯨を獲る時は平底船で接近して大型の銛《もり》を何本も打ち込む。仕留めた鯨は、解体台の上で皮を剝ぐ。冷たい海にも耐えられるよう、鯨は厚い脂肪を身に着けておる。脂肪は、皮ごと鉄鍋で焼いて溶かす。そうやって採った鯨油を樽に詰める。捕鯨船は、そんなふうにして海を渡り歩き、一度母港を出たら二、三年も帰らん船もあるようじゃ」

「ほう」そもそも捕鯨というものを知らない吉之助にとっては初めて聞くことだった。「土佐国の捕鯨もそうやって鯨を獲るのかね？」

多十郎は「まさか」と顔の前で手を振った。

「日本の捕鯨は、あんな大きな船は使わねえ。沿岸での漁と決まっておる。うっかり湾に入り込んだ鯨とかな。十数隻の勢子船《せこぶね》が鯨を取り囲んで銛を打ち込む。双海船《そうかいぶね》が網をかぶせる。次に羽指《はざし》と呼ばれる男が鯨に飛び乗って頭に穴を開ける。それでも生かしておくのがコツじゃ。死んでしまった鯨は沈んでしまうからの。瀕死《ひんし》の鯨を、持双船《もっそうぶね》二隻の間に縛り付けて港まで曳航《えいこう》する。危険な漁じゃから、時折死人が出る」

「命がけじゃ」

「そうよ。そうやって鯨を一頭仕留めたら、七つの漁村が潤うと言われておった。日本人は、鯨の肉も内臓も皮も骨も、一つとして無駄にはせん。最後まで使い尽くす。それが西洋人はどうじゃ。洋上で鯨の皮だけを剥ぎ取り、鯨油を採ったら後はさっさと海に捨ててしまう」

「肉も食わんのか？」

「ああ。もったいない話じゃ。アメリカとヨーロッパの間にも大きな海があるが、そこでは鯨は取り尽くされたのだとジョンが言うておった。それでこの辺りまで捕鯨船が来るようになったと」

「油は大事じゃが、そのためだけにあんなに大きな鯨が殺されるのか」

水主たちの家にぽっと点《とも》った鯨油の灯りは、何より有難いものに思えた。日本で使う菜種油の灯りよりも明るい気がした。

「ケモノの臭いがする」

権五郎がぼそっと呟いていた。

皮を剝かれて深い海に沈んでいく鯨が目に浮かんだ。

「で？　お前たちの船はどうだ？　うまくいきそうか？」

「まだまだ材木が足りないようじゃ」

足りない材は、航である敷木の両側に取りつける棚板だ。端舟もばらしてその板を使うことにしたが、到底足りなかった。多十郎は、島の周囲を回って流木を拾い集めるのがよかろうと言った。

「一度、厚みのある大きな板が海岸に流れ着いてきて拾ったことがある。おおかた難破した船の一部じゃろう」

その板は、今はトーマス・タイラーの家の扉になっているとのことだった。

西洋人の家は板敷だが、ただ丸太を縦半分に挽《ひ》いて、平らな面を上にして敷き詰めているだけだそうだ。山から伐り出してきた生木を棚板にできるほど薄い板にするのは、おそろしく時間と手間がかかると多十郎は言った。その点、乾ききった流木は加工がしやすい。多十郎の家も流木がうまく使われていた。

孤立した海洋島のボニン・アイランドへ流れ着く流木は、他の島の立木が海に流れだして運ばれたものではなく、難破した船からのものがほとんどなのだと多十郎は説明した。特に海が荒れる冬場は多いそうだ。

それは取りも直さず、沈んでしまった船の材を奪い取るということになる。命を落とした乗組員が大勢いるということだ。自分たちも同じ運命をたどることになっていたかもしれなかった。そう考えると、複雑な思いがした。

帆柱にする木は、山から伐り出してくるつもりだと言うと、多十郎もそれがよいと言った。

「帆柱よりも難渋するのは帆布じゃ。布は貴重じゃからな。捕鯨船からもなかなか手に入らん。今からカナカ人に頼んでおいて、布を織ってもらっておくことだ」

カナカの女たちは、木の皮を剝いで繊維を取り出し、煮たり叩いたりして糸状にする。それを織って布を作るという。草の汁で染めたりもする。イロジ・ラエが身に着けている布を思い出した。コウゾに似た木もあって、質は悪いが紙も漉《す》いて作るという。

彼女らは南洋の小さな島で、それぞれ自給自足で生きていく習慣を身につけていた。

いろいろと助言してもらいながら、多十郎の知識と六年の歳月があれば、彼だってカノーよりも頑丈な船を造って、故国へ向けて漕ぎだすこともできたはずだと思った。それをしなかった多十郎は、本当にこの島で生涯を終える覚悟をしているのだと思う。

流木探しはカノーを扱える吉之助の仕事になった。最初だけ多十郎に案内してもらって、島を一周した。それで島の様子がいっそうわかった。ピール島は本当にたいして大きな島ではなかった。拾った流木は、棚板にできるようなものではなかったが、根気よく続けるしかない。

ピール島は、高い崖に囲まれた島だ。その間に小さな砂浜が点在している。上陸してみるときれいな浜だが、陸からは近寄ることはできないだろう。道らしきものがあるのは、ポート・ロイドの周辺に限られている。

ポート・ロイドのある側が島の表玄関だとすると、ホッグ島に面した裏側は、人の手の入らない密林と崖、深い海ばかりだった。

ある日、前に海亀を獲りに来た浜を通りかかった。ピール島とホッグ島の間は、五町(五百四十五メートル)ほどの瀬戸で隔てられている。ホッグ島側の高い崖の下に、一艘のカノーが浮かんでいるのを見つけた。

こんな場所に誰が来たのだろうと訝しんだ。この狭い海峡は流れが速く、カノーを操るのも容易ではない。波の荒い場所でカノーに乗ることにまだ慣れていない吉之助は、何度も海流に流されそうになりながら、それでも興味が勝って、必死に漕ぎ寄せた。海の色は、恐ろしいほど濃い。どれほどの深さがあるのだろうと思うと、足が震えた。ここで転覆してしまったら、生きて帰れそうにない。

近づくにつれ、マリアの姿を認めて驚いた。崖下の海に浮かべたカノーから何度も海の中に潜っているようだ。近くに寄って見ていると、一度潜ったマリアはなかなか上がってこない。誰も行けない深さまで潜水できる彼女は、息も相当続くようだ。

しばらくすると、浮上してくるマリアの姿が見えた。磯メガネをかけ、上向いたマリアが泡に包まれて水の中から上がってくる。足ヒレの優雅な動きと体に両腕をぴったりくっつけた姿を見ていると、海の生き物にしか見えない。

——海の天女。

いつか藤八が言った言葉が思い出された。

水面に近づくと、磯メガネを通して吉之助の姿を認めたマリアが、笑みを浮かべた。水の中で笑う人間を初めて見た。この女は、海の中にいるのが自然なことなのだ。もしかしたら、本当に人間じゃないのかもしれない。潜水能力だけでなく、どこか自分たちとは根本的に異なる気がした。

水面に顔を突き出したマリアは、細く鋭い笛のような呼吸音を発した。潰れていた彼女の胸が大きく膨らむ様に、吉之助は言葉もなく見とれていた。

「キチ！」

マリアが嬉しそうに声を上げる。容姿の違う日本人である吉之助だが、特にこだわりもなく接してくれるのは、カナカ人たちと同じだ。初めは眩しい白人の女に、吉之助の方が尻込みしていたが、今はそれもない。無邪気なエンゾとたわむれるうちに、その母親であるマリアとも自然に馴染んだ。

遠い国からやって来て、たくましく生きる彼女も海の民なのだ。

「マリア、ここで何をしている？」

マリアはふふふっと笑った。軽やかな身のこなしで、体をカノーの上に引き揚げる。カノーから延びた網をぐいぐいと引いた。その先に、網状の袋がくっついて揚がってきた。吉之助は目を見張った。巨大なエビが十数匹もいて、網の中で蠢《うごめ》いている。藤八が「イセエビのお化け」と呼ぶこの島特有のエビだ。

マリアは腕に力を込めて、網を引き揚げた。獲物の重さにカノーが揺れた。

「キチ、あっちに行こう」

マリアはそう言うと、難なくカノーの舳を回らせた。速い海流ものともせず、すいすいと切り立った崖を回り込む。吉之助は慌ててその後を追った。

崖の向こうに小さな浜が開けていた。マリアはさっさと白砂の浜にカノーを引き揚げて吉之助を待っている。かなり遅れて吉之助もカノーを乗り上げた。

「とんでもない数のエビだ。それに大きいな。あんなのは見たことがない」

異人たちとしゃべるうちに、吉之助の言語能力は格段に進歩して、今では不自由なく意思を伝えられるようになっていた。

「あの崖の下には、海中洞穴がいくつもあるの。その中にいくらでもいる」

マリアも島の共通言語で答えた。でもあんなところで潜れるのは、この島ではマリアだけだろう。お化けエビは肉厚で味もいいから、島内では誰もが欲しがる。捕鯨船が来れば、売りつけられる、とマリアは言った。きれいな布や鯨油や裁縫道具や調味料などと交換できるという。吉之助が感心していると、「それに」と胸に巻いた布の中に手を入れた。

取り出してきたのは、桃色のかけらだった。

「何だ？　それ」

「コラッロ」

「コラッロ？」

その言葉には聞き憶えがない。島の通用語は、イギリス人やアメリカ人が使う英語という言葉が基になっている。しかし時にそれぞれの母国語も混じる。

一寸（三センチ）ほどのかけらを手のひらの上に落とされる。それをつくづく見て、ようやく理解した。これは珊瑚《さんご》だ。

「ここの海は深い。珊瑚も採れる」

「へえ」

「珊瑚はこの島ではあんまり価値がないけど、あたしの国ではすごく高価なもの」

サルジーニャという故郷の海で、マリアが潜って採っていたのも珊瑚だと言った。宝石と同じで、首飾りや指輪に加工されて、高い値で取引される。イタリーだけでなく、西洋の国ではどこも同じだ。商船が来た時には、大喜びでいいものと交換してくれる。だから、見つけたら採ってしまっておくのだという。

「あの崖下はエビも多いけど、珊瑚も採れる。色の鮮やかな質のいいものは、よっぽど深く潜らないと採れないけど。あそこはあたしの秘密の漁場なの」

だからキチ、誰にもしゃべってはいけない、とマリアは言った。誰かに知れたとしても、あんな危険な場所に潜水しようなどとは思わないだろうし、不可能だ。

赤や桃色の珊瑚は、日本でも貴重品として取引される。しかし、それらは「胡渡《こわた》り」と言って、よその国からやって来るものだ。日本国内で採れると聞いたことはない。しかしどこかの貧しい漁師が、偶然網にかかった珊瑚でひと財産こしらえたという話は聞いたことがある。質のいいものなら、それで一族郎党が潤うのだ。

胡渡りの珊瑚は美しい彫刻を施されて、帯留めや簪《かんざし》、根付《ねつけ》等に加工される。目の病に効く薬になるとも聞いた。それらを欲しがるのは、身分の高い武家や金持ちの商家だ。吉之助のような漁師には無縁の代物だ。とんでもない値段で取引されているに違いない。

浜でそんな話をマリアにしてやった。

「そう。キチの国でもそんなに価値があるの」

マリアはおどけて、目をくるくる回した。二人は白砂の上に腰を下ろした。二艘のカノーが引き揚げられた波打ち際には、透明な波が打ち寄せては引いていく。浜の向こうが落ち込むように深くなっているのは、海の色を見ればわかった。川のように渦を巻いて流れていく海流と、背後に屹立《きつりつ》するホッグ島の崖。崖から飛び立ち、滑空してくる黒い大鳥。下から見上げると、腹だけが白い。あの鳥を、チャーリーたちはブーベと呼んでいる。

「エンゾは？」

「エンゾはウトの近くで、トーマスの子供たちと魚を獲って遊んでる」

マリアが立ち上がり、波打ち際まで行った。白い砂の上に足跡が点々と続いた。

海に向かって、マリアが歌を歌い始めた。カナカ人たちも仕事をしながら陽気な歌を歌うが、マリアのそれは、どこか物悲しい。高く低く響く声は、情感豊かで透き通っている。耳慣れない言葉だから、きっとイタリーの歌なのだろう。ゆったりとおおらかで、それでいて繊細な歌声に、吉之助は聞き惚《ほ》れた。

歌い終わったマリアが振り返った。

「何の歌だ？」

ゆっくりと歩み寄りながら、マリアが答えた。

「海から戻って来ない恋人を待つ女の歌」

吉之助のそばに腰を下ろす。

「戻って来ない恋人？」吉之助は、マリアの言葉を反復した。

「そう。たぶん、どれだけ待っても帰って来ない」

二年ほど前に捕鯨船から逃げて来た、とマリアがこの島に来たいきさつを語った多十郎の言葉を思い出した。もしかしたらマリアは、重く悲しいものを背負っているのかもしれない。初めてマリアという女に興味を持った。それまでは、どんなに親しくなっても、自分とは異種の人間だと勝手に思い込んでいた。

今聴いた歌が、吉之助の心の扉を開いたのか。

マリアが吉之助に身を寄せてきた。はっとしてマリアを見下ろす。

漁をしていたマリアは、薄い布しか身に着けていない。それが海水で濡れて透けている。胸の膨らみも、珊瑚と同じ桃色の乳輪も、今までなぜ見えていなかったのだろう。

吉之助もピール島へ来てからは、常に裸同然だ。観音丸の乗組員も皆同じようなものだ。着るものに不自由して、襤褸になった着物を、腰の周りに巻き付けただけの格好で過ごしている。日々、食べることと、船を造ることだけが頭の中を占めていて、日に焼けた体を隠すことなど、たいして考えたこともなかった。

さらに考えたことがなかったのは、異国の女と睦《むつ》むことだ。そんなことは論外だった。マリアに関して言えば、いつもそばにはエンゾがいたし、ピール島で男と一緒になることなく、ウトで子育てをする彼女は特別な存在として扱われているような気がしていた。

「キチ……」

今、明らかにマリアはそれを望んでいるようだ。火照ったマリアの体が、さらに強く押し付けられる。偶然ここで出会ったことが、彼女をその気にさせたのか、それとも吉之助に前から気があったのか。いや、情熱的で奔放な彼女は、島の男を誰かれなく誘っているのか――。

それ以上は考えるのをやめた。伸《の》し掛かってきたマリアによって砂の上に押し倒された。つまらない戸惑いや躊躇《ちゅうちょ》は霧散した。ここまできたら、異人も何もない。男と女だ。向こうが望んでいることははっきりしている。こっちも同じだ。欲望が合致した。

マリアは大胆に吉之助の体の上に乗ってきた。一度上半身を持ち上げて、胸に巻いた布を自分で取り去った。押し込められていた乳房が解放され、明るい陽の光の中で躍った。もうたまらなかった。その乳房を両手でつかむと、吉之助はぐるりと体を回転させ、マリアを砂地に押し付けた。そのまま、マリアの唇を吸った。マリアの手が吉之助の首の後ろに回される。ぐっと引きつけられた。そのまま、お互いの舌を絡ませ合った。マリアの息が熱い。

吉之助は、回船に乗り組んであちこちの港に着くたびに、船宿に上がった。船宿には酌婦がいて、男の相手もしていた。もうそろそろ身を固めたらどうかと、親や兄たちから言われながらも、そんな生活を続けていた。村には気になる娘もいたが、回船であちこち航海して、腰の定まらない吉之助には、言い寄る機会もなかった。それで気ままに船宿で、性欲を発散していたのだ。幼馴染の藤八も似たようなものだった。

マリアは貪欲だった。船宿の酌婦のように男に奉仕しようなどとはこれっぽっちも考えていない。ただ己の欲望に忠実に従っていた。明るい太陽の下、白い砂にまみれて、何度も吉之助に挑んできた。遮るもののない砂浜で、真昼間から睦み合う自分たちの姿に、吉之助は昂った。この浜には、誰も来ない。どんなに醜態をさらしても、誰の目にも触れることはない。

マリアも憚《はばか》ることなく身をのけ反らせ、大きな声を上げた。そういうふうにマリアという女を快楽に溺れさせることに、吉之助は酔った。酌婦を抱くのとはまったく違った感覚だった。放恣《ほうし》で純粋な性愛を、二人で交換した。与え、奪い、また与えた。

ホッグ島を飛び立ったブーベだけが、砂の上で一つになる人間の男女を見下ろしていた。

三、巻貝の呪術

ホッグ島の崖裏にある小さな浜辺は、吉之助とマリアの逢引《あいびき》の場所となった。ただ体を重ね合うだけではない。マリアという未知の女を知るための神聖な場所だ。

マリアの素潜り術は、神がかり的だった。サルジーニャでもボニン・アイランドでも、宝石珊瑚はかなりの深さに潜っていかなければ採取できない。陸奥国の海女には、二十尋（三十六メートル）潜れる者もあるというが、そのような優れた能力を持つ海女はまれだ。宝石珊瑚はその深さの倍はあるところに生息しているという。

ホッグ島の切り立った崖に沿って、一気に頭から滑り下りていくように潜っていくマリアは、もはや人間という範疇《はんちゅう》から抜け出したように見える。

海に入る前に、息を整え、集中力を高めるマリアを見ていてもその思いを深くした。その時間は、声を掛けることも気を逸らすことも憚られた。カノーの上から飛び込む直前、息を吸い込んだマリアの体に変化が現れる。ぐっと腹がへこみ、胸が膨らむ。臓物が持ち上がって、あばら骨の中にしまい込まれる感じだ。誰にでもできる術ではない。

そこまでくると、マリアにもう迷いはない。腰に巻いた重りにまかせて深みに向かう。落ちていく、という表現がぴったりだった。青という暗闇に向かっていく墜落。吉之助が追随しようとしても到底無理だった。泳ぎが得意だと自負していた吉之助だが、息が続かず途中で引き返すしかなかった。泡のひとつもまとわずに、一本の矢のように深みを目指すマリアは、触れてはならない神々しい何かのように思えた。

ホッグ島とピール島の間の海峡には、時にイルカの群れがやってきた。イルカはマリアの周りにまとわりつく。同類を見つけたようにはしゃいでいるのがわかる。マリアは人間よりも彼らに近い種族なのではないか。

背びれに片手を当てて水面をすべり、潜水したイルカと共に躊躇なく海の底に潜っていくマリアを、吉之助はカノーの上から眺めていた。

そしてその濡れた体を抱くことを考える。海と同じくらい冷たい体だ。だが、冷たさの中には熱い部分があることを自分は知っている。沸騰するほど熱いものを隠し持ち、イルカと水の中で戯れるマリアを、愛《いと》しいと思う。

まさか異人に対してそんな思いを抱くとは思っていなかった。最初に睦み合った時、これはマリアの気まぐれなんだろうと思った。この浜で偶然出会ってひと時の快楽を共にしただけだ。異人のことはよくわからないが、女だって自分の欲望を持て余すことがある。

曽木村のような漁村でも、性的には割合開放的で、夜這《よば》いもあれば、女が間男《まおとこ》を引き込むこともある。おおらかで直情的で罪のないやり取りが男女の間に存在した。

珊瑚漁をしていたという海の女マリアも、吉之助と二人きりになったあの瞬間、男を欲し、それに自分が応えた。この島にいる男は限られているから、吉之助はたまたま選ばれたのだろうと。だから、マリアとの関係が続くとは思えなかった。そのうち自分はこの島を離れていく。相手もそれは充分わかっているはずだ。

だが、不思議なものだ。そう思いながらも体を重ねていくうちに、相手が愛しいと思えるようになった。気まぐれや偶然ではない。

会えば会うほど、物狂おしい気持ちが募った。この感覚の正体は何なのだろう。はるばる海を渡ってきた自由で闊達《かったつ》な女のすべてを知ることはできないと、わかっていながらすべてを知りたかった。

とうとう多十郎に打ち明けた。きっと彼なら吉之助の据わりの悪い思いに答えをくれると思った。

吉之助の話を、多十郎は煙管《キセル》をふかしながらじっと聞いていた。煙管は器用な彼の手製だ。煙草《タバコ》はないから、タコの木の葉を油で練り固め、それをナイフで削ったものを代用としている。西洋人たちも同じようにしているが、彼らの煙管は太くて曲がっている。それを彼らは「パイプ」と呼んでいた。

「ふむ」

多十郎は吸い終わった煙管の中にこびりついたタコの葉の練り物を、細い棒で掻き出した。吸うたびにそうやって丁寧に手入れをしないと、ねっとりした島産の煙草は、すぐに詰まってしまうのだ。

いつまでも多十郎が黙っているので、焦《じ》れた吉之助の方から尋ねた。

「マリアは本気なんだろうか？　つまり、俺とのことだが。子持ちでも、あれほどの女が一人でいるのは解せねえんだ。今まで誰ともそういうことにならなかったのか？」

　曽木村では、亭主が亡くなった若い寡婦《かふ》のところには、村の男が夜這いをかけた。女もたいていは受け入れた。何人もの男を引き入れる寡婦もあった。そういう習いを許す緩い風潮が村にはあった。

「いや、それはない」

　多十郎はきっぱりと言った。「なぜ？」という問いが喉からでかけた。マリアは魅力的な女だ。カナカ人の妻がいようとも、男たちの食指が動いても不思議ではない。チャーリーは独り者だ。彼がマリアを妻にしようと考えたっていいはずだ。でもそんな素振りは見せない。マリアもチャーリーなど眼中にない様子だ。

　なぜなんだ？　なぜマリアはカナカ人のウトで、エンゾと共に暮らしているんだ？　あれほどの女を、島の男たちが放っておくのはなぜだ？　彼女が特別な存在として扱われているのなら、その理由が知りたかった。

「マリアには、ボニン・アイランドの男たちは手を出さない。マリアは守られている。それを皆は知っている」

「守られているって、カナカの女たちに？」

　多十郎は、掃除を済ませた煙管を、座った石の角に軽くポンと当てた。

「そうさな。正確に言うと、カナカ人の呪術にだ」

「呪術？」

煙管を腰の袋にしまうと、多十郎はマリアにまつわる物語を語り始めた。彼女がここに来たいきさつと、カナカ人との関わり合いを。

マリアがイタリーという遠くの国で珊瑚漁をしていたことは、お前ももう知っているだろう。なぜあの女が捕鯨船なんぞに乗ってこの島に来たか。

マリアは自分で望んで捕鯨船に乗ったわけじゃない。あの女はさらわれたのさ。捕鯨船の荒くれ男に。いや、あれは捕鯨船でもなかった。捕鯨船のふりをした略奪船、海賊船だった。

マリアは多くを語らない。嫌な思い出なんじゃろうて。これはあいつがポツリポツリと口にしたことを、わしが想像でつなげたものだ。美しい娘が海で素潜り漁をしていた時、奴らの船が通りかかった。長い航海をする船の男は、常に女に飢えておる。力ずくで船に乗せられたのか、それともうまいこと言って誘い込まれたのかは知らん。

とにかくマリアは荒くれ男の船に乗せられた。そうして無理やり故郷の村から連れ去られた。それから先は言わずともわかるじゃろう。

マリアは散々男たちの慰みものにされたわけよ。何年も船から下ろされず、あちこち連れ回されたっていうんだから、ひどいもんじゃろう。その間にエンゾを産んだ。乗組員の誰かの子だ。母親になって腹の据わったマリアは、エンゾを育てながら、逃げる機会を窺っていたのさ。その間も、何人もの男たちの相手をさせられて、惨《むご》い身の上じゃったそうな。

そして奴らの船が、このボニン・アイランドへやって来た。二年前のことじゃ。

確かガーゴイル号とかいったな。初めからわしはおかしな船じゃと思うておった。ピール島は補給基地として航海者には知られていて、寄港する船は案外多い。軍艦だろうと商船だろうと捕鯨船だろうと入港時には、国旗を揚げているものだ。それがなかった。捕鯨船だと乗組員は言ったが、操業している気配はなかった。樽に詰めた鯨油もない。甲板も乱雑で汚れていた。

しかし島に上陸してきた男たちは、水や野菜や海亀を買い付けるのに、きちんと対価を払った。どうもあちこちの国からの寄せ集めのような乗組員だった。荒《すさ》んだ匂いはしたが、まあ、そういう船もたまにはある。

ジョン・マッカランもそこは心得ておるからな。さっさと出ていってもらえたら、それでいいという態度だった。ボニン・アイランドが海洋のど真ん中でうまくやっていく術は、船を相手に交易をし、少しばかりの益を得て、後は平和に治めることとさ。その点、ジョンは巧みに取り仕切る。外来者は外来者だ。まれに乗組員が船から下りて住みつくということもある。カールもそうした一人だ。居住者となれば、受け入れる。

不穏な雰囲気を嗅ぎ取ったジョンは、カナカ人たちに椰子酒を売ってはならんと言い渡した。酔っぱらった船員が乱暴を働いたということが、過去にあったらしい。

ガーゴイル号がポート・ロイドに碇を下ろしていたのは三日ほどじゃった。仕入れた食料を載せたら、さっさと出て行くという素振りだった。こんな辺鄙《へんぴ》な島には用はないという態度だ。下船して交渉するのも数名で、何人乗り組んでいるのかもわからなかった。もちろん、マリアやエンゾの存在など知る由もない。

文明の発達した国々に寄港する時は用心していた奴らも、こんな海のど真ん中のちっぽけな島では油断したんじゃろう。いよいよ出航するという段になって、女が甲板に現れた。浜に立って出航を見届けていた我々は驚いたもんだ。船底に閉じ込められていたのが、隙を見て逃げ出してきたんだ。男たちは、船尾に駆け寄る女を追いかけて捕まえようとしていた。同時に碇が巻き上げられ、船が動き始めた。

わしらは呆気《あっけ》に取られて立ち尽くしていただけだ。

さらに驚いたことに、女は小さな子供を抱いていた。船尾に追い詰められた女が、何かを叫んだのがわかった。ちょうどカナカ人が、湾の中でタコを突いておった。サンダース家で働いておるスメイという若い娘だ。

女は抱いていた子供を船の上から放った。子供は海に落ちた。ほんとに小さな子だった。エンゾはまだ三歳だったのだから。我々は息を呑んだな。スメイが素早くカノーを寄せていくのが見えた。甲板上では男たちと女が揉み合いになっている。女はつかみかかる腕を振りほどいて、頭から海に飛び込んだ。その時には、スメイが子供を拾い上げていた。女も素早い泳ぎで、カノーに取りついた。

ガーゴイル号は動きを止めて、平底船を下ろした。乗組員の数人が乗り組んで、女と子供を追う素振りを見せた。その時になって、やっと浜にいる我々は事態が呑み込めた。海の無法者が略奪するのは、ものだけじゃないということに。

スメイの方が鋭かったわけだ。カノーは一目散にウトを目指して走っていった。その後を男たちが追いかけた。そこまで見届けて、ジョン・マッカランとチャーリー・サンダース、それとわしがダウンザベイへ向かって走った。ウトにいるのは女だけだ。面倒ごとが起こるのなら、加勢してやらねばならんと思ったのさ。

息せき切ってウトに駆け付けたら、もう女と子供はウトの中に入れられていた。乗組員たちは平底船を浜に乗り上げて、ウトに押し入ろうとした。

「その女は船に乗せなければならん」とか何とか喚いて、押し問答を繰り返していた。

ウトの前に陣取ったイロジ・ラエは、頑として男たちを拒んだ。カナカ語でまくし立て、絶対に女を渡すまいとした。そこにジョンが割って入った。あいつはあれで剛直なところがある。拳銃も持っておる。ボニン・アイランドの長として、争いや諍《いさか》いを治めることもジョンの仕事だ。

女と話をしてみる、とジョンが言ったのに、男たちは承知しない。そりゃあ、そうだろう。

女は逃げてきたんだ。船に戻ると言うわけがない。

中からスメイが出てきた。イロジ・ラエに何事か囁いた。彼女もスメイに答えた。

「今晩、女は渡す。出直して来て」

スメイが言った。男たちは納得しない。力ずくでウトに押し入りそうな勢いだったのを、カールやトーマスも駆け付けてなんとか押しとどめた。向こうの乗組員の一人にデンマーク人がいて、カールと話した。その間にスメイが男たちに椰子酒を一杯ずつ飲ませた。

「夜に来れば、酒を飲ます。豚も一頭潰す」

それで男たちの気が変わった。酒は海の男には必要不可欠のものだ。ボニン・アイランドへ来るまでの長い航海で酒を切らしていた。まさかこんな小さな島で手に入るとは思っていなかったのだろう。

女は必ず渡せと、念を押して奴らはガーゴイル号に戻っていった。

ジョンはスメイを通して、本当に女を引き渡す気かとイロジ・ラエに問うた。イロジ・ラエは答えず、放し飼いにしてあった豚を捕まえて、ナイフを首に突き立てて殺した。ウトに残っていたカナカ人に命じて晩の支度を始めたのさ。

「行こう」

ジョンはそう言ってウトから離れた。わしは納得できなかったね。

どう見たって、あの金髪の女はガーゴイル号の客として丁重に扱われているようには見えなかったから。

カールもそれを察してジョンを引き留めた。

「いいんだ。カナカ人にまかせておけば、うまくやる」

意味はわからなかったが、ジョンの言に従うしかなかった。今から考えればサンドイッチ島でカナカ人と長く接してきたジョンには、だいたいのことは予測できていたんだろうよ。わしもその晩はねぐらに帰った。だからウトで何があったかは知らない。

後でカールに聞いたところによると、夕方、ガーゴイル号の平底船がウトに漕ぎ寄せてきたらしい。船長はじめ五人の乗組員が乗っていた。彼らはウトの中に招き入れられた。カールもその後のことは見ていない。

で、翌朝になった。ウトの中で乗組員たちは全員死んでいた。チャーリーが呼びにきて、わしが駆け付けると、ウトの奥で奴らは丸まって冷たくなっていたんじゃ。そばにイロジ・ラエが座っておった。何があったのかはわからん。

おかしなことに、森の中の高床式の家屋の中なのに、五人ともが海水を浴びてびしょ濡れだった。スメイがガーゴイル号までカノーで行って、仲間を連れてきた。やって来た四人は愕然《がくぜん》としていたな。当然だろう。気を取り直すと毒を飲ませたんだろうとイロジ・ラエに突っかかった。

「そうじゃない」スメイを通じてイロジ・ラエは答えた。「この男たちは呪いによって死んだ」

そう言ったんだ。確かに。

「女は置いて行け。さもないと、お前たちも呪い殺す」

首にかけた貝の飾りをはずして、両の手のひらですり合わせながら言った。いつも穏やかなイロジ・ラエとは違って見えたもんさ。恐ろしい力が宿っているかのように。わしも怖気を震ったが、ガーゴイル号の面々も震え上がった。船長とその取り巻きが皆死んでしまって、統率がとれないということもあったろう。

奴らは一目散に平底船に乗り込むと、ガーゴイル号に戻った。すぐに帆を上げて去っていった。

わしら島の男は、死んだ乗組員らを山に埋めた。大変な重労働だったな。

丸一日かかった。夕方に疲れ果ててダウンザベイへ戻ると、イロジ・ラエがまた豚を潰して椰子酒を振る舞ってくれた。毒なんか入ってなかったさ。その時にはすべてを悟っておった。ガーゴイル号の悪党どもは、本当に呪い殺されたんだとな。

死体を埋めながらジョン・マッカランが話してくれた。カナカ人たちは、それぞれの生まれた島から大海原を越えて新天地に散らばった。どこででも生き抜く力を備えた彼らは、たくましく根を張る。何もない場所に行っても、食べるものを手に入れ、住処を造り上げた。働き者で、よい雇い主にはとことん仕える。故郷から持ち込んだ習慣や習俗が彼らの生活を支え、そして守った。

特に女たちが密《ひそ》かに守り伝えているのが呪術だ。弱い立場の使用人として生きていくために、身を守る最終手段として呪術を使う。

だからジョンたちは、カナカの女たちを使用人としてこき使ったりしないんだ。常に敬意を払って扱う。働いた分に見合うものをきちんと与える。妻として娶《めと》った後は、家族として対等な立場で迎えた。

使用人でも、年をとって弱れば大事にして最後まで面倒をみてやる。そういう主従関係にあるなら、カナカ人も決して雇い主を裏切らない。時には雇い主のために呪術を使うこともあるそうな。

で、その時はマリアのために呪術を使ったというわけだ。スメイは、サンドイッチ諸島でイタリー系のアメリカ人の家に雇われていたようだ。カナカ人はどこの言語もすぐに身に付ける。スメイはイタリー人のマリアから、ガーゴイル号でどんな目に遭ってきたか聞き取った。それをイロジ・ラエに伝えた。イロジ・ラエは即座に決断したわけさ。マリアとその子を救ってやるために、呪術を使おうと。

そうだ。イロジ・ラエは卓越した呪術の使い手なのさ。誰もがそれを使いこなせるわけじゃない。どんなふうにやるのかは、カナカ人以外は知らない。それは秘儀だからな。ただ――イロジ・ラエの貝殻の首飾りがあるだろう。奇妙な縞模様の。あの巻貝を呪具として使うらしい。カナカ人がエクアクと呼ぶ貝だ。

あれはボニン・アイランドにはいない。遠い南の島、カナカ人の住むどこかの島だけで獲れる種類の貝だと聞いた。カナカ人の女は、よその島に移る時、密かにあの貝を持っていくんだと。もちろん、呪術に使うためだ。小さな貝だ。持ち込まれたところで誰も気にしない。カナカ人が住みついた島には、生きたエクアクが持ち込まれ、飼われている。そして呪具として用いられるという寸法だ。

それからな、イロジ・ラエの左手の親指の付け根を見てみろ。渦巻き模様の刺青《いれずみ》が四つ並んでいるじゃろう。渦巻き模様はエクアクを表す。呪術が使える者の徴《しるし》だ。ただその呪術を体得しているだけの者は、渦巻き模様が三つしかない。呪術を行使して、誰かを殺した者は、刺青を一つ増やす。イロジ・ラエは、ここに来た時から四つあったという。あのカナカ人は、過去にも呪術を使って人を殺したということだ。

わしは直接この目で見たのさ。呪術の威力を。

だがむやみに恐れることはない。カナカ人があれを使うのは、よっぽどのことだ。マリアの場合は、よっぽどのことだとイロジ・ラエが判断したのじゃな。

マリアはカナカ人に助けられ、ピール島に住みついた。故郷に帰ろうと思えば帰る術がないわけではない。異国の船のどれかに乗って、行けるところまで行き、イタリーにたどりつくこともできるはずだ。だが、そうはしない。エンゾと二人、この島で暮らすと腹を決めたのだ。

ここにいる限り、カナカ人が守ってくれる。豊かな島だから飢えることはない。素潜りに長《た》けたマリアには最適の場所だ。大エビを獲って生計を立てられた。たまに珊瑚が採れたら寄港する船に売りつける。ここの深海で採れる珊瑚はたいした価値がある。

ボニン・アイランドはどこの国にも属さないからそんなふうに自由に生きていける。もう男たちに所有されて体を弄ばれることもない。何年もガーゴイル号の中に幽閉されていたマリアにとって、それは何より重要なことなのだろうて。船に乗るのが怖いのかもわからん。イタリーという国に帰っても、誰とも知れぬ男の子供を産んだマリアには生きにくいのかもしらん。

とにかくマリアはここに残る決断をしたのじゃ。ここはマリアにとって楽園なんだろう。ここに来て二年と少し。あれほどの器量の持ち主だからな。誰かと所帯を持ってもよかろうが、その素振りもない。カナカ人のウトにいる限り、無理強いして妻にすることもかなわん。まあ、この島には、そんな勇気のある男はおらんがな。皆、カナカ人の呪術のことは知っておるから。

そのマリアがお前と懇《ねんご》ろになるとはな。お前の方から懸想《けそう》したのなら、やめておけと忠告してやるが、そうでないのなら、仕方がない。マリアがお前に惚れたということじゃろう。だがな、吉之助、お前はいずれ国に帰るつもりじゃろう。それなら、マリアには深入りするな。イタリーの女は情が深いという。添い遂げるなら別じゃが、気まぐれで相手にできる女ではないぞ。

その晩は眠れなかった。

昼中の労働に疲れ果て、規則正しい寝息をたてる仲間の間でいつまでも目を開けていた。マリアは、吉之助が想像したよりもはるかに惨い運命に翻弄され、それでも諦めずに生きてきた。男たちの性の玩具《おもちゃ》にされ、船から降りることもなく世界中を引き回されながら。以前、捕鯨船が来港した時、ウトの中から船の様子を窺っていたマリアを思い出した。きっと外から来る船には、警戒心を抱いているのだろう。

しかし害がないとわかると、翌日にはエンゾと共に浜に出てきて、彼女流の商売をしていた。早速獲ってきたお化けエビは、捕鯨船の乗組員には好評だった。若く美しい女がこんな島にいることに、乗組員たちは興味を引かれたようだった。幾人かが冗談交じりに誘いかけるのを、マリアはうまく受け流していた。

サルジーニャには、恋しい男がいたのかもしれない。あの優れた潜水能力を駆使して、珊瑚漁をするマリアをじっと見守る男を、吉之助は思い浮かべた。

彼は、突然馴染みの海から消えた恋人を探し回っただろうか？　それでも会えない恋人を思い、悲嘆にくれただろうか？

――たぶん、どれだけ待っても帰って来ない。

マリアがいつか口にした言葉の重さが身に沁みた。マリアも恋しさと切なさ、やるせなさに身を焦がしている。恋人その人に対してだけではない。二度と戻れない故郷、サルジーニャを思ってマリアは歌う。だからあの歌は、人の心を打つのだ。

あれはマリアの生き様を表している。

マリアが我が子に注ぐ愛情は限りがない。エンゾの出生の事情を思えば、嫌悪し忌避しても不思議ではないのに。あの細い体の中には、無尽蔵の愛が溢《あふ》れている。その一端が自分にも向けられた。マリアの深い人間性に触れたように思った。

吉之助は、むくりと起き上がった。水主たちを起こさないように、そっと家を出る。そのまま木立の中を抜け、浜まで出た。目の前の海を見やる。夜の帳《とばり》が下りた海の上に、明るい星が輝いていた。ここでは信じられないほどの数の星を見ることができる。大きく気高く輝く星もあれば、寄り集まって煙る微細な星々もある。じっと見つめていると、その神々しさにひれ伏したいと思うこともある。

きっと漂流していた時も、同じ夜空を見ていたはずなのに、あの時は星を見ても何の感情も湧かなかった。難渋を乗り越えて、こうして陸に上がれた奇跡を思った。そして思いもよらないマリアという異国の女と、大海原の真ん中の小さな島で出会った。

あの女にどうしようもなく惹かれる己の心を引き戻すことは、もはや不可能だった。それだけは確かだ。

太古から繰り返される波の音が、静かに吉之助の耳に届いた。

マリアとは、多十郎から聞いたことを話し合うことはなかった。マリアへの思いやりというような卑小なものではない。もはや彼女はそういった過去を乗り越えてエンゾと生きているからだ。

故郷からはるかに離れた海洋島で、生きて死ぬと覚悟を決めた女の強さがそこにはあった。カノーひとつで海を渡って、どこへでも根を下ろす祖先を持ったカナカ人とも通じる生き様だった。マリアが偶然にも逃げ込んだ島は、彼女にとっては最良の場所、楽園だった。

ボニン・アイランドも夏の盛りを過ぎたのか、少しずつ気温が下がり始めた。甚三郎の体調も徐々に回復してきて、他の水主たちを安堵させた。

彼らが造る船もしだいに形になってきた。大工仕事の心得のある徳松が、自己流で板を接ぎあわせ、棚板を取り付けた。マリアが海底から拾い上げてきた船釘では到底足りなかったが、金属のものを島で作り出すことは不可能だった。

その後、ロシアの軍艦が一隻やって来た。待ち構えていた吉之助は、海産物や果物を持っていって交渉したが、軍艦は水と最小限の食物を補給したら、さっさと出ていった。気落ちした吉之助に、マリアは大事に取っておいた珊瑚を差し出して、商船が来たらこれで釘と交換すればいいと言った。有難かったが、吉之助は受け取らなかった。小さな珊瑚だが、たくさんの生活用品や貴重な薬と交換できるとわかっていたからだ。

マリアが、エンゾのために珊瑚を採りためていることもよく知っていた。

吉之助たちが釘を欲していることをマリアから聞いたらしい、イロジ・ラエがいい知恵を貸してくれた。ピール島でビートウードと呼ばれる硬い木がある。それで木釘ができるのだと。早速その木を伐採してきて藤八と嘉平がせっせと削って釘を作った。船釘としてうまく利用できるかどうかはわからなかったが、何でもあるもので代用するしかない。

珍しい和船を、島民たちが見物にやって来た。

「おい、キチ、やめておけ。あんな頼りない船で海を渡れるわけがない」

チャーリーは真剣な表情で忠告した。今や彼は、この島で一番の友人だった。吉之助の言語能力が上がるにつれて、何でも二人で話せるようになった。チャーリーも同年代の気の置けない友人の存在を喜んでいた。

ロバートは七人兄弟の長兄で、彼に言われるままボニン・アイランドについてきたが、家の仕事を手伝わされるのにはうんざりだと言った。しかし捕鯨船などに乗り組むとき使われるだけなので、できたら北の海でラッコを獲る船に乗りたいという願望を語った。ラッコの毛皮は重宝がられるので、楽な漁の割には実入りがいい。キチ、一緒に行かないかと誘ったりもした。

この能天気で夢見がちな青年とは離れがたかった。マリアもそうだが、異国の人間とこんなに心を通わせられるとは思いもよらなかった。ご公儀はよその国との交流、交易を禁じているが、それは果たして正しいことなのだろうか。貧しい漁村で生まれ育った吉之助が、かつて一度も抱いたことのない疑問だった。

船が少しずつ出来上がるにつれ、吉之助は考え込んだ。

他の水主と同様、早く日本に帰りたいと思う一方で、この島で知り合った人々と別れてしまうのも辛《つら》い。

人だけではない。吸い込まれそうな青い海。晒《さら》したような白い砂。砂浜に群れる海亀。陽に照り映える山の緑。土砂降りの雨の後、島を包む清冽《せいれつ》な空気。その時だけ現れる絶壁から海に注ぐ滝。咲き誇る鮮やかな色の花々。

それらすべてが吉之助の心に呼びかける。この島が。ボニン・アイランドが。

だが、やはり自分は多十郎のように故国に背を向けることはできない。きっと船が完成したら乗ってしまうだろう。それしか選択肢はない。日本人は日本で生きるのだ。それが一番自然で理に適っている。

ホッグ島の海岸で、マリアを抱きながらもそう考える。体を合わせるだけで吉之助の心がわかるはずもないのに、マリアは時に寂しそうな顔をする。頬についた砂をそっと払い、吉之助が話しかける前に立ちあがる。

そのまま火照った体を冷やすように海に浸かり、砂浜の岩に腰を下ろしてあの歌を歌う。吉之助も口から出かけた言葉を引っ込めて、マリアの美しい歌声に耳を傾ける。伸びのある声は、空の高みに上りつめたかと思うと、悲しく低くむせび泣くように響いた。

歌の余韻が残っているうちに、さっとマリアは吉之助に駆け寄ってくる。努めて明るい口調で話すが、吉之助の体にぴったりと寄り添っているところからは、もう二度と愛しい男と離れまいという決意のようなものが伝わってきた。

「ねえ、キチ、いいことを教えてあげる」

吉之助の目尻に軽く唇を触れる。そんな愛情表現にももう慣れた。マリアはしたいと思ったことをし、したくないことはしない。マリアは自由で気ままで、手前勝手で可憐《かれん》だった。

「この崖の――」と言って、ホッグ島の切り立った崖を顎で示した。「海の下に洞穴がいくつもあるって言ったでしょう？」

マリアが潜水して捕獲するお化けエビが群れている洞穴だ。そこまで潜れる者はいないので、マリアの漁場と決まっている。

「あそこに潜っていて気がついたの。もっともっと深いところに大きな洞穴が開いている。そこに赤珊瑚が生えている。こんなに大きな――」

マリアは両手で大きさを示した。幅が一尺（三十センチ）、高さが二尺はありそうだった。

「それは見事な枝ぶりなの。あれを採ってこられたら、どれだけの宝石ができるだろう」

「それはすごいな。日本だったら、そのまま置物にするだろうな。そんなのが手に入ったら、一生遊んで暮らせる」

赤い珊瑚樹は魔除《まよ》けの効力があると、前に乗っていた弁才船の船頭から聞いた。枝が分かれた様が末広がりで縁起物と珍重され、もしそんなものが一つあれば、船が一艘持てる。持ち船があれば大勢の乗組員を雇って、自分は左団扇《ひだりうちわ》で暮らせるんだがなあ、と夢のようなことを言っていた。それほどの価値があるのだ。そんな話を笑い話のようにマリアにした。

「ああ、ほんとにあれに届いたらいいのに。でも深すぎる。いつも上から眺めるだけで帰ってくるの」

マリアが諦めるくらいだから、相当深い場所にあるのだろう。

「それに、そばの洞穴では、海水がすごい勢いで出入りしている。きっとどこかに通じているんだ。もし流れ込む時に吸い込まれたら、もうおしまい。絶対に生きて帰れないよ」

「そんな危ないところに近づくなよ」

マリアの体をぎゅっと抱きしめた。細くしなやかな体は、吉之助の腕のなかでたわんだ。

「行かない。行けないんだから」吉之助の胸に手のひらを当てながら、マリアは答えた。

「それにまだ大きくなるよ、あの珊瑚。まだまだ先のことだけど、海から引き揚げたら、立派な置物になるね」

珊瑚の成長は遅いという。時間をかけて枝を広げ、色艶を増す。

「どれくらい先？」

マリアは「うーん」と考えるふりをした。彼女の体全体から、欲情が立ち昇っている。そうした真っすぐで飾らないマリアの感情表現が好もしかった。

「たぶん、あと百年ね」

「そんなに待てない」

マリアを砂の上に押し倒した。覆いかぶさる吉之助の耳のそばで、マリアのかすれた笑い声がした。マリアの強靱《きょうじん》な両脚が、吉之助の腰に絡みついた。

何もかも忘れていたかった。今だけは――。


秋口にボニン・アイランドは猛烈な台風に見舞われた。

今まで経験したこともない暴風と叩きつけるような大雨だった。山の木々は、狂ったように波打ち、見慣れてきた海は濁り、屹立した白い波が浜に押し寄せた。

「高潮がくる。山に逃げろ」

チャーリーが戸口を思い切り叩いた。彼の声は暴風に掻き消される。

誰もが顔を見合わせた。半分ほど出来上がった船のことが気がかりだった。船底からぐるりと綱を渡し、そばの椰子の木にくくりつけてはあったが、海に下ろす時のことを考えて、浜に近い場所に置いてある。軽いカノーと違って容易には動かせない。

「早く！　もう皆避難した」

チャーリーに急かされて、山道を駆け上がった。足の弱い甚三郎が遅れるので、途中から吉之助が背負った。あばらが浮き出た甚三郎の体は軽かった。弾んで落ちそうになるので、後ろから嘉平が背中を押さえた。

頂上には、ヤロービーチの住人が揃っていた。ダウンザベイの住人は、別の山に登ったという。マリアやエンゾ、カナカ人たちの無事を、吉之助は祈った。大きな芭蕉の木の下に固まって、夜を明かした。

明け方に風雨は治まった。陽が昇り、見渡した浜の光景に、吉之助たちは息を呑んだ。すっかり景色が変わっていた。海辺の木々が波でなぎ倒されている。家屋の周辺の様子はわからなかったが、家財道具が流れ出して浜に点々と転がっているのが見えた。カノーが一艘、ひっくり返って底を見せていた。

避難していた住人は、「もう下りてもいいだろう」というジョンの声で、いっせいに駆け下りた。細い登山道にも倒木があり、それを越えて行かねばならなかった。

水主たちが苦労して建てた家は波にさらわれて跡形もなかった。一番心配だった造りかけの船は、椰子の木の下に横倒しになって、かろうじてとどまっていた。だが、棚板はほとんど失われていた。最初に浜に引き揚げた時と同じ格好の敷木だけが残っていた。板をコッコツと接《は》ぎつけていた徳松は、魂が抜けたようにぺたりと敷木の横に座り込んだ。しばらくして、我に返ったみたいに大声でおいおいと泣いた。

水主たちも呆然とその場に立ちつくすのみだった。

「おお……」源之丞が目を潤ませた。

足下の砂に半分埋まって、伊勢神宮の御祓いがあった。それを掲げていた家はすっかり流されてしまったというのに、御祓いだけが残っていた。

源之丞は膝をついて、それを丁寧に掘り起こして砂を払った。

「我らは守られておる。二度も命の危険にさらされたというのに、こうして命をつないでおる。この島にいる限り、望みを捨てることはならん」

「そうじゃ。何としても生きて帰るのじゃ」

権五郎がそれに和した。しかし、それに続く者はなかった。誰もが心を打ち砕かれていた。

異人たちの家の損害も甚大だった。倒壊しなかった家も床上まで浸水し、大事な持ち物や家財道具を失っていた。波が治まってから、ジョンの命で、チャーリーがカノーでダウンザベイへ様子を見に行くことになった。それに吉之助も同行した。

向こうの住人、特にマリアとエンゾのことが心配だった。湾を横切る時、山の方を見ると、切り立った崖から大量の水が落ちてきて、巨大な瀑布《ばくふ》を作り上げていた。流れ落ちる白い水のそばには虹が出た。

ダウンザベイの集落も、同じような被害を受けていた。カノーが近づくにつれ、惨状が明らかになった。多十郎の家も流されていたし、カールやトーマスの家も傾いていた。

乗って来た二人乗りのカノーを、浜に乗り上げて走った。

まずは全員の無事を確認して安堵した。住人たちは、やはり背後の山に避難していたという。カナカ人のウトはほとんど無傷で、家を失《な》くした住人を受け入れていた。高床式の住居はまことに当を得た建物だった。カナカ人は精神力も強い。彼女らの島は、何度も同じような目に遭っているから、へこたれることがない。

皆、愚痴などを口にすることなくさっさと片付けを始めていた。

多十郎も同様だ。たいしたものは持っていないから、流されたってどうってことがないという態度だ。

「キチ、嵐の後は狙い目だ。しばらくしたら島を一周してみろ。浜に流木が打ち上げられているぞ」

抜け目なくそんなことを言う。

マリアとエンゾも変わりなかった。エンゾは特に元気で、トーマスの子らとじゃれ合っていた。日本人が建造していた船が壊れてしまったと聞いて、マリアは吉之助を慰めようとした。それに対して、カナカ人や多十郎のように、どうってことないという態度は取れなかった。吉之助自身、ひどく落胆していた。船が形になるということで、励まされている部分が大いにあった。

やはり自分は、国に帰ろうと心を決めていた。この島がどんなに美しく、住みよい島だったとしても、マリアやチャーリーと別れがたいと思っても、望郷の念には勝てない。曽木村が恋しかった。両親や兄弟に会いたかった。やはり自分は日本人で、生まれた国に帰るしかない。その手段が失われようとしている今、それがよくわかった。

「船はまた造るさ。何度でも」

きっぱりとそう言うと、マリアは複雑な表情を浮かべた。

ヤローピーチに帰ると、水主たちも気を取り直していた。藤八と嘉平が、観音丸が叩きつけられた岩礁に向かっていた。そこに流された諸々《もろもろ》が引っ掛かっているらしいとジョンから聞き、吉之助も駆け付けた。湾の中の海水の流れがそこに向かっているようで、流出した立木やちぎれた枝、家の柱、雑貨類がぷかぷか浮かんでいた。

船から外れて流された棚板も中に紛れて浮いていた。割れたり、傷んだりはしていたが、吉之助も手を貸してそのすべてを拾い集めた。ばらした端舟や、捕鯨船からもらった樽材など、貴重な板だ。どんなに小さくなっても粗末にはできなかった。

「徳松さんが、接いで板にしてくれるさ。もう随分うまくなったから」

藤八は努めて明るい声を出した。取りつけた棚板は失われたが、敷木は傷んでいなかった。

「初めからやり直しじゃ」

もう要領はわかっていた。材料さえ集まればなんとかなる。船の建造は後回しにして、まずは家を建て直すことに専念した。これも二度目だから、皆こなれていた。どこの家も同じで、しばらくは当座の生活を立ちゆかせることに力を注いだ。

丹精込めた畑は壊滅し、飼っていた家畜も大半は失われた。家を建てるにしても、大工道具が不足していて、木を伐り出すのにも難渋した。西洋人はお互いに道具を融通し合った。日本人の家にも、同じように鋸や金槌《かなづち》を回してくれる。

カナカ人たちも、タロ芋を潰したポイという食べ物やトゥバを差し入れたり、無報酬で手伝いに来てくれた。吉之助、藤八、嘉平も、よその家の修繕を手伝ったり、海で漁をして得た魚を提げていって喜ばれたりした。

ロバートに借りたカノーは台風で流されてしまったので、多十郎にカノーを借りて島を一周してみると、彼の言った通り、嵐によって運ばれてきた材木や雑貨が打ち上げられていた。多十郎が以前に拾い上げてトーマスに返した。トーマスの家の扉になっていた板が、南の方の海岸に流れ着いていて、それはトーマスに返した。台風はサンドイッチ諸島の方まで及んだらしく、文明の匂いのするものも見つけた。

店の看板らしき板に書かれてあった文字を読んで、サンドイッチ諸島の船具屋のものだとジョンが言った。ピール島で文字の読み書きができるのは、ジョン・マッカランとカール・ニールセンだけだった。しばらくすると、帆布が流れ着いた。波に揉まれてちぎれてはいたが、これは大きな収穫だった。

小さな人形が無傷で流れてきたのも拾った。それはロバートのところの女の子にやった。スーザンという三歳の子は、跳び上がらんばかりに喜んだ。

そうやって少しずつ拾い集めた流木を吉之助がまとめて持ち帰り、徳松が加工をした。家もなんとか建ったが、すべての家で鯨油が失われてしまったので、夜は明かりを取る術がなかった。誰もが捕鯨船の来港を心待ちにしていた。しかし夏の間、鯨は北の海で暮らしているため、捕鯨船も秋が深まらないとやって来ない。

海では相変わらず魚や貝が獲れたし、山では次々と木が実をつけたから、食べる物に事欠くことはなかった。タコの木の実の外皮は硬く、鉈《なた》で割って中身を食べると甘かった。これはオオコウモリの好物らしく、採ってみると、鋭い歯でかじった痕があった。

捕鯨船が来ない代わりに、商船がやって来た。商船だけに、豊富な荷物を積んでいる。浜辺はさながら市場のようだった。台風の被害に遭った島民たちは、材木や綱、工具類を欲しがった。しかし、相手は商人だ。値打ちがあると悟ると、いくらでも値を釣り上げた。これでは到底、船材を手に入れることはできないだろうと、吉之助は暗澹たる気持ちになった。

そこにマリアが現れた。船長や商人たちと早口で交渉を始めた。ジョンが間に入って、通訳をする。マリアが布に包んだ物を取り出した。赤や桃色のかけらを見て、それが珊瑚だとわかった。でっぷりと太った商人は目を見開いた。それからとんとん拍子に商談は進んだ。挙句、商船は船に積んだすべての材木を下ろしていった。あんな小さな珊瑚で、これだけの物が手に入るのだ。商船が去った後、ジョンが差配して材木は等分に分けられた。日本の水主たちにも数枚の板が渡った。

「いいのか？　お前が苦労して採って来た珊瑚なのに」

人々がマリアに感謝して去っていった後、吉之助は尋ねた。

「いいよ。また採ってくればいいこと」マリアはさばさばした調子で答えた。「海からきたものは、誰のものでもない。海と生きる私たちの役に立つ」

ボニン・アイランド周辺の珊瑚は質がよかった。商人もその価値を認めた。また半年ほどしたら寄港するから、珊瑚をせっせと採っておいてくれと言われたという。

マリアのお陰で、台風の被害にあった他の家も何とか再建できた。

日本人の船も、また少しずつ棚板を作りためることができた。その後も台風がいくつか通り過ぎたが、有難いことに、それほどの被害はなかった。徳松は覚悟を決めたようで、黙々と仕事を進めた。

源之丞と権五郎は、徳松と相談をしながら船の建造に再び取り組んだ。島民の家も建ったから、大工道具はたいてい貸してもらえた。山から木を伐り出してきて、乾燥させ、板に挽くということもやり始めた。

吉之助と藤八、嘉平はもっぱら食料の調達を引き受けた。あわせて吉之助には、カノーで島の海岸を回って流木を集めるという仕事もあった。自分でカノーを作ってもみた。島民がタマナとかカマニとか言う木をくり抜いて作る。タマナは木理が美しい木で、耐久性もあるというので、船板に加工するのもこの木を利用している。切ったりくり抜いたりの工作がしやすい木だ。

吉之助が、浜で一人でタマナをくり抜いていると、権五郎がやって来た。しばらく吉之助の作業をみていたが、「お前はそれで女に会いにいくのか」と訊く。

「違います」

顔も上げずに答えたのが気に入らなかったのだろう。

「お前があの金髪の女と通じているのは、皆知っている」

それでも吉之助は手を止めなかった。

「異国の女なんぞに魂を抜かれおって、情けない話じゃ」

それだけを言い捨てて去っていった。

ボニン・アイランドでの生活が長くなり、一度は形になりかけた船が破壊されたことで、水主たちの心は微妙に変化していた。平穏を取り戻したかに見えた日常は、不穏さをはらんでいたのだ。ピール島の島民に助けられ、今も世話になっていることは誰もが認め、感謝の念を抱いていた。だがそれとは別に、遅々として進まない船の建造に対する苛立《いらだ》ち、船ができた後、再び大海原に漕ぎだす不安、自分たちは故国では忘れ去られてしまっているのではないかという疑心、様々な思いが水主たちの心を疲弊させ、荒ませていた。

特に年長者はその傾向が強かった。甚三郎の体力は持ち直したが、以前のような陽気さは影を潜めた。徳松は、黙々と作業に打ち込むことで、余計なことを考えまいとし、それが高じて没感情に陥った。

船頭の源之丞だけが頼りだったが、ここのところ彼も口数が減り、時折考え込んでいる。

カノーが完成し、吉之助はそれに乗って久々に流木拾いにでかけた。たいした収穫はなかった。ホッグ島の崖下でマリアと落ち合った。この瀬戸の速い海流にも慣れた。新しいカノーの性能はなかなかのものだった。

海から上がってきた濡れたマリアをカノーに乗せた。二人は体を密着させ、ピール島とホッグ島の真ん中の海に浮かんでいた。マリアは、またあの歌を歌った。

――海から戻って来ない恋人を待つ女の歌。

それは、いずれ別れてしまう自分たちの未来を暗示しているように思えた。

島に残る者と去る者と。

その日の歌は、いつにも増してせつなく、やりきれなかった。吉之助の胸にぴったりとくっついたマリアの背中も同じ思いを伝えてきた。息を吸うたび胸郭が膨らむマリアの体が愛しかった。歌が海の上を渡っていく。狂おしい思いにとらわれて、吉之助は、後ろからマリアを抱き締めた。それでもマリアは歌うことをやめなかった。

冬になると、ボニン・アイランドの気温もすっかり下がり、さすがに上半身裸でいることはできなかった。くたくたになり、破れの目立つ着物は、もう前で合わせることもできないほど傷んでいた。なんとか体に巻き付けて、植物の繊維を撚《よ》って作った縄でくくり付けた。

捕鯨は最盛期になり、捕鯨船が何隻もやって来た。

一度、鯨がポート・ロイドに迷い込み、島民全員で見物したこともある。島の装備ではどうにもならず、ただ眺めているだけだった。鯨は悠然と泳ぎ、潮を噴き上げて去っていった。

捕鯨船からはいろんな物を手に入れた。材木もわずかだが手に入ったし、洋釘も分けてもらえた。椰子酒はどの船にも歓迎された。カナカの女たちは愛想よく商売をして、台風で失ったものをまた取り揃えた。

西洋人たちからは、海亀と交換で家畜を手に入れた。捕鯨もうまくいっているらしく、乗組員は皆機嫌がよかった。鯨油もたっぷり分けてもらえた。友好的な交易だ。この島で、数年前に呪術によって命を落とした荒くれ男のことなど、誰も知らなかった。

多十郎の家も再建され、吉之助は時折訪ねた。この前来た捕鯨船から手に入れたという西洋の本が一冊置いてあった。

「多十郎さん、これが読めるのか？」

「少しならな。ジョンとカールに西洋の文字を教えてもらっている。日本の書物はどうしても手に入らんから、暇つぶしをしておる」

ということは、多十郎は日本の文字なら読めるということだ。漁師が文字を読めるとは、土佐国という国はどういうところだろう。

ヤロービーチに帰って、そのことを源之丞に伝えると、彼は難しい顔をして考え込んだ。

「もしやあの男は漁師ではないのかもしれん」

「漁師ではないとは？」

源之丞は声を落とした。

「あやつは沢山のことを知っておろう。西洋のこと、航海術のこと、歴史のこと、天体のこと。あの知識は――」

「それはボニン・アイランドで長く暮らし、ジョンやカールらから聞き及んだからではないですか？」

「そうとは思えん」吉之助の反論を、源之丞は一蹴した。「あの男は漁師ではなく、武士だったのかもしれん。土佐国の武士は、先取や反骨の気質を持つ者が多いと聞く」

そんなふうにはとても見えなかった。武士などという身分の者と接しているとは、一度も感じたことはなかった。高ぶらず気さくで、機転がきいた。知識の豊富さには舌を巻いたが、それは彼の柔軟な性格と、地道な努力によって身に付いたものだという気がした。

「わしはこうも思うんだ。あいつは八丈島を島抜けしてきた罪人かもしれぬと。ご公儀に反して異国の学問に触れた武士か学者やもしれん」

あまりのことに、吉之助は言葉を失った。覚束《おぼつか》ない足取りで去っていく船頭の後ろ姿を見送る。源之丞はボニン・アイランドに閉じ込められた挙句の妄想に囚《とら》われたのではないだろうか。水主たちを統率することに疲れ、気を病んでしまった。それほど突拍子もない考えに思えた。

そしてすぐに思い直しもした。源之丞の推察が当たっていたとして、それがどうだというのだ。ここは太平洋の真っ只中の小さな島だ。日本の領地でもない。身分や思想などを誰が気にする？　ここでは誰もが自由に生きている。カナカ人でさえ、自分たちの流儀を貫いて誰にも媚《こ》びず何者も恐れず生きている。

不埒《ふらち》な輩もさっさと呪術で始末して――。

そこまで考えると、自然に頬が緩んだ。浜辺の喬木《きょうぼく》の枝にとまっていた鳥が「ピィルルゥ」と一声鳴いた。つまらないこだわりに囚われる人間を笑っているように思えた。

カナカ人がウイロゥウイロゥと呼ぶ褐色の鳥が飛び立つのを見て、吉之助も声を出して笑った。

「何で笑ってる?」

背後から声がした。子供の声だ。振り向かなくても、エンゾだとわかった。

「エンゾ、どうやって来た?」

「皆とカノーで来た」

見れば、子供たちが遠くの波打ち際で騒いでいる。

ここの海では、子供でも手づかみで小魚を捕まえることができるから、遊びで漁をする。エンゾも泳ぎが得意だ。母親の血を引いて、潜水もうまい。魚を追いかけてどこまでも潜っていく。あの尋常でない潜水能力は、後天的に手に入れたものではなく、珊瑚漁を生業《なりわい》としてきたマリアの一族だけが脈々と受け継いできたものなのかもしれない。

エンゾとトーマスの子供たちは共用で小さなカノーを一艘持っている。それを漕いで日本人たちが暮らす浜にも時々やってきた。子供らしい好奇心を剝き出しにするエンゾは、生まれて初めて見た漂着船と、黄色い肌の日本人に興味津々だ。吉之助たちを目ざとく見つけては、まとわりついてくる。

屈託なく誰にでも話しかけ、名前もすぐに憶えた。西洋人が呼び合うように、友だちのように呼ぶ。源之丞は「ゲン」と呼ばれ、権五郎は「ゴン」と呼びかけられた。年上の彼らが戸惑い、閉口する様を見て、若い者はこっそり笑った。驚いたことに徳松がエンゾをいちばん可愛がった。自分の子供を思い出すのか、エンゾが来ると元気が出るようだった。

吉之助にとってもエンゾは、多十郎やチャーリーと同じ大事なピール島での親友になった。

「ユー、フレンド」

エンゾを指差してそう言うと、エンゾは嬉しそうに笑って同じことを言った。

エンゾは、浜にある造りかけの和船に近寄っていき、ぐるぐる回ってはいろんな角度からそれを観察した。

和船は何とか台風でやられる前の姿にまで造り直されていた。多十郎が言った通り、冬には海が荒れて多くの流木が流れ着いた。中には和船の残骸と思われるような船材も打ち上げられていた。それらを拾い集めながら、これに乗っていた者はどうなったのだろうと考える。この近海まで日本の船が来ることはないから、きっと観音丸と同じように難破して漂流し、この海域までたどり着いたに違いない。

その先の運命はどうだったろう。ボニン・アイランドのような豊穣《ほうじょう》の島にたどり着けたか。それとも草木の一本もない焼け島（火山島）に漂着したか。これも多十郎から聞いた。この周辺の海域には、そんな島もあるのだと。陸を見つけたと思って勇んで上陸してみても、水も食料もなく、結局は飢えと渇きで死んでいくしかない。

あるいは乗り組んでいた船とともに海の藻屑《もくず》となったのか。どちらにしても惨いことだ。

そうやって拾い集めた船材を持ち帰ると、源之丞は造船の材料とする前に、念仏を上げる。この船材にしがみつき、最後まで生きて帰ることに執着していた人々の魂が成仏できるようにと。

そういうことを繰り返していると、どんなことがあってもこのツギハギの船で日本に帰るのだという気持ちは強くなる。船材に沁み込んだ水主たちの魂を、故国にまで連れて帰ってやりたいと思う。

「キチはこの船に乗って帰るのか？」

無邪気な幼児は、吉之助に問いかける。まるで船を前にした吉之助の心を読んだみたいに。

「そうだ」

迷いがないわけではない。ボニン・アイランドへの愛着心も芽生えている。とりわけ、マリアとエンゾと別れるのは辛い。

「なんで？」どこまでも無垢な子は、次々と質問を繰り出してくる。「なんで帰る？」

吉之助は、腰を折ってエンゾの目の高さに合わせた。

「日本は俺が生まれた国だからだ。だからそこへ帰る」

「生まれた国って？」

真っすぐに見詰められて言葉に詰まった。この子には、生まれた国などないのだ。船の中で産み落とされ、母親によってボニン・アイランドへ連れて来られた。エンゾにとって、故郷と呼べるのは、この島だけだ。

母親譲りの緑色の瞳は、どこまでも澄んでいる。いつかエンゾは、自分の生い立ちを知る日が来るのだろうか。この子はどんな大人になるのだろう。自分で自分の運命を切り拓《ひら》いていくのか。この島で――。

ふいに自分でも制御できない感情の渦に巻き込まれた。吉之助が黙ってしまったので、エンゾはちょっと首を傾けた。その姿がゆるりと滲《にじ》む。自分に何ができるというのか。この幼子に。この子を守れるとでもいうのか。

吉之助は背を伸ばして、乱暴に目元を腕でこすった。その仕草を、エンゾは不思議そうに見上げている。

「エンゾ!」

遠くの浜で子供らが呼びかけた。エンゾはくるりと振り返って駆けだしていった。濡れた砂の上に小さな足跡が続いていく。それらはすぐに波によって消されてしまった。

三十石船の建造は、順調に進んだ。前にイロジ・ラエから教えてもらったビートウードを加工して、接いだ板と板をつなぐ縫い釘とした。頭釘《かしらくぎ》と呼ばれる平釘には、商船から得た洋釘を利用した。流れ着いた船材にも釘がくっついたままの物があり、それらを丁寧に抜いて錆《さび》を落とした。それに鯨油を塗り込んだ。

船首と船尾も出来上がり、床板と舷側に取りかかった。敷木に沿って棚板を取り付けていった。つなげていった船材は、ツギハギの板と不慣れな作業のせいで、よく見ると隙間がいくつもあった。これでは浸水を起こしてしまう。

たまにやって来て作業を見物していたジョンが、木の皮を詰めるといいと助言してくれた。西洋の丸太小屋もそうやって隙間を埋めるという。水を吸うと膨張するという木の皮を教えてくれたので、それを使った。梁《はり》を渡して、ようやく船らしくなった。

年の暮れになった。西洋人たちは、きちんと暦をつけていて、日にちを教えてくれた。新しい年の初め、源之丞らは伊勢神宮の御祓いの前で正座して柏手《かしわで》を打ち、船の完成と安全な航海を祈った。

吉之助と藤八が観音丸の水主として乗り組んだのは、一年前の正月だった。あたふたと出て来た曽木村の家族は、どんな新年を迎えているだろうか。遭難した吉之助は死んだと諦め、暗い正月を過ごしているかもしれない。あそこに帰れる日が本当に来るのか。

新年だというのに、沈鬱に黙り込んでしまった七人は、同じような思いに囚われているに違いなかった。

「あとは楫と羽板、上棚《うわだな》、それから帆柱じゃ。船にとっては肝心な作業になる。心してかからねばならん」

皆の気持ちを奮い立たせるように、源之丞が言った。どっしりと肥えて胸板の厚かった源之丞も、すっかり肉が落ちていた。甚三郎の頭は真っ白になり、腰もかがんでしまった。食べるものは充分にあるのに、やはりこの島の気候も土壌も、北国から来た水主たちには合わないようだ。

四季のある日本に帰りたいと切実に思った。それは同時に、離れがたいマリアやエンゾとの別れを意味する。吉之助の心は揺れた。

多十郎に、そんな気持ちを打ち明けた。どんな事情を背負っていようと、やはり多十郎は吉之助にとっては心やすい友であり、教えを乞う師だった。

「マリアとエンゾを日本に連れては行けないだろうか。本土でなくてもよい。どこか小さな島ででも暮らせたら――」

ぽつりと呟いた吉之助の言葉に、多十郎はきっぱりと首を振った。

「それはならん。あの風貌ではすぐに異人と知れる。密かに上陸し、どんなにひっそりと暮らしていても、いずれは露呈する」

わかっていて口にしたことだ。父親の年に近い多十郎には、無理を承知で心の中を吐露したい気持ちがあった。マリアという名は耶蘇教の神の母の名前と同じだから、もし捕まったりしたら、命はないだろうと多十郎は続けた。

そんな目にマリア親子を遭わせるわけにはいかなかった。

「それに――」多十郎は畳みかける。「マリアはボニン・アイランドで暮らすのが一番安楽なんじゃ。あれはもう充分恐ろしい目に遭ってきた。生まれ故郷にも戻ろうとせん。ここは

「マリアがたどり着いた桃源郷であろう。いや、ここに住む誰にとってもな」

ボニン・アイランドは、国を離れ、海を越え、はるばるやって来た人たちが作り上げた理想郷なのだ。まだ歴史は始まったばかりだ。これからこの美しい島はどうなっていくのだろう。それを見届けたいと思った。そんな気持ちになった自分に驚いた。

マリアとはいつもの海岸で会っていたが、吉之助らの帰国の話題は出なかった。なるようになると運命に身を委ねているようだった。自分が引き留めたら、吉之助が辛くなるとわかっているのだろう。努めて明るく振る舞っていた。去っていく者に心を残していたら、自分も辛い。それが過酷な環境をくぐり抜けてきたマリアが学んだ生きる術かもしれない。

「イロジ・ラエが皆に声をかけて帆を作らせているよ」

いつもの歌を歌った後、マリアはそれだけ言って、カノーで漕ぎ去った。

年が明けてから捕鯨船が二隻、商船が一隻やってきた。不足していた洋釘がたくさん手に入った。火の中に入れて焼き、柔らかくした後、石で叩いて船釘に加工した。

楫と羽板は難しかった。何度も組み立て直し、結局簡単な構造に作り変えた。航海の途中で具合が悪くなって動かなくなるのが怖かった。どうせ海が荒れる冬の季節が過ぎるのを待つ構えだったから、そこから先の工程はじっくりと取り組んだ。

手頃なタマナの木を伐り出してきて、帆柱とした。船体に帆柱を立てる筒を取り付けた。床板は丸太を乾燥させ、自分たちの手で一枚一枚切り出した。そこまで来るともう完成間近だ。鋸で船体に合わせて切る作業は慎重に行われた。裸船でもいいと皆は言ったが、簡単な櫓も組み立てた。櫓は波が高い時、波を避けて身を寄せるためだ。

一つ一つが完成するたび、それらが嵐の海にさらわれていった時のことが思い出された。死を覚悟したあの恐ろしい時間を思うと、船を造り上げる今は希望が勝った。島民は代わる代わる作業を見に来た。

チャーリーは何度も足を運んだ。以前「あんな頼りない船で海を渡れるわけがない」と言ったが、今は感心して見ていた。

「キチが帰ってしまうとつまらないな。話をする相手がいなくなる。また兄貴にこき使われるだけの毎日だ」

それからまた性懲《しょうこ》りもなく、ラッコ漁の船に乗り込まないかと誘った。

驚いたことにイロジ・ラエまでが見にやって来た。マリアは一度も来なかった。カノーを駆ってどこへでも行くマリアの、一つの決心を見た気がした。きっとこの船が出て行く時も、マリアは見送りに来ないだろう。もうそう決めているのだ。

そんなマリアが不憫《ふびん》だった。また吉之助の心は揺れた。日本に連れて行こうなどと、傲慢な思いを抱いた自分を恥じた。愛しい女と一緒にいたいなら、自分がここに残るべきではないか？　国に帰ったら醬油と味噌《みそ》で味付けしたものを腹いっぱい食いたいなどと話す藤八が遠かった。

帆柱が立った。それに合わせてカナカの女たちが、作った帆を持ってきてくれた。木の皮の繊維を密に編んだ網代帆《あじろほ》だ。それで充分風をとらえることができる。いつか海岸で拾った帆布は、船尾近くに仮柱を立ててそれに張った。白い帆布に源之丞が、棕櫚の筆を使い、タコの墨で「観音丸」と大書きした。

いよいよ三十石船が完成した。

徳松は、浜近くに据えた小さな観音丸のそばで泣き崩れた。拾い集めた木片や、山から伐り出した木を不器用に挽いて作った板を接ぎ合わせてこしらえた船だ。見栄えはせず、おそらく堅牢でもないだろう。それでも故郷に連れて帰ってくれる唯一の乗り物だった。

「これで国に帰れる。今日はめでたい日じゃ」

源之丞はそう言って、椰子酒を観音丸に注いだ。

その晩は伊勢神宮の御祓いの下で、酒肴《しゅこう》を揃えて祝ったが、皆あまり食が進まなかった。船が完成したことによる感動と興奮、故郷へのはやる気持ち、一年余り暮らした島への思い、再び大海へ漕ぎだす緊張とで、横になってもなかなか寝付けないようだった。

そんな仲間を見ていると、彼らの思いに背いて、一人ここへ残ることはとてもできないと吉之助は思った。吉之助が乗らないとなると、死と隣り合わせの長い航海へ乗り出そうとしている仲間の気が殺《そ》がれるだろう。

一度も船を見に来ないマリアの心情も痛いほどわかるが、やはりここまで運命を共にした同胞を裏切ることはできない。最後に一度だけマリアに会って別れを告げよう。この小さな島で束の間交錯したお互いの運命に感謝しながら。そう決めて目を閉じた。眠れない夜が明けようとしている頃だった。

船に載せるものは、最小限にとどめると決めた。樽に入れた水と魚の干物、果物。釣りの道具。うまく風に乗れば八丈島まで六日か七日で到達できる。八丈島に上陸できれば、後は官船《かんせん》(幕府の御用船)で送り届けてもらえるはずだ。しかしうまく八丈島を見つけられない時のことを考えて、伊豆まで十日余りとみておればよいだろうと多十郎は言った。だがそれは、順風に乗って、方角も誤らなかった場合のことだ。

また暴風に見舞われるかもしれない。航行中に、ツギハギの船が浸水してしまうことも考えられる。しかし、そんなことは百も承知だ。そういう不安は、もう誰も口にしなかった。黙々と働き、出帆の準備を整える。同時に島民たちに感謝と別れの意を伝えた。七人全員でヤロービーチとダウンザベイに出向き、吉之助の通訳で礼を述べた。誰もが別れを惜しんだ。そして航海の無事を祈ってくれた。

イロジ・ラエは、カナカの言葉で何かを言い、吉之助を抱き締めた。しかし、ウトの周辺にはマリアの姿はなかった。寄ってきた子供たちの中にエンゾの顔を認めた吉之助が「ママは?」と問うと、「漁に行った」と短く答えた。子供なりに別れの気配を感じているのだろう。いつになく神妙な顔つきをしていた。

あとは風を待つだけだ。七人は、ジョンから剃刀とハサミを借りてきて月代を剃り、丁髷《ちょんまげ》を結い合った。

また春が巡ってきて、島には命が溢れていた。西洋人がウェントルと呼ぶ海亀が浅瀬までやって来た。捕鯨船が来るたびに大量に捕獲されるのに、数が減ることはなかった。もう少ししたら、夜間に浜に上がってきて産卵を始めるはずだ。

はるかな沖では鯨が潮を噴き上げ、勇壮な跳躍を見せていた。山間部の草木は色とりどりの花を咲かせていて、小鳥がその蜜を吸いに飛び交っていた。森の底には清冽な水が絶えることなく流れ続け、苔《こけ》類はしっとりと湿って森を潤している。

集落の近くでは、莢《さや》が扇形に並んだような真っ赤な花が咲き誇っている。一年前には珍しいと思って見上げた花が、今はウリウリという名前だと知っていた。

吉之助は、すべてのものを目に焼き付け、そして心の中で別れを告げた。

自分で造ったカノーに乗って、彼は一人でダウンザベイへ出向いた。吉之助が去った後は、カノーはサンダース家で使ってもらうよう、申し出てあった。最後に残した大切なものに、別れを告げなければならなかった。

カノーを浜に乗り上げた時、ちょうどマリアがウトから出て来るところだった。

吉之助の頭を見て、マリアは明るい笑い声を上げた。

「それが日本人の髪型なの？　なんて奇妙なの！」

後から出てきたエンゾも笑った。この間とは違って、母親と同じように陽気で無邪気だった。親子は何かを吹っ切ったのか、それともわざとそうしているのか、さもないように吉之助の出帆を祝ってくれた。

「さよなら、キチ。元気でね」

「マリア、俺は――」

その先は言うなというように、マリアは頷いてみせた。

「きっと故郷に帰れるよ。海も凪いでいる」

エンゾが他の子供に呼ばれて海の方へ駆けだした。ちょっとの間だけでもマリアと二人で話がしたかった。島を去るに当たって、マリアへ自分の気持ちを伝えておきたかった。ただのゆきずりの関係なんかじゃなかったこと。マリアともっと長くいたかったこと。マリアとエンゾを残して行くのは辛いこと。しかし、自分は仲間と行動を共にすべきだと決心したこと。生死を共にしてきた彼らと生まれ育った国に帰るのが、自分の使命だということ。

マリアは、彼女の腕にかけた吉之助の手を、さりげなく振り払って、息子の後をゆっくりと追っていく。手に提げていた漁具を、自分のカノーの中に載せた。今からまた潜水漁にでかけるのだ。彼女の日常――ここでたゆむことなく続けられる生活――それを誰が途切れさせることができるだろう。

吉之助は一言も発することなく、マリアが投げた網のようなものを見下ろして立っていた。

蔓で編まれた網の先に、長い綱がつながっている。それで何を獲るのだろう。新しい獲物を見つけたか。別れに際しても動揺することなく、たくましく自分の生き方を貫くマリアが眩しかった。

「まだ少しは間があるでしょう。あなたたちが出ていくまでに」

黙り込んでしまった吉之助に、マリアは言った。

「そうだな。まだ数日はあるだろうな。風向きがよくなったと船頭が判じるまでに」

そんなありきたりなことしか言えない自分が情けなかった。しかしマリアは深刻な話を避けたいのだとも思った。この期に及んで、吉之助の気持ちを揺らがせるような言動は取りたくない——。その気持ちが真っすぐに伝わってきたが、何か落ち着かなかった。

こんなふうに別れてしまっていいのだろうか。異国の女にこれほど恋い焦がれ、別れ難くなることがあろうとは。せめてそれだけでも伝えたかった。だが、マリアはさっさとカノーを海に押し出した。

「じゃあね、キチ。皆がたくさんのお土産を用意しているよ。あたしもいいものを用意する。日本に帰っても役に立つものをね。必ず持っていくから」

手を振って、カノーを漕いで行ってしまった。

小さくなるマリアのカノーを、吉之助は見送るしかなかった。彼女は土産を持って行くと言った。きっとその時には率直な自分の気持ちを伝えようと決めた。

だが吉之助がマリアを見たのは、それが最後だった。

それから三日の間に、ジョン・マッカランやチャーリー・サンダースを始めとした西洋人たち、カナカ人たちが次々と観音丸にやって来て、土産品をくれた。食べるものはかさばるので丁重に断り、小さなものだけ受け取った。きれいなガラスの器や花柄模様の布地、洋服を留めるボタン、カナカ人が頭に挿しているべっ甲の簪、子供たちは海岸で拾った美しい貝殻をくれた。ジョンは手のひらほどの本をくれた。何が書いてあるかはわからなかったが、源之丞は有難く頂いた。チャーリーは大事にしていた鋭い銛先を吉之助にくれた。

「これを持っていれば何でも獲れる。ラッコでも」と言った。

マリアは現れなかった。やはり最後に会うのをためらっているのか。

南からよい風が吹き始めていた。

「真っすぐ戌亥《いぬい》(北西)へ進め」多十郎が海を見て言った。「今日はまだ波が高いが、数日内には凪いでくるだろうから苦労なく八丈島まで行ける」

「出帆は明後日《あさって》と決めました。神籤《かみくじ》を引いて、日がよいと出ましたゆえ」

源之丞が恭《うやうや》しく答えた。

その時、ダウンザベイの方から一艘のカノーがやって来るのが見えた。マリアかと思って、吉之助は目を凝らした。しかし、乗っているのはスメイだった。胸騒ぎがした。

「マリアが帰って来ない」スメイは吉之助と多十郎の顔を見ると短く言った。「朝早くから出て行って、まだ帰らない」

もう今は夕刻だ。吉之助は多十郎と顔を見合わせた。

「心配することはない。獲物が多くて帰れないのじゃろう」

「ニキが探しに行った。ホッグ島のマリアの漁場に」吉之助の心臓は、早鐘のように悸《う》ち始めた。嫌な汗が浮かんでくる。

「そしたら、マリアのカノーだけが浮かんでいた。どこにもマリアはいない」

最後まで聞かず、吉之助は自分のカノーに飛び乗った。ポート・ロイドの北の岬を回る。腕が折れるかと思うくらい、櫂を動かして漕いだ。いつもはゆったりと行くピール島の裏側まで、ほんの四半刻で着いた。それでも気が急いて仕方がなかった。何度か櫂を落としそうになった。

いつもの漁場には、マリアを探すカナカ人のカノーが三艘浮かんでいた。

「マリアのカノーは?」

ニキが指さす方向に、それはあった。ホッグ島の切り立った崖に沿ってかなり行ったところ、入り組んだ岩に押し付けられるようにして浮いていた。

「多分、ここから流された。ここ、流れが速いから」

吉之助は着物を脱ぐと、褌一丁で海に飛び込んだ。マリアはきっと潜水漁の途中で戻って来られなくなったのだ。マリアがお化けエビを獲っていた洞穴がいくつも見えた。暗く冷たい海だ。深いところも流れが速い。体を持っていかれそうになる。

こんな危険なところに、マリアは平気で潜っていたのか。

息が続かなくなり、何度も浮上した。息を吸ってはまた潜る。どこかの岩に引っ掛かったか。それとも鱶《ふか》にやられたか。あのマリアにそんな間違いがあるとは思えなかった。崖に沿って場所を変え、何度も潜った。深みまで行くと、頭がぼうっとしてくる。それでも崖に目を凝らした。洞穴からゴーッというように海水が流れ出し、渦を巻く。かと思えば、洞穴に向かって吸い込まれていく。

何かが吉之助の頭をかすめていった。前にマリアが言った言葉――。何だったか。

もっともっと深く潜らなければ、マリアのいるところに到達できない。そんな強迫観念に襲われて、限界まで潜った。ずっと下の方に何かが揺らいで見えた。岩の突起に絡まった長い綱のようなもの。それだけしか認識できない。必死に水を掻いて、手を伸ばす。手に触れたものをぐっと引いて、そのまま浮上した。

カノーの縁にすがって、大きく喘いだ。

「キチ、大丈夫か？」

ニキや他のカナカ人も寄ってきた。答えることもできず、自分が手にしたものを引き揚げた。三日前、マリアがカノーに載せていた漁具だった。細い蔓を編んだ扇状の網に長い綱を付けたもの。網の先には、小石が何個か重りとして取り付けてあった。

――あたしもいいものを用意する。日本に帰っても役に立つものをね。

マリアの言葉が蘇《よみがえ》ってきた。

「ああ……」

マリアは深海で見つけた赤珊瑚を採りに潜ったのだ。手が届かないから、工夫を凝らした網を腕に巻き付けて潜っていった。あの網を垂らして引き揚げるつもりだったのだ。

そして危険な洞穴に近づいた。流れ込む海水に巻き込まれ、洞穴に吸い込まれてしまった。

マ、マ、マリアは死んだのだ。吉之助はその事実に打ちのめされ、カノーに上半身を預けたまま、むせび泣いた。

どうして三日前に会った時、気がつかなかったのだろう。枝ぶりのいい立派な赤珊瑚の話をした時、吉之助は言ったのだ。日本では、それがあれば一生遊んで暮らせると。マリアはボニン・アイランドを去る恋しい男に、最高の贈り物をしようとした。そして命を落とした。

「何でだ。何でそんなことを――。俺はバカだった」

日本語で喚《わめ》き、カノーの底を拳で叩いた。カナカ人のカノーが、揺れ動く吉之助のカノーを守るように取り囲んだ。日本語を解さない彼女らは、黙って吉之助を見下ろしていた。

ホッグ島の崖からブーベが一羽飛び立ち、崖下で寄り固まったカノーの上を滑空していった。

　観音丸が出帆する日がやって来た。

　二日の間、ピール島やホッグ島の崖下や海岸を、島民総出で捜索したが、マリアは見つからなかった。速い海流に流されて、ボニン・アイランドのどこかの島にたどり着いているのではないか、死体が海岸に打ち上げられるのではないか、と様々な憶測をする者もいたが、望みは薄かった。

　カールがカノーでベイリー島まで行って、そこに住む家族に尋ねてくれたが、マリアを見た者はいなかった。

　マリアはホッグ島の崖下の海中洞穴に吸い込まれてしまったのだ。おそらく遺骸も上がらないだろう。時が経つにつれて、それは吉之助の中で確信に変わった。マリアがどこかで生きているのなら、どんな方法を取ってでもピール島に帰って来るだろう。エンゾを置いて、どこかで暮らすなどということは考えられなかった。

　吉之助が思い当たった理由については、ジョン・マッカランにだけ打ち明けた。

「そうか」

　ジョンは短く呟いた。

彼は吉之助とマリアの関係を知っていた。どれほど深く結びついていたかも察していた。安易な慰めや別の可能性を口にしても、何にもならないとわかっているのだろう。

「あれは一途《いちず》な女だったから」

去っていく吉之助にそれだけを言った。

エンゾはウトで母親の帰りを待っている。いつかきっと帰って来ると信じているのだ。

「マンマは深く潜り過ぎた。帰って来るのに時間がかかる」

会いに行った吉之助に言った。

「キチにいい物を獲ってくると言った。キチは大事な人だから、キチが喜ぶものをあげるって」

「それは深い海の底にあるって言ったか？」

「うん。とてもとても深いところにね。エンゾにも見せてやるって言った。すごくきれいな物だから、きっとびっくりするって」

エンゾの緑色の瞳に吸い込まれそうになる。ここにマリアがいる、と思った。死んだ愛しい女は、自分の分身をこの世に残していったのだ。たとえ理不尽な方法で身ごもらされた子でも、マリアは全身全霊でこの子を愛した。

だから、マリアの肉体は滅びても、魂はここに宿っている。

「ピーターは、マンマが死んだって言うんだ」

ことなげに発せられたエンゾの言葉に、身を硬くした。ピーターは、トーマスとアナの子供のうちの一人だ。

「でも違う。マンマは死んでなんかいない」

「どうしてそう思う?」

「だって聞こえるんだ。海に潜っているとマンマの歌声が。いつもマンマが歌ってた歌。深い海の底から、マンマが帰って来てる」

思わずエンゾを引き寄せて抱き締めた。エンゾはくすぐったがって身をよじって笑った。

焼けた肌と甘い汗の匂い――。

またマリアを思い出した。

ヤロービーチの観音丸のところに戻った。三十石船は、マリアがいなくなる前にコロを使って浜から海に押し出し、湾に浮かべてあった。

他の六人はすっかり用意を整えて、吉之助を待っている。潮のいい一時《いっとき》(二時間)後には出帆する予定だった。浜の奥の木陰には、出帆を見送る島民がちらほら集まり始めていた。

吉之助は源之丞の前に進み出た。

「船頭《かしら》、俺はこの島に残る」

六人全員が、はっと動きを止めた。

「何を血迷うたことを言う」すぐさま源之丞は言い返した。「やっとここまで来たんじゃぞ。

どれほど苦労して船を造ったか、お前もよおく知っておろう。国に帰らねえでどうする」

観音丸の上から藤八が飛び下りてきて、吉之助の襟元をつかんだ。

「そうじゃ。キチやん、村ではおっとうもおっかあも待っているぞ。生きて一緒に帰るとあれほど約束したじゃねえか」

ガクガクと揺すぶられ、吉之助は抵抗することもなく身をゆだねた。

「すまねえ、藤八。でももう決めたんだ」

「何で？　何でだよう」

藤八は、吉之助にすがって泣いた。

「一時の気の迷いじゃ。通じた女が死んだというて、捨てばちになるな。所詮、異国のおなごじゃろう」

権五郎の言葉にも、腹は立たなかった。静かな気持ちで、自分の決心は変わらないと告げた。しばらく押し問答が続いたが、結局源之丞は説得を諦めた。風も潮も出帆に適っている。この時を逃したら、次はいつ島を出ていけるかわからない。

五人の水主に、舟に乗るよう命じた。まだ藤八は泣いていた。

源之丞は、観音丸からやや離れたところに吉之助を連れていった。

「よいか、吉之助。お前の気持ちはわかった。ここに残るのもよかろう。だがな、お前は流れ着いた島で死んだことにする」

驚いて源之丞を見返した。吉之助の視線を、源之丞はしっかりと受け止めた。

「観音丸がうまく国にたどり着けた場合、前にも言ったように、厳しい詮議《せんぎ》を受けねばならん。その時に、一人島に残った者がおったとは言い難《にく》い。そんなことを申し上げれば、あらぬ疑いを我らにかけられるやもしれん」

帰還した漂流者の取り調べの過程で、少しでも不審な点が見つかれば、せっかく生きて帰ってきた観音丸の水主たちに不利益が生じるかもしれない。一人だけ帰ることを拒否した者があったと正直に述べたら、どんなお沙汰が下るかわかったものではないということだ。

「わかりました。それでええです」吉之助はきっぱりと言い、頭を下げた。「観音丸が無事に国にたどり着けるよう、祈っております」

観音丸がうまく航海を乗り切って、日本のどこかに帰り着いた場合、曽木村で待つ両親や兄弟にも伝わるだろう。その上で、息子が死んだことを聞かされた親はどんな気持ちになるだろうか。

だがそんなことも承知の上で決断したのだ。迷いはなかった。

「碇を揚げろ！」

観音丸に飛び乗った源之丞が言った。石の碇が揚げられた。

「キチやん、これを――」

藤八が差し出してきたのは、チャーリーにもらった銛の先だった。それは吉之助自身にくれたものだ。

「達者でな、キチやん」

「藤八もな」

長い間苦楽を共にした幼馴染とは、もう二度と会うことはない。カノーの櫂を使って沖まで漕ぎだす観音丸が、揺らいで見えた。

沖に出ると、帆が風を受けていっぱいに膨らんだ。浜に出てきた島民たちが、吉之助に寄ってきた。

「残るのか?」

ジョンがパイプをくゆらせながら短く尋ねるのに、頷いた。他の島民たちは、そんな吉之助を自然に取り囲んだ。こうして島に居つく外来者を、ボニン・アイランドは拒むことなく受け入れてきた。

「ラッコ漁に行く気になったんだな!」

チャーリーが嬉しそうに肩を叩いた。カナカ人たちが大きく手を振る。観音丸の水主たちも振り返している。その姿が、どんどん遠ざかる。

吉之助は湾を出ていく観音丸を追って、浜を歩いた。何人かは吉之助についてきた。吉之助の手の中に、小さな手が差し込まれた。エンゾだった。小さな手を握りしめ、吉之助は歩いた。観音丸は、ヤロービーチの先の岬を回ろうとしていた。乗ってきた観音丸が最初に打ち砕かれた岩礁まで来て、立ち止まった。そこに多十郎がいた。

「乗らなかったのか」

たいして驚きもせず、多十郎は言った。ついて来ていた人々は引き返し、エンゾの手を引いた吉之助と多十郎だけが水平線に向かって小さくなる観音丸を見詰めていた。

「多十郎さんは、どうしてボニン・アイランドにいるんですか?」

ついぞ訊いたことのなかったことを口にした。岩場の上に腰を下ろした多十郎は、小さく笑った。

「ここは浄土じゃからな」

そうか。ここは浄土なのか。吉之助は思った。

観音丸が遭難して、あてどもなく大海原を漂っていた時、意識朦朧《もうろう》としながら、こうして浄土にたどり着くのだろうかと考えたことを思い出していた。

やっぱり浄土に来たんだな、そう思った途端、エンゾが握った手にぎゅっと力を込めてきた。吉之助もその手を握り返した。

四、南洋桜

古物商から聞いた所番地は、駐車場になっていた。

住宅街の中の駐車場は、二十五台ほどが停《と》められるように白線が引かれていた。ここに建っていた家屋敷は、相当大きなものだったろう。恒一郎《こういちろう》は漠然とそんなことを考えていた。なぜその家に、祖父武正《たけまさ》が持っていた木製の置物があったのだろうか。現地に来てますます謎が深まった。

野本秀三《のもとしゅうぞう》という家主の名前にも心当たりはない。祖父の口から出たこともない。

こうして考えていても埒《らち》が明かない。隣の家の門をくぐった。門には「相沢《あいざわ》」と表札が掛かっていた。呼び鈴を押してから、何で自分はこんなことをしているのだろうと思った。祖父が持っていた品物が気になって尋ね歩くなんて、自分らしくもない。

いや、多分、あれがオガサワラグワという小笠原《おがさわら》諸島に固有の樹木からできていると知ったからだ。小笠原という名前には、実は心当たりがあった。祖父武正が亡くなって、相続の手続きをしていた時、その名前に出くわした。元々八丈島《はちじょうじま》に本籍を持っていた祖父は、三島《みしま》に本籍を据えるまでにも二度転籍していた。

相続の手続きを取るには、被相続人と相続人との血縁関係がわかり、他に相続人がいないことを証明する書類が必要だった。つまり、転籍を繰り返した祖父の出生から死亡までの戸籍をすべて揃《そろ》えなければならなかった。生地の八丈島を含めて三か所の市町村に取得請求申請書を手数料と共に送り郵送してもらった。ひどく面倒だったことを憶《おぼ》えている。なぜ武正は本籍を何度も移動させたのだろうと思ったものだ。

その過程で、祖母春枝《はるえ》との婚姻が記載された書面も目にした。それには、春枝の元の戸籍と両親の名前が記載されていた。春枝の結婚前の本籍は、小笠原諸島父島《ちちじま》にあった。

初めて祖母が小笠原の出だと知った。春枝は、生前一度もそんなことを話したことはなかった。その時は、たぶん春枝の実家ももともとの出自は八丈島なのだろうと思ったのだった。小笠原が日本の領土になった明治時代、入植した日本人の多くは、近くにある八丈島からだったということを、その時少しだけ調べた記憶がある。だから、同郷者の祖父と結婚話が持ち上がったのだろうと考えた。

小笠原で生まれた祖母は、八丈島の祖父のところに嫁いだ。その際にオガサワラグワの細工物を持ってきたのかもしれない。するとこれは、祖母の形見ということになる。だから祖父にとっては大切なものだったのか。しかし、それならそうと一言くらい言ってくれてもよさそうなものだ。

祖母が生きていた時に、小笠原でのことや、この置物の由来を語ったことがなかったのも腑《ふ》に落ちない。春枝は恒一郎が十五歳の時に肝臓癌《がん》で亡くなった。孫のことを不憫《ふびん》がっていつも気遣ってくれた。恒一郎の学校のことや友人のことを尋ね、優しい言葉をかけ続けた。今思えばあまり過去のことは話さなかった。母の思い出も、八丈島でのことも。恒一郎がせつなくなる話題を避けているのだと思っていた。

だが――そうではないのかもしれない。木工細工の工房でオガサワラグワという名を聞いた時、なぜか心がざわついた。理由はわからない。ただあれ以来、据わりの悪い思いを抱いている。突き動かされるように、仕事が休みの日に、ここを訪ねてしまった。

軒の低い、古い家の玄関引き戸が、ガタガタと開いた。顔を出したのは、派手なプリント柄のワンピースを着た七十年配の女性だった。

「あの……」つい口ごもってしまった。

「何でしょう」

赤い口紅を塗った唇からは、はきはきした言葉が発せられた。恒一郎は腹をくくった。

「お隣に住んでおられた野本秀三さんのことをお訊《き》きしたくて」

「はあ？」さらに怯《ひる》む。

「ほら、お隣は今駐車場になってますけど、ここに以前家があって――」

「あ、野本さんね」相沢はあっさりと言った。「あの人はもうとうに亡くなられましたよ」

「ええ、それはお伺いしました」

この先何を訊けばいいだろう。野本がどんな人物だったか？　それとも遺族の居場所？念のために撮ってきた例の置物の画像を見せて、これに見覚えがないかとか？　そのどれもが的外れな気がする。ただの隣人が何を知っているだろう。

「もう三十年近く前のことよ」派手な老女はそう言ってから、不審げに目を細めた。「あなた、あの人の何？　親戚か何か？」

「いえ、あの――」しどろもどろになる。「ちょっとした知り合いです」

「へえ！」彼女は腕組みをして、恒一郎を値踏みするみたいに上から下まで眺めた。「あの爺《じい》さんに知り合いがいたなんて、びっくりだわね」

「いや、たいした関係ではないんですけど、どうしていらっしゃるかなと思ったら、亡くなったって聞いたもので」

どっと冷や汗が出た。

「まあまあ、それはたいした心がけだこと！」紫色に染められた髪を振り立てて、相沢は目を見開いた。「あの爺さんにそんな殊勝な知り合いがいたなんてねえ。あたしは、ヤクザ崩れの人じゃないかと思ってたのよ。顔に目立つ刃物傷があったから」

相沢は、自分の頬を人差し指でさっと切り裂く仕草をした。

「とにかく近所付き合いなんて全然しなかったんだから。町内会の用事で行っても、けんもほろろの対応でね。金持ちのくせに町内会費も払わないのよ。それでも出て来てくれるだけまし。たいていは居留守を使うのよ。あんな大きな家に住んでいながら、隠れるみたいにひっそりと暮らしてた。お酒ばっかり飲んでたんじゃない？　出て来ても酒臭かったわね」

「お一人暮らしだったんですか？」

女性は大きく頷《うなず》いた。

「どういう事情があるのか知らないけど、ずっと一人だった。うちがここに家を建てて四十年になるけど、その前からね」

野本は、二十数年前に家の中でひっそりと死んでいたのだと彼女は言った。言外に、人付き合いの悪い野本には、ふさわしい死に方だと匂わせていた。その当時、七十代後半だったらしいから、祖父とは同年配ではある。だが、知り合いだったかどうかはわからない。それ以上のことは、隣人からは聞き出せそうになかった。死んだのは、たぶん病気だと思う、と彼女は言った。

「心臓麻痺《まひ》か何かよ。もうよく憶えていないわね。家の中で一人で死んだから、警察の検視官が来て、うちにも一応聴き込みに来たけど。あ、そうそう。ちょっと亡くなり方におかしなところがあったみたい。でも結局事件にはならなかったから、病死だったんでしょうよ」

老女のワンピースのポケットの中で、スマホの呼び出し音が鳴った。大きな音でクラシックの『威風堂々《いふうどうどう》』が流れた。相沢はスマホを取り出しながら、詳しいことは、近所の不動産屋に聞けばいいと名前と場所を教えてくれた。長く空き家になっていた野本邸を管理していて、このたび売買の仲介をしたのもそこだという。

恒一郎が礼を言うのに背を向けて、スマホを耳に当てた。

「あー、喜和《きわ》ちゃん？　今どこ？　そっち行こうか？　それともうちに来る？」

振り返りもせずにしゃべりながら廊下を奥に行ってしまった。

相沢の家を出て、もう一度隣の駐車場を見やると、恒一郎は背を丸めて歩き始めた。祖父が突然この地に移り住んだのは、野本秀三と関係があるのだろうか。あの置物が野本の手に渡っていたことを考えれば、その可能性はあるだろう。二人は知り合いだったのか。寡黙な祖父は、何も語らないまま死んでしまった。

ここまで来たのだ。ついでに不動産屋まで行ってみよう。どうせ時間は有り余るほどある。自嘲気味にそんなふうに考えた。

迷いながらたどり着いた不動産屋には、ペンキの剝げかけた看板が掲げられていた。「梨《なし》木《き》不動産」と何とか読めた。昭和の匂いのする不動産屋だ。引き戸のガラスに、物件の情報がぺたぺたと貼られている。

いかにも住宅街の中の古参の不動産屋という感じだ。ガラス戸の向こうには、痩せた辛気臭い親爺《おやじ》が一人座っていた。恒一郎の顔を見ても、「いらっしゃい」とも言わず、読んでいた新聞を畳んだきりだった。

東京で恒一郎が勤めていた不動産屋よりもさらに小規模な不動産屋だ。きっとこの親爺が一人でやっているのだろう。そう見当をつけた途端、奥のドアがぱっと開いた。

「いらっしゃいませ」

愛想のよさそうな老女が現れた。梨木の妻なのだろう。この夫婦もさっきの相沢と似たような年恰好《としかっこう》だ。

「何か物件をお探しでしょうか」

小柄な妻は、いそいそとつっかけを履いて土間に下りてきた。勧められるままに、古びたソファに腰を下ろす。梨木ものっそりと立ち上がって正面のソファに座った。妻が間仕切りの向こうに入ったかと思うと、湯呑《ゆのみ》を載せた盆を持って戻ってきた。

「どの辺りでお探しですか？」

梨木の隣に座って身を乗り出してくる妻に、ますます用件を切り出し辛《づら》くなった。その間、当の不動産屋は一言も言葉を発しない。老眼鏡をはずして、新聞の上に置いた。

「あの、実は物件を探しているんじゃないんです」

ここは正直に言うしかない。野本邸が売りに出されたいきさつが知りたいのだと言った。いきなり野本のことを訊くよりは、いい質問の仕方だと思えた。不動産屋に勤めていた経験が少しは役に立った。

「あら、まあ」

妻は、気を悪くしたようでもなく大仰に身を反らせた。そして夫の方へ顔を向けた。

「野本さんところの土地のことだって。あなた」

「ああ……」ようやく梨木は口をきいた。「あそこの何が知りたいんです？」

「野本さんと私の祖父が知り合いでして。祖父もだいぶ前に亡くなったんですが、生前、野本さんのことをよく話していたもので――」

　でまかせがするすると口から出た。二度目なので、さっきよりは落ち着いていた。

「へえ、じゃあ、あなたも小笠原の出身なの？」

　妻の言葉に、心臓がドクンと一回悸《う》った。

「そうです。いや、祖母が」慌てて話を合わせる。

「今頃になってねえ。長い間放っておかれたあの土地を売りたいって野本さんの相続人がやって来て、初めて私たちもあの方が小笠原の出だって知ったんですよ。ねえ、あなた」

「そうだな。それまでは知らなかったな。野本さんとは生きているうちは付き合いがなかったから」

「まったくだ」

「不思議なもんですよねえ。亡くなってだいぶ経《た》ってから、あの人のことがわかるなんて」

　どうやらこの夫婦は、妻が露払いをした後、夫がその道筋に従って話を進めるスタイルのようだ。自然に恒一郎の体は妻の方を向いた。

「あの――、野本さんは、何で亡くなったんでしょう。さっきお隣の相沢さんにお聞きしたら、たった一人でおうちの中で亡くなっていて、亡くなり方に不審な点があったとか」

　途端に、老女はホホホと笑った。

「あの人、何でも大げさに言いますからね」

「野本さんの死因は心臓発作だよ。警察の検視官がちゃんと調べてそう判断したんだから間違いない」

「もともと心臓が悪かったらしいですよ。狭心症か何か」妻が横から付け加える。「相沢さんは、事件にでもなった方が面白くてよかったんじゃないの？」

無邪気そうな老女がさりげなく毒を吐く。

「あれでしょ？　ほら、おうちの中で亡くなっていたのに、野本さん、衣服も体も濡《ぬ》れていたのよね。それも海水で」

「え？」

「それそれ。そこは不思議だったんだ。だけど、死因は間違いなく心臓発作なんだから」

「相沢さんのところに警察が行ったらしいけど、あの人だって何も知らないはずよ。野本さん、ほとんど外に出ない生活だったたって聞いたわよ。私たちも後の管理を任されたから、いろいろ事情を知っただけですからね」

梨木のところに来た相続人というのは、野本の遠い親戚にあたる人物だったそうだ。子供はいたが、先立たれたのだと相続人は説明したらしい。野本は昭和四十年代に息子と二人で小笠原から本土に移り住み、息子が早死にした後、静岡県三島市に居を構えたのだという。親族も野本がどこで暮らしているか知らなかったそうだ。

亡くなってから、警察と代理人の弁護士から連絡がきて、自分たち兄弟が相続人だと知ったらしい。野本の実兄の孫だとか言っていたと、梨木はうろ憶えの記憶を頭の中から取り出した。野本が残した遺産は預金と家屋敷だった。預金はかなり残っていて、それを三人で分けたという。家屋敷は、そのまま三人の名義で放っておかれたようだ。

家屋の利用法について兄弟間で意見の相違があったらしく、長い間手が付けられなかった。管理を任された梨木にも、その内の一人からたまに連絡があるだけだった。野本が死んだ家も取り壊されず、どんどん古びていった。

「建った時は立派だったが、最後はとても危なくて入れなかった」

そう梨木は言った。

去年、兄弟の意見が合致したか、三人のうち誰かが死んだかして、動きがあった。

家は壊されて更地になり、梨木の仲介で市内でも大きな不動産会社が買った。そこから転売されて今のような駐車場になったという。おそらく家を壊す前に、家財道具が業者に引き取られたのだろう。その一人が、フリーマーケットで出会った古物商ということだ。だいたいの流れはわかった。

「それで、その相続人さんが野本さんは小笠原諸島の出身だと言ったのですか？」

恒一郎の前に座った夫婦は同時に首を縦に振った。答えたのは、やはり妻の方だ。

「いや、正確に言うと野本さんの奥さんが小笠原の出身で、それであの方も小笠原諸島に住まわれていたんだって、そう言ってましたよ。戦後の占領下の時もね」

「センリョウカ？」

「小笠原諸島は、戦争が終わってからしばらくはアメリカに占領されていたんですよ。確かあれは——」

老女は天井を見上げて自分の記憶を探った。

「昭和四十三年までね。沖縄とおんなじですよ。沖縄の返還は大きなニュースになったから憶えている人は多いと思うけど、小笠原諸島もそうだったんです」

そのことは、漠然とした知識としては知っていた。今まで気にも留めなかった。祖母の出身地とはいえ、遠く離れた大海の中の島の歴史など深く考えることもなかった。

「その相続人さんを紹介してもらえませんか？　私の祖父と野本さんの関係がよくわからなくて、尋ねてみたいんですが」

「そりゃあ、だめだ」今までたいして口を挟まなかった梨木がきっぱりと言った。「もうあの土地は人手に渡ってしまったんだ。元の持ち主のことを軽々に教えるわけにはいかん」

「最近は個人情報とかがうるさくてねえ。申し訳ないですねえ」

妻が取り繕った。

恒一郎は、尻ポケットからスマホを取り出した。保存しておいた置物の写真を二人に見せた。

「この置物は、オガサワラグワで出来ているんです。祖父が大事にしていたもので、それが野本さんのところにあったらしいんです」

自分が古物商から買い入れたいきさつを話した。梨木は老眼鏡を取り上げてかけ、妻は身を乗り出して、スマホの画面に見入った。

「この置物の話を、相続人さんはしてなかったですか？」

今度は二人揃って首を横に振った。

「そんな物の話はしてなかったね。だいたいあんた、あの人たちは、全然野本さんと交流がなかったんだから」

「だから、野本さんが三島市に住んでいるのも知らなかったって言ってたくらいだ」

「野本さんがどんな物を持ってたかなんて、知らないと思うわ。それ、あなたにとっても大事な物なの？」

「祖父との思い出の品です」

これをフリーマーケットで見るまでは、存在自体を忘れていたぐらいの品だったが、祖父が亡くなってから行方を探していたのだと大げさに話を膨らませた。

「私は祖父母に育てられて、両親のことは何も知りません。祖父母は小笠原諸島のことなんて、一度も話してくれませんでした」

みるみるうちに、老女の顔に同情が表れた。

「祖父が持っていたオガサワラグワの置物。それを譲り受けた野本さんが小笠原諸島と関わりのある方だということを今お伺いして、やっぱり私は小笠原に縁がある人間だという気がしてきました。もっと知りたいんです。相続人さんと話せば、自分のルーツがわかるかもしれない。このままでは、私は幽霊みたいにぼんやりとしたまま生きていくだけだ」

話しているうちに、口調が熱を帯びてきた。自分でも驚いた。そしてはっきりと自覚する。そうだ。自分はこの置物を手にした時、何かを手繰り寄せられると思った。自分がどんな親から生まれ、どうやって育てられ、どんなふうに愛された子供だったか。そんなことをまったく知らずに生きてきた。それで差支えはないと思っていた。

でも、それは大きな勘違いだったのではないか。

「じゃあ、こうしたらどうかしら」妻が手のひらを合わせて目を輝かせた。「相続人の方に私らの方で連絡を取ってみて、向こうさんがOKなら、あなたのところに直接電話をかけてもらうっていうのは？」

自分の思いつきに上気した顔で、夫の同意を得ようとするように隣を窺《うかが》った。

梨木は腕組みをして考え込んだ。

「どうかな。何かと意見が食い違う兄弟だったからな」

「一番下の弟さんなら、話が通りやすいってあなた言ってたじゃない」

老女はすっかり恒一郎の肩を持つことに決めたようだ。梨木は「ううん」と唸《うな》った。

「まあ、そうしてみるか」

恒一郎は礼を言い、自分のスマホの番号を教えた。

「向こうが断ってきたら、こちらからあなたに電話しますからね。でもお話しできるといいわねえ」

世話焼きの妻に心の中で手を合わせた。彼女がいなかったら、辛気臭い不動産屋の親爺の気持ちを動かすことはできなかったろう。

不動産屋を出てしばらく歩いた。坂道を上って高台に出る。今日は雲もなく、富士山がきれいに見えた。つと足を止めて、その風景を眺めた。三島に一人移り住んだ祖父も、時折こうして富士山を眺めただろうか。

そして故郷の南の島を思い出しただろうか。祖父は八丈島で生まれたのかもしれないが、小笠原にも縁があったのだ。もしかしたら祖母と結婚後、暮らしていたことがあるのかもしれない。なぜそういうことを孫に語らなかったのか。明るくおしゃべりな祖母さえも、小笠原のことには一切触れなかった。

あの島に何があるのだろう。冠雪した富士山は、冴《さ》えた青空に映えていた。

野本の相続人の名字は、別宮《べっく》というのだと、それだけは不動産屋で教えてもらった。名字が野本でないのは、秀三の実兄の娘の子供ということか。どちらにしても遠い関係だ。そういう人物しか相続人がいなかったということは、野本も孤独な老人だったということだ。

電話はなかなかかかってこなかった。

恒一郎は、市立図書館で小笠原諸島の歴史を調べてみた。

一五九三年に小笠原貞頼《さだより》という人物が、太平洋の真ん中に諸島を発見し、よって小笠原諸島と名付けられたとなってはいるが、この説には不明瞭な点が多いとあった。一六七〇年に、阿波《あわ》国の蜜柑船《みかんぶね》が母島《ははじま》に漂着する。これが文献に残る初めての正式な発見となる。彼らは本土に生還し、伊豆《いず》の奉行所《ぶぎょうしょ》に島の存在を報告した。

それに基づき、五年後には幕府から送られた調査団が巡検を行う。その時に作成された地図には「無人島《むにんしま》」と記された。英名でボニン・アイランドと称されるのは、この地図が始まりだ。

その約百五十年後の一八三〇年にやって来た五人の欧米人と二十人余りのハワイアンが、初めて父島に定住する。ハワイアンとは、ハワイ王国のオアフ島やその他太平洋諸島出身の使用人として雇われた女性たちだった。

発見したのも名前を付けたのも日本人なのに、定住したのはハワイから渡ってきた欧米人たちだったのは驚きだ。あまりに本土から離れているせいで、幕府はこの島にたいして関心がなかった様子が窺える。欧米人たちからすれば、小笠原諸島はその時代に盛んに活動していた捕鯨船の供給基地として重要だった。定住者らは農業と漁業を営み、家畜も飼った。捕鯨船が立ち寄ると、その産物や薪炭《しんたん》、新鮮な水を彼らに売ったり物々交換をしたりした。

欧米人もボニン・アイランドからまたよそに移ったり、捕鯨船の乗組員が下船して住みついたり、婚姻のために島に呼ばれる女性もあったりと島民の入れ替わりはあった。何年かだけ居住し、子孫を残して去っていく者もあった。詳しい記録が残っているわけではないから、彼らの生活の様子ははっきりしない。読み書きができる人間も限られていたようだ。

鎖国中の日本では、大洋を航海できる大型船を造ることは禁じられていたので、小笠原に来る日本人は、もっぱら海で遭難した船の乗組員たちだった。彼らは島に定住することはなく、船を再建して去っていった。

文献にはそのうちのいくつかの事例が記されていた。一八四〇年に陸奥《むつ》国気仙沼《けせんぬま》の船、観音丸《かんのんまる》が父島に漂着した。上陸した七人のうち、一人が島で亡くなったとある。残りの六人が翌年に手造りの船で出航し、下田《しもだ》に無事帰着した。その時御役所の吟味を受けた際の口述書が残っていた。船頭の源之丞《げんのじょう》以下六人は、ボニン・アイランドで異国の人々から親切な待遇を受けた。若い水主《かこ》の一人が滞在中に病気で死んだが、島民らの協力もあり、船を再建できたので、それで戻って来た。

日本人に関しては、そんなふうに難破船の乗組員や、捕鯨船に助け上げられた遭難者が小笠原に上陸するのみで、定住するということはなかったようだ。

しかし幕府もその二十年後には咸臨丸《かんりんまる》を派遣して再び巡検を行う。そして幕府が瓦解した後の一八七六年、明治政府がやっと日本の領土であることを宣言。国際社会もそれを認めた。

日本の領土となったことを受け、定住していた欧米系島民は日本に帰化した。豊富な漁場に恵まれた漁業、温暖な気候による農業が盛んになり、本土から多くの日本人が移住してきた。一九四〇年代前半には、七千七百人もの島民が住んでいた。

ところが太平洋戦争が始まると、小笠原諸島も主戦場の一つとなった。日本陸海軍の大軍団の駐留により、小笠原諸島は戦争一色の島と化した。爆撃が激しくなると、島民は本土へ強制疎開させられた。軍属として日本軍を助けるために残留させられた数百人を除く七千余人が島を離れた。

一九四五年、小笠原諸島の南に位置する硫黄島《いおうとう》で激しい戦闘が行われた。この戦闘での日本軍の戦死者は、二万人強という膨大なものだった。そしてついに終戦となる。その後小笠原諸島は、アメリカ合衆国の統治下に置かれることとなった。一九四六年十月、本土に疎開していた欧米系島民百三十人弱だけが帰島を許された。太平洋戦争前には七千七百人以上いた島民が、たったこれだけになってしまった。

一方、欧米系以外の引き揚げ島民たちは切実な願いから、粘り強く帰島運動を行った。しかしアメリカ施政下にある島には、なかなか帰れなかった。小笠原諸島がようやく日本に返還されたのは、実に終戦から二十三年後の一九六八年のことだった。

現在の小笠原諸島には、父島、母島合わせて二千七百人ほどが暮らしており、島における出自の歴史的古さを示す「欧米系島民」「旧島民」「新島民」という呼び名で分けられている。

欧米系島民は、最初にハワイ島からやって来たり、その後に様々な理由で定住した人々の子孫で、旧島民とは、日本の領土になってから内地や他の島から移り住んできた人々の子孫、新島民とは、公務、建設業、観光業などに携わるため、新しく移住してきた人々のことを指す。

小笠原諸島は、二〇一一年にユネスコ世界自然遺産に登録された。太平洋に浮かぶ海洋島は、一度も大陸と陸続きになったことがなく、よって固有種や希少種の割合が高い。島の中で独自の進化を遂げた動植物が多いことなどが登録に至った理由だ。小笠原諸島の豊かな自然を求めて訪れる観光客も増えてきている。

本土から千キロも離れた島へは、東京の竹芝《たけしば》桟橋から「おがさわら丸」で二十四時間かけて行かなければならない。「おがさわら丸」は六日に一度の就航で、父島に三日間停泊する。行き帰りで船内二泊するので、現地で三泊が基本的な滞在のあり様だ。

「不便なとこだな」

恒一郎は目頭を揉《も》みながら独りごちた。

しかし気になったのは、欧米系島民というワードだ。祖父は八丈島出身の生粋の日本人かもしれないが、祖母の春枝は違うかもしれない。彼女は欧米系の人々の血を引いているのではないか。ふとそんな思いに囚《とら》われた。そう思うと春枝の風貌は、いかにも日本人離れしたものに思えた。

だろうか。

「ああ、シマに帰りたいねえ」と言っていた祖母がいうシマとは、小笠原諸島のことだったのか？　春枝が八丈島の武正のところに嫁いだのではなく、二人は小笠原で暮らしていたのだろうか。

では両親も小笠原の海で死んだということなのか？

祖父が亡くなった時に取り寄せた戸籍謄本は、細部までよく見ることもなく役所に提出した。気になった恒一郎は、もう一回戸籍を遡ることにした。二度目なので、手続きの要領はわかっている。戸籍の読み方も本を買ってきて勉強した。

ほかの市町村へ転籍をした場合、転籍後の戸籍事項欄には原則として最後の転籍事項のみを書き写し、その前の転籍事項については書き写さないことになっている。だから、ひとつずつ戸籍をたどっていかなければ、すべての転籍地を知ることはできない。

そして転籍前の戸籍で除籍された者は、転籍後の戸籍には載らないので、やはり丁寧に取り寄せて見ていくしかない。そうして見ていくと、戸籍の筆頭者である田中《たなか》武正は八丈島から本土に転籍し、当初は東京都足立《あだち》区に、それから埼玉県に、そして静岡県三島市に転居した際にもご丁寧に本籍地を移動しているのがわかる。

転籍先が今までと同じ市町村であれば、転籍の記載は従前の戸籍の「事項欄」にされるだけだが、転籍先が他の市町村である場合には、従前の戸籍は除籍となり、転籍先の市町村役場で新しい戸籍が作られる。そういった事情も戸籍をたどるのを困難にしている。

転籍の都度、死んだ者は除かれていく。埼玉県で死んだ祖母はともかくも、母、幸乃《ゆきの》の名前はなかなか出てこない。恒一郎は、時間と労力をかけて根気よくたどっていった。そんな作業をしているうちに、祖父は幸乃のことを恒一郎に知られたくなくて、わざわざこんな煩雑な手続きを踏んでまで戸籍をたどりにくくしたのではないかとさえ思えてきた。

幸乃の名前が出てきたのは、八丈島から取り寄せた戸籍謄本だった。電子化前の旧来の縦書きのもので、幸乃の名前には抹消線が引かれている。

母幸乃の出生地は、東京都練馬《ねりま》と記載され、死んだのは、一九六八年の五月十五日、小笠原村でとなっている。小笠原が日本に返還されたのは、同じ年の六月だから、返還直前ということになる。恒一郎の生年月日は一九六八年の一月二十一日だ。出生地は八丈島と記されている。これは何を意味するのだろう。祖父の遺産を相続する時に目にしたはずなのに、記憶の隙間からこぼれてしまっていた。

祖母の春枝が小笠原出身だとその時に知ったから、何かの事情があるのだろうと思ったのか。祖父母が死んだ後では、その事情など知りようがない。深く考えることはなかった。自分の出生地が八丈島なのにも不審を抱かなかった。当時小笠原村に住んでいたとしたら、幸乃が父親の縁を頼って八丈島へ行って産んだのだろうぐらいにしか思わなかった。

出生地は、親の本籍地でも実際に生まれた場所でも、届け人が自由に選べるということだったから。

だが、今となってはこの考えはおかしいとわかる。なぜなら、小笠原が返還される前には、日本の国土とは行き来ができなかったと知ったからだ。アメリカ占領下では、郵便物さえ一度アメリカを経由して届けられていたと資料には書いてあった。人が自由に行き来できたはずはないのだ。

幸乃が一九四五年に練馬で生まれたのは、強制疎開のせいだとは推測できた。しかし母は、小笠原でどんな死に方をしたのだろう。自分はどこで生まれたのだろう。なぜ祖父母はそのことを隠し続けたのだろう。小笠原返還前後に何があったのか。胸の中で生まれた疑問は、どんどん大きくなってくる。記憶の片隅で干からびていた植物が、水を得て首をもたげ、すっくと立ち上がってくるみたいに。

部屋に帰って、古物商から買った黒光りのする置物を眺める。それが恒一郎の日課になった。オガサワラグワのことも、小笠原について調べた時に、資料を目にした。日本人の入植が始まった明治期には、山中に高さ十五から二十メートル、株の直径が一メートル以上もの大木があったという。白アリに強く、独特の木理《もくり》の美しさから銘木として高く売れるので、先を争って多くの樵《きこり》が入り、伐《き》り出しが行われた。

明治時代から戦前にかけて伐り倒されたオガサワラグワの切り株が、今も山中に多く残っているという。この木は朽ちにくく、切り株や枯れ木が長い年月を経ても残るせいだ。

その頃に養蚕のために持ち込まれたシマグワとの自然交雑により雑種化も進んでしまった

が、それでも今もまだ純粋種はかろうじて残っている。成木の保護や幼木の生育など、保全活動が行われているとあった。

いったいこの置物は、何のために作られたのだろう。真ん中にある窪《くぼ》みは、どのような用途を持っているのだろう。いくら考えてもわからなかった。それでもオガサワラグワの美しい木肌を眺め、手でさすっていると、なぜか安らかな気持ちになるのだった。

祖父武正も、時折こうしてこの不完全な置物を眺めていた。あの時、彼の胸に宿っていた思いとは、どんなものだったのか。それを知りたいと思った。

ようやく電話がかかってきた。別宮からだった。三兄弟の一番下だと言った。

「ええと……。大叔父の何が知りたいんです？」

恒一郎が礼を言うと、不審げな声が返ってきた。当然だろう。こうして電話をくれただけでも有難いと思わなければ。気を取り直し、この前、梨木不動産でしゃべったのと同じことを説明した。梨木の妻とは違って、相手は興味も持たず、よって同情もしなかった。

「私の両親は、海で死んだとしか聞かされてなかったんです。それがもしかしたら小笠原諸島でのことだったんじゃないかと思い当たって――」

もうひと押ししてみた。相手は考え込んでいる様子だ。

「悪いけど、こちらも詳しいことはわからないんです。私ら兄弟は大叔父に一度も会ったことがないし」

やっと言葉を継いだが、戸惑いが感じられた。それでもやや穏やかな口調になったことに力を得て、恒一郎は続けた。

「野本さんは、小笠原の出身だったのでしょうか？　私の祖父とはそこで知り合ったのかもしれません」

「いや、もともと野本家は富山の出です。大叔父は東京に出て来て商売をしていて、その関係で小笠原と縁ができたようです」

「縁ができた？」

電話の向こうの人物は、大仰にため息をついた。

「母が生前話していたところによると、大叔父は、まあ、商売上手というか、目ざといというか、抜け目がないというか、そういう人で――。戦前は珊瑚《さんご》の商いをしていたようです。それでひと財産こしらえたっていう話でした。たぶん、小笠原と縁ができたのは、そういう関係だと思いますね」

野本秀三は、戦後のアメリカ占領下の小笠原に住んでいたと別宮も言った。最初の妻を亡くし、再婚した相手が小笠原諸島の欧米系の女性だった。日本人でも配偶者であれば欧米系の島民と共に帰島が許されたらしいと彼は説明した。

「でも、昭和四十三年に小笠原諸島が日本に返還された途端に、大叔父は本土に戻ってきたと聞きました。再婚相手と別れて。その人は小笠原に残ったみたいですね。先妻との間に息子がいたんですけど、その人も本土に戻って三十代で交通事故死したらしいです」

とにかく自分たちは、本土に引き揚げてきてからの野本秀三とも付き合いがなかったのだと別宮は言い張った。彼の母親も叔父秀三の居場所を知らなかったという。彼が死んで警察から連絡が来るまで、三島市に住んでいたことも、彼の一人息子が死んだことも知らなかった。

あれだけの家屋敷に住み、生活に不自由はしていなかったようだから、珊瑚かなんだか、商売はうまくいっていたんでしょうね、と別宮は付け足した。

お陰でかなりの遺産が転がり込んできたわけだ。そのことには、別宮は触れなかった。祖父が持っていたオガサワラグワの置物のことも訊いてみたが、まったく心当たりはないと答えた。相続人にとっては、何の価値もないものだろう。

「梨木さんから伺いましたが、野本さんは亡くなった時、全身が海水で濡れそぼっていたそうですね。死因は心臓発作で間違いないということでしたが」

相手が野本には、何の情も抱いていない様子なので、立ち入ったことを尋ねてみた。

「ああ、あれね」うんざりしたみたいに別宮は答えた。「そんなことを警察から知らされました。ああいうおかしなことだけが取り沙汰されて近所では噂《うわさ》になって、困ったことです」

あれは死因とは何の関係もないと警察も断定したのだと別宮は説明した。

「遺体の傍らにプラスチック製のちゃちな水槽が転がっていたから、そこからこぼれたんだろうということでしたよ」

「その中に海水が？　何かを飼っていたんですかね？」

「さあ。海水だけで生き物はいなかったらしいから、飼っていたとしても死んじゃったのかも」

特に興味もなさそうに、別宮は答えた。死亡診断書には、死因は心不全と書いてあったらしい。酒をかなり飲んで寝入ってしまった状況が見て取れ、寝ている間に心臓が止まったと推測されると警察からは説明を受けたという。もうそろそろ電話を切りたいという雰囲気が伝わってきた。

「何せ偏屈な変人だったらしいんですよ、あの人。母も嫌ってましたね」

とうとうそんなことまで言った。隣人の相沢も似たようなことを口にしていた。親戚とも疎遠になり、近所付き合いもせず、孤独に死んでいった老人と、無骨だが実直だった祖父とが接点を持っていたとは考えられなかった。

だが祖父武正は、三島に移住した。野本と何らかの関係があったからではないか。そしてあのオガサワラグワの置物が野本に渡ったのだ。同年代の二人を結びつけるものは、小笠原諸島しかない。

「これ以上は私も知らないから。悪いけど」

考え込んで黙った恒一郎に、別宮は畳みかけた。

彼に丁寧に礼を言って電話を切った。二十年以上前に死んだ大叔父のことで、あれこれ聞かれるのは迷惑なことだろう。

謎はますます深まったが、それでも自分の生い立ちについて何も知らないでいた恒一郎には充分な情報が得られた。何一つ確証はないが、いくつかの推察が成り立った。野本は、欧米系の女性と結婚して、アメリカ占領下の小笠原に住んでいたという。

それなら、武正に関しても同じことが考えられる。祖母の春枝は、小笠原諸島に元々住んでいた欧米系の家系から出た人ではなかったのか。彼女の目鼻立ちや、白い肌、すんなりと高い背丈は、そう考えると合点がいく。その特徴は、恒一郎にも受け継がれたもので、おそらくは早死にした母幸乃を経てきたものに違いない。

しかしそういう出自をなぜ孫に伝えなかったのか。それがおおいなる疑問だ。もう一度、艶のある置物を撫《な》でてみた。

小笠原諸島に何があるのだ？

スマホで小笠原諸島を検索してみた。図書館の資料で歴史や地理はわかったが、それだけではないディープな情報を仕入れたかった。

まずは一番知りたかった欧米系の島民について調べてみた。一八三〇年にやって来て、初めて定住した人々の末裔《まつえい》が今も島に住んでいるとわかった。全員が明治時代に日本に帰化した。その時には、姓名はそのまま、カタカナで戸籍に記載された。

そうした島民の写真も出ていた。欧米人の面影を宿す人もいれば、日本人と変わらない風貌の人もいた。欧米系とはいえ、日本人と婚姻関係を結んでいった末の子孫だから、しだいに血統は薄れてくるのだろう。それにハワイアンやポリネシア系の血を引く人々もいたわけだから、また顔かたちは違ってくる。

明治時代に撮られた白黒写真にあるような、いかにも欧米人一家というような家族はもう見られない。姓については、面白い事実もある。戦争中、欧米系の名前の使用が禁じられ、漢字を当てるなどして姓名を改めさせられていた人が、戦後二十余年後に小笠原が日本に返還された時、カタカナの名字も許されるようになり、またカタカナ表記に戻したりもしたようだ。だから同じ家系から出た人が、漢字姓とカタカナ姓を名乗っていたりもする。たとえば「マッカラン」という名字の家族があったり、それを漢字に置き換えた「真柄《まから》」を名乗る家族があったりする。「タイラー」と「平良《たいら》」も共存している。どちらも最初に小笠原諸島に定住した家系から出ているとあった。

しかしたどれるのは、男系として名字が残っている家だけだ。女性は日本人と結婚してしまうと日本人の名字になってしまうし、祖母春枝のように島から出てしまえば、日本人の中に埋もれて追えなくなる。きっとそういう人はたくさんいるに違いない。

こんな特殊な歴史や文化を持つ場所が日本にあったなんて、思いもよらなかった。そしてそれに自分も関わっているとは。もしあの時、古物商のテントの前を通りかからなかったら、見覚えのあるオガサワラグワの置物に出会わなかったら、今も自分のルーツやアイデンティティなどに思いを致さず、鬱々とした日々を送っていたに違いない。

ネット上に現れた小笠原諸島の写真に目を凝らす。信じられないほど青い海。白い砂浜。荒々しい岩肌が剝《む》き出しになった海蝕崖《かいしょくがい》。南洋のジャングルのような原生の森。原色に咲き誇る花々。イルカ。ウミガメ。ジャンプする鯨――。

その一つにでも見覚えがないだろうか。匂いや手触りを感じないだろうか。

これほど圧倒される風景に、かつて接したことがあるなら。どんなに幼い時だろうと、きっと憶えているはずだ。

恒一郎の奥深い部分で何かが動いたような気がした。が、それはあまりにかすかで奥深く、とらえようもない。

小笠原諸島の観光案内のサイトも閲覧してみた。世界遺産に登録されて以来、小笠原諸島を訪れる観光客も増えているようだ。島の手つかずの自然に魅せられて、定住する人も結構いた。そういう人向けに移住のノウハウを載せたサイトもある。小笠原はやって来る人々に優しい島だ。ここでは時間がゆったりと流れている。一見不便に思えることも、慣れてしまえばどうってことない。そんな文言が並んでいた。

新しく移り住んだ人々は、土産物屋をやったり、ダイビングツアーを主催したり、ペンションを開いたりしているようだ。しかしそのすべてがうまくいくわけではないと釘《くぎ》を刺している書き込みもあった。小笠原は案外出入りの激しい島で、新たに島に移住してくる人がいる反面、出ていく人も多いという。季節労働者のように、観光客の多い時だけやって来てアルバイトで働き、閑散期にはよそへ行くということを繰り返す若者もいて、島の風紀を乱しているという問題もある。

観光客が多く訪れることで、貴重な生態系を壊してしまう。これでは世界遺産に選ばれた豊かな自然を損ない、環境保全に逆行することになる。もっと規制を厳しくするべきだという意見もある。

そういう島事情を興味深く見た。

いよいよ小笠原諸島に惹《ひ》きつけられる自分を意識した。祖母春枝の戸籍謄本を小笠原村から取り寄せてみようか。直系卑属の自分にはそれが可能だ。そうすれば、自分とこの島との関わりがもっとよくわかるだろう。

あれこれタップしているうちに、おがさわら丸の予約画面に飛んだ。

ごくりと唾《の》を吞み込んだ。一番近い出航は、三日後だった。それを逃せばまた六日後だ。勤めている電気工事会社での仕事は忙しい。三日後には、農機具工場内の電気設備の機械装置の点検という大事な仕事が入っている。嘱託とはいえ、電気主任技術者の資格を持つ恒一郎は責任ある仕事を任されていた。

今の生活には、不満はない。これ以上何も望まない——そう思っていた。ついこの間までは。小笠原を知るまでは。

気がついたら、おがさわら丸の乗船予約をしていた。出航日は、四月八日だった。

自分の足で小笠原諸島を歩いてみたい。その願いを抑えることができなかった。

芝浦《しばうら》運河沿いを、恒一郎は歩いていた。

おがさわら丸の出航までまだ二時間以上ある。早く着きすぎて、時間を持て余している。

この辺りも開発がすっかり進み、高層マンションもたくさん建っている。ベビーカーを押して歩く母親たちは、そこの住人なのだろうか。

カフェやレストランが並ぶ運河沿いの一角は落ち着かず、恒一郎は足を速めて通り過ぎた。かつては東京で暮らしていたのに、三島での生活が長くなり、都会の人混みやリズムには違和感を覚えるようになっていた。

どうしてこんな衝動的なことをしてしまったのだろう。

三島の電気工事会社は辞めてきた。あまりに急な恒一郎の申し出に社長は怒り狂ったが、ひたすら頭を下げて許しを乞うた。まったくどうかしている。ボストンバッグ一つを提げて、おがさわら丸に乗ろうとしているなんて。ボストンバッグの中には、着替えと共に、タオルでくるんだオガサワラグワの置物が入っている。

迷いを吹っ切るように、恒一郎はやみくもに歩いた。昔のままの倉庫や古びたビルが並んでいる場所まで来た。よく見れば、倉庫はリノベーションされてイベントスペースになっているし、印刷工場はいくつかに区切られてアート工房になっている。

古い低層ビルは改装されて、『うみかぜ荘』という看板がかかっていた。どうやら老人ホームになっているようだ。低い塀の向こうに前庭があって、玄関前にハナミズキの木が一本立っていた。施設の名前の通り、海風が薄いピンクの花を揺らしていた。恒一郎は、ふと立ち止まってハナミズキを見やった。一片《ひとひら》の花びらが風に乗って、背後のビルの方に飛んでいった。

二階のベランダに何人かの年寄りが出ていた。椅子に座って、日向《ひなた》ぼっこをしているようだ。車椅子の老人もいる。海のそばで人生の終わりを迎える人々は、誰もが安穏な顔をしているように見えた。

これ以上この界隈《かいわい》で時間を潰せそうにない。諦めて竹芝客船ターミナルへ戻る。中央広場には、高いマストのモニュメントが立っていた。そこから階段を使い、ボードウォークへ上がってみる。目の前には東京湾が広がっていた。隅田《すみだ》川を上り下りする遊覧船が何隻も通っていく。右手にはレインボーブリッジ、左手の遠くにはスカイツリーが見えた。

栈橋には、白い船体のおがさわら丸が停泊していた。明るい春の光に照り輝いている。しばらくそれを見詰めた後、恒一郎は待合室に入った。

待合室には、ぱらぱらと乗船客が集まってきていた。おがさわら丸は小笠原諸島父島へ直行する。だから、ここにいるのは、皆小笠原へ行く人か見送りの人だけだ。島の住人らしき人々や、サーフボードを抱えた若者があちこちで談笑している。春休みが終わったところだから、子供の姿はほとんど見かけない。

手持ち無沙汰に、小笠原の観光パンフレットを手に取ってみた。色褪《いろあ》せていて、端がくるんと丸まったりもしている。ここに来る人たちは、わざわざパンフレットを手に取ってみたりしないのだろう。何気なくパンフレットをめくってみる。島の観光名所を紹介するもので、目新しいものではない。最後の方に、何人かの島民の写真とコメントが載っていた。その中の老女の写真の上で視線が止まった。

どことなく春枝に似ていた。祖母が亡くなったのは、六十四歳の時だった。まだ若々しくしゃんとしていた。写真の老女はもっとうんと年を取っている。皺《しわ》だらけの顔に人懐っこい笑みを浮かべている。欧米系島民の一人として小笠原で生まれ、戦前戦後の時代を生き抜いてきた島の生き字引だと説明書きがついていた。「古屋《ふるや》テル」という名前もあった。恒一郎は、そのパンフレットを折り畳んでジャケットの内ポケットに入れた。

これから二十四時間かけて、はるか千キロも離れた島へ行くのだ。おそろしく前時代的な旅に思える。あんな辺鄙《へんぴ》な島に人が移り住んだこと自体が奇跡的なことのように思えた。

恒一郎が買ったチケットは二等和室で、一番安いものだったが、それでも片道で二万四千円ほど。恒一郎には痛い出費だ。自分は何をしているのだろうとまた思う。出航一時間前には、待合室は混雑し始めた。乗船を待つ人々が列に並ぶ。恒一郎もその中に混じるが、どうにも据わりの悪い思いがした。別に誰かに注視されているわけではないが、落ち着かない。改めて島に渡る確たる理由のない自分を自覚した。

恒一郎の前に並んだ親子に目がいった。子供は中学生くらいの少年だ。春休みを本土で過ごし島に帰るのだろうか。目を引いたのは、彼が大きな楽器のケースを抱えているからだ。たぶん、中身はチェロだろう。島の子供がチェロを習っているなんて、驚きだ。父親がしきりに話しかけているのに、生返事を繰り返している。

ようやく改札が始まり、おがさわら丸に乗り込んだ。まだ新しい船だ。内装もきれいだし、設備も整っている。だが船内を見て歩く気も起こらず、二等和室に直行した。清潔なカーペット敷きの大部屋だ。寝転がると、頭の部分だけには仕切り板がある。たいして混んでいないので助かった。女性はレディースエリアに行くようだ。さっきの親子は見かけないから、もっとグレードの高い船室のチケットを購入したのだろう。

午前十一時に出航した。甲板に出ていく人が多い。レインボーブリッジや飛行機が離着陸する羽田《はねだ》空港など、東京湾の景色を楽しむためだろう。恒一郎は、しばらく和室で寝転がっていたが、レストランが混まないうちに腹ごしらえをしておこうと、ラウンジを横切った。閑散としたラウンジで、テレビがついていた。

大写しになった人物の顔を見て、足が止まった。そのまま、画面に引き寄せられるようにテレビに近づく。律也《りつや》だった。間違いない。りさ子が送ってくれた写真は、何度も見返したから顔立ちは頭に焼き付いている。テロップには、高村《たかむら》律也とあった。「高村」は、りさ子の再婚相手の姓だ。

その番組は、先日の日本選手権水泳競技大会の模様を報じていた。律也は二百メートルバタフライで、日本新記録を出して優勝したらしい。インタビューに答える晴れやかな息子の顔を、まじまじと眺めた。

「やるだけのことはやってきたから、自信はありました。でも日本新記録まで出るとは思っていなかったです」

全身からも白いスイミングキャップからも水が滴っている。

隆々と盛り上がった肩や胸の筋肉が眩《まぶ》しい。それに上背《うわぜい》もある。インタビュアーの頭が律也の肩口にある。なんとも日本人離れした体格だ。

はっとした。この子にも、もしかしたら脈々と受け継がれた欧米人の血が流れているのかもしれない。かすかではあるが、断たれることなくつながってきた日本人とは違うDNAが。

「さあ、もう一度レースを振り返ってみましょう」

決勝戦の映像が流れた。

「高村選手の潜水にご注目ください」

律也はスタートからの潜水が、他の選手より長い。他の選手が早々に浮上するのに、律也はまだ水面下にいる。長い手足を存分に生かして、ぐいぐいと水を掻く。潜水泳法の方が水の抵抗が少ないのだろう。律也の頭が浮上した時には、他の選手から抜きんでていた。

恒一郎は、呆気《あっけ》に取られて我が子の秀でた泳ぎを見ていた。

映像を見ながら、アナウンサーが解説をする。

バサロとも呼ばれる潜水泳法は、背泳ぎやバタフライで取り入れられ、潜水距離が長い選手が有利になった。これを得意とする選手が主要大会の上位を独占する期間が長く続いた。しかし、本来の泳ぎが形骸化するという批判や限度を超えた潜行の危険性を指摘する声もあり、ルール改正が何度か行われて、背泳ぎもバタフライも潜水距離を十五メートルに制限されることとなった。

「二百メートルバタフライにおいては、十五メートルぎりぎりまで潜行する選手は高村選手以外いません。三回のターンを行う二百メートルでは、平均五から七メートルの潜行で浮上するのが世界レベルでも一般的なのです。なぜなら五十メートルや百メートルならともかく、二百メートルバタフライでは、体力が続かないからです」

なるほど、ターンをして潜水泳法をするたびに、律也と他の選手との差は開いていった。

ゴールして水から顔を出した律也は、一位を確信していたように、すぐに腕を上げてガッツポーズを取った。息子の顔が眩しかった。

「これで世界水泳への切符を手に入れたわけですね？　意気込みを聞かせてください」

「世界の壁が厚いことは承知しています。でも出るからには頂点を目指します」

「頼もしい言葉ですね。皆さん、日本水泳界は新しいヒーローを迎えました」

画面が切り替わった。恒一郎は、詰めていた息を吐いた。

水泳界のヒーロー――。

ふっとある記憶が蘇った。

律也がまだ小学校に上がる前のこと。一緒に風呂に入って、息を止めてどれだけ湯の中に潜っていられるか競争をした。律也は、子供にしては長い時間、息を止めていられた。父親を負かして得意げな顔をする律也に言ったのだった。

「律也はスイミングを習えばいいな。きっといい選手になるよ」

律也は「ほんとに？」と嬉《うれ》しそうな声を上げた。

おがさわら丸はちょうど二十四時間後、翌日の午前十一時に小笠原諸島、父島の二見《ふたみ》港に入港した。ゆったりと体を横たえられたのに、昨夜はよく眠れなかった。朝五時には目が覚めて甲板に出た。風に吹かれながら、しだいに明るんでくる水平線を見ていた。朝日が昇ってくる頃には、甲板に多くの人が出て来た。人々は言葉もなく、海から顔を出した太陽が、空と海を黄金《こがね》色に染める様を見ていた。ゆっくり昇ってきた朝日は荘厳な光を放って、この世界から夜を追い払った。

こんな夜明けがあるのを知らなかった。東京でも三島でも、同じ太陽が昇っているはずなのに、全然違った。一日が始動するきっぱりした瞬間を見た気がした。

すっかり日が昇ってから入った二見湾は、思っていた以上に大きく広々として見えた。湾の奥にも周囲にも、岩肌が剝き出しになった崖がそびえ立っていた。海の青とそこから立ち上がる無骨な岩々、猛《たけ》るほどに燃え立つ山の緑は、それでも見事な調和を見せて、絶海の孤島を演出していた。

とうとう来てしまった。恒一郎は小笠原村の中心地である大村《おおむら》の方向に歩いた。なるべく安い宿をと探して民宿を予約してある。ひとまずそこへ落ち着こうと思った。海岸に沿った道路をひたすら歩く。車はあまり通らない。時折追い抜いていく車は、品川《しながわ》ナンバーだった。歩いているうちに、汗が出てくる。四月だが、本土よりかなり気温は高い。道端には、椰《や》子《し》の木がそびえ、真っ赤な花をつけた大木も目につく。車が通ると、房状の花がポロポロと道路にこぼれ落ちた。

家々の庭には、ハイビスカスやブーゲンビリアが植えてあり、色鮮やかな花を咲かせている。明るく強い日差しに照り映える極彩色に圧倒された。

小笠原村役場を確認したところで、道がわからなくなり、立ち止まる。おがさわら丸から下りた人々も、大半はこちらに向かってきているようだ。スマホを取り出してマップを見た。

島内でもスマホが使えることは、確認してきた。

立ち止まった恒一郎の横を、何人かの人が通り過ぎていく。その中に竹芝客船ターミナルで見た親子がいた。背の低い男の子は、大きなチェロのケースを持ち慣れた様子で運んでいる。親子は、道路から少し奥まったところにあるホテルの入り口を入っていった。ということは観光客なのだろう。チェロを持って小笠原に観光に来るなんて、変わっている。それとも音楽祭のようなものでもあるのだろうか。

マップで自分が行くべき民宿がわかった恒一郎は、そちらに向かって歩き始めた。

「民宿マルハチ」は、素っ気ない造りの宿泊施設だった。素泊まりで五千円ということで決めた。

受付にいるのは、アルバイトのような若い男だった。名前を名乗ると、予約は三泊でしたね、と確認された。差し当たってはそれだけ予約を入れてあるが、もしかしたら、延ばすかもしれない、と答える。

「この船で帰らないんですね。ツーボートですか？」

意味がわからずきょとんとしていると、受付の青年は説明を始めた。この船とは、今入港しているおがさわら丸のことを指し、大方の観光客は、来た船に乗って小笠原を去る。ツーボートというのは、二航海ということで、一便見送って、その次の便で東京へ帰ることを意味するらしい。この島は、何事も定期船の運航に合わせて動いているようだ。

「ちょっとまだよくわからないんだ」

そう曖昧な答えを返す。相手は特に不審がりもしなかった。この島へふらりと来て、時間を忘れて滞在する客も珍しくはないのだろう。

鍵を渡され、部屋に入った。六畳の畳敷の部屋だ。布団は押入れにあるから、自分で敷いてくれと言われた。窓を開けてみるが、見晴らしはよくない。隣に建つコンクリート製のアパートのようなものが視界を遮っている。島内の住宅事情はよくなく、家賃も東京都内並みだという。物件が少ないこと、地元の人が土地を売りたがらないことなどが影響しているようだ。ガソリンを筆頭として物価も高い。千キロを運搬してくる物資だから、それなりのものを加算されるのは仕方がないだろう。それでも生活自体にそれほどお金はかからないから、住みやすいと思っている人は多い。

部屋に荷物を置いて、しばらく休んだ恒一郎は、今まで取り寄せた戸籍関係の書類を持ってそこを出た。受付には、さっきのアルバイト青年は見当たらなかった。客があまりいないようなので、どこかでサボっているのだろうか。彼も東京からふらりと来て、ここに居ついたクチの人間なのかもしれない。はるばる海を渡って到達する島の地域性には、すべてを許して受け入れる寛容さのようなものがあるのか。それともそんなものがあると幻想を抱いて来る人間が多いのか。

さっき通り越した小笠原村役場を訪ねた。

受付に歩み寄って、戸籍謄本を取りたいのだと申し出る。受付に来る人もあまりおらず、のんびりした感じの役所だ。恒一郎に応じて受付に来てくれた職員は、まだ若い男性だった。彼のにこやかな笑顔に釣られて、「自分の戸籍をたどるために、ここへ来たのだ」とざっくばらんに言ってみた。

「そうですか」

相手は特に不審を抱いたようには見えない。「戸籍証明書等請求書」を一枚取り出して、恒一郎の目の前に置いた。恒一郎は、祖父母が結婚して新しい戸籍を作った時の戸籍謄本を取り出した。戦前のものだ。大正八年生まれの祖母は、昭和十四年に祖父武正と結婚している。その時の古い戸籍謄本に春枝の出生地と両親の名前も書いてあった。

「ここに——」恒一郎は春枝の名前を指し示した。「小笠原村と記載してあります。これは私の祖母に当たる人で——」

自分と祖母との関係を表した戸籍謄本、それに自分の身分証明になる運転免許証を取り出した。

「つまり、おばあ様の結婚前の戸籍謄本をご覧になりたいんですね？」

若い職員の飲み込みは早い。そうだと答える。職員に教えてもらいながら、請求書に記入した。

「お待ちください」

男性職員は書類を持って、役所の奥へ消えた。

本当は、ここへわざわざ来なくても、必要な書類を送れば、祖母の戸籍謄本は郵送してもらえる。それは重々承知していた。それでも直接来て調べたかった。郵送でやり取りしたのではわからない細かな事情があるような気がしてならなかった。

「お待たせしました」

職員が戻ってきた。古い戸籍謄本のコピーを手にしている。戸籍の記載方法は戦後大きく変わった。戦後の憲法改正によるものだ。戦前の形式のものは、戸主を中心とした「家」を一つの単位としているのに対し、戦後は夫婦、親子のように核家族単位で記載するようになった。

だから旧法戸籍には、多くの名前が出てくる。それも恒一郎が見たかったものだ。春枝の両親が、上川千之助《うえかわせんのすけ》、サキという名前であることを再確認する。日本人の名前だ。この戸籍には、今は誰も在籍していないので、除籍謄本になっていた。彼らが欧米系かどうかを職員に尋ねてみた。彼はゆっくりと首を振った。

「それはわかりません。わかってもお答えはできません。個人情報に関わることなので」

「そうですか」

千之助とサキの家系をたどろうとしたが、除籍簿の保存期間を過ぎていて、既に処分されていた。完全に行き詰まってしまった。これではここまで来た甲斐《かい》がない。祖父母がアメリカ占領下の小笠原にいたかどうか、それが知りたいと食い下がってみたが、それも答えられないと言われた。

意気消沈した様子の恒一郎を、職員は、気の毒そうに見返した。

「そういうことを隠しているわけではないんです。島の人は、実際のところおおらかで自分の出自に引け目を感じたりもしていないんですよ」

ただ、役所的には答えられないというだけで、と彼は続けた。

「実は、僕だって先祖は欧米系の人だったんです」

はっとして顔を上げた。屈託なく笑う若者が首から下げたネームプレートには、「真柄」とあった。ネットで調べた時に、その名前に接していたと気がついた。確か「マッカラン」という名字を漢字に置き換えたものだった。

職員に礼を言うと、取得した除籍謄本を持ってロビーのソファに腰かけた。じっくりと春枝の結婚前の戸籍に見入る。少なくとも、春枝が小笠原村の出身だったことは確かめられた。孫の恒一郎の知らない、若い祖母の輪郭が垣間《かいま》見えた気がした。

春枝はこの広大な海の真ん中の島で生まれて育った。どんな子供時代を送ったのか。どのようにして祖父と知り合ったのか。そしてたった一人の娘をどんな事情で失ってしまったのか。

春枝は千之助夫婦の長女で、三人の弟と、一人の妹があった。弟たちももう亡くなってい て、春枝と妹は、婚姻により千之助の戸籍を離れてしまっていた。妹の名前を見て、目を見張った。春枝の妹の欄には、テルと記してあった。古い戸籍謄本には、「昭和二十六年に古屋昭一《しょういち》と婚姻届出」と記載されていた。ジャケットの内ポケットを探る。竹芝客船ターミナルでもらったパンフレットを取り出した。

写真が載っている古屋テルという人物。春枝にどことなく似ていると思った老婆の顔をもう一回よく見た。「欧米系島民の一人として小笠原で生まれ、戦前戦後の時代を生き抜いてきた島の生き字引」と添え書きがしてあった。きっとこの人に違いない。そう思った途端、勢いよく立ち上がった。だが、きっと除籍謄本で見つけた人の現住所を教えてくれと言っても断られるに決まっている。

ゆっくりと頭を巡らせて受付の奥を見ると、自席に戻った真柄と目が合った。彼も気になって恒一郎の様子を観察していたようだ。恒一郎は、大股で受付に歩み寄った。真柄がさっと立って来た。

「この方は——」パンフレットを見せて彼に問う。「どこにお住まいですか？　お話を聞いてみたいんです。島の生き字引の方に」

今度は、青年は朗らかな笑みを浮かべた。

「実は、僕も今あなたにアドバイスをしようと思っていたところです。古いことがお知りになりたいなら、島の年長者に聞くのが一番だって」

島のスーパーで弁当を買い、民宿の部屋で遅い昼食をとった。玄関から外に出ると、隣の建物との間の小さな空き地からわっと笑い声が起こった。

隣も民宿らしく、境がはっきりしない。そこに数人の若者が椅子を持ち出して、缶ビール片手に談笑していた。その中に民宿マルハチのアルバイト青年の顔があった。今は休憩時間ということか。

「なあ、タカヒコ」

空き地からの声が響いてくる。

「何だよ」

返事をしたのは、あのアルバイト青年だ。

「今晩、時《とき》ちゃんと遊びに行こう」

「お、いいねえ。時ちゃん、いいって？」

「いつだってＯＫだよ。時ちゃんは」

若い男たちの淫靡《いんび》なクスクス笑い。ネットで見た半島民とか臨時島民と呼ばれる若者のようだ。彼らは気ままに本土から来て、気候も土地柄も緩やかなこの土地でしばし羽を伸ばし、また去っていくのだろうか。

彼らと同年代の律也の顔が浮かんだ。なぜなんだろう。長い間会ってもいない、話もしていなかった息子が、この亜熱帯の島に降り立ったところを想像した。とんでもない発想だと自分を笑う反面、しっくりくる画《え》だとも思う。

おかしな幻想を頭から追い払った。

真柄から聞いた古屋テルの家は、奥村《おくむら》地区にあった。二見湾の最も奥深いところに位置する地区で、地元民が多く住んでいるらしい。

小ぢんまりした感じのいい家を守るように、多くの樹木が植えられていた。この島に来てよく目につく赤い花が盛りの木もあった。

真柄は古屋家の場所を教えてくれながら、「でも最近はあまり体調がよくないらしいんですよ」と申し訳なさそうに言った。テルは除籍謄本からすると、生まれは昭和五年ということだった。今年で九十歳だ。

パンフレットの写真では、まだそれほどの年には見えなかった。何年も前に撮られたものかもしれない。

玄関の前には背の高いココヤシが弓なりになって伸びていた。

呼び鈴もない戸口で逡巡《しゅんじゅん》した挙句、引き戸を引いて声を掛けた。応《こた》えて出てきたのは、六十代後半くらいの初老の女性だった。

「古屋テルさんはいらっしゃいますか？」

当然のことながら、相手は訝《いぶか》しげな顔をした。恒一郎は名乗って、テルが自分の大叔母に当たる人ではないかと思うと率直に伝えた。除籍謄本を見て女性は目を丸くした。

「田中さん？　春枝さんのお孫さん？」心当たりがあるようだった。「大変だ！」小柄な体で大仰に驚きを表す。

「母は、春枝さんが亡くなるまでは時折連絡を取り合っていたみたい」

それでは音信不通というわけではなかったのか。小笠原に住んでいる妹がいることなど、祖母は一言も漏らさなかったけれど。玄関に立ったまま恒一郎は、簡単にこの家を訪ねてきた理由を語った。もうすでに祖父母は亡くなったこと。自分は小笠原のことなど、何も知らずに育ったこと。しかしあることがきっかけで、小笠原に縁があるのかもしれないと思い始め、決心しておがさわら丸に乗って来たこと。役場で戸籍を当たっていて、古屋テルさんの名前に行き当たったこと。

ポケットからくしゃくしゃになったパンフレットを引っ張り出す。

「竹芝客船ターミナルでこのパンフレットを見た時、祖母に似ていると思いました」

そこまで言うと、女性は感極まったように顔をくしゃりと歪《ゆが》ませた。

「春枝さんのことは、母もあまり話さなかったのよね」

まあ、どうぞ、と言われて家に通された。テルに会わせてくれるのかと思ったら、玄関脇の応接間に導かれた。籐《とう》のソファセットには、手作りらしいカバーが掛けられていた。女性はてきぱきと動いて、よく冷えた島特産のレモングラスティーを持ってきてくれた。それを口にしてはじめて、喉が渇いていたことに気がついた。

女性はテルの息子の妻で、夫が亡くなってしまったので、今は姑《しゅうとめ》のテルと二人で暮らしているのだと言った。彼女は古屋澄子《すみこ》と名乗った。

「テルさんに聞けば、私の母のことがわかるかなと思って――」

恒一郎は、祖父母から母のことはほとんど聞いていないことを語った。母がどんな人だったか。どんな死に方をしたか。そういうことを知りたくてここへ来たのだと。澄子は熱心に耳を傾けていた。

恒一郎の話が終わると、一つ大きく息を吐いた。

「母から直接にその話をしてあげられるといいんでしょうけど……」わずかに口ごもる。「母はこのところ急に、認知症が進んで何もわからない状態なんです。ほとんど口をきかないし、お世話をしている私のことはかろうじてわかるんだけれど。訪ねて来てくれる親しい人の言うことが理解できているとは思えない」

恒一郎はすっかり気落ちしてしまった。せっかく見つけた糸口が、するりと指の間から抜け落ちていく虚脱感に襲われる。

「母は話好きで、島の人にもよそから来た人にも、小笠原のことをいろいろ教えてあげていたのよ。自分が小さな時の生活や、両親や兄弟のこと。戦争中に苦労したこと。でもなぜか春枝さんや姪御《めいご》さんのことには触れなかったわねえ」

澄子は遠い目をして宙を見詰めた。

「あ、でもちょっと待って」携帯電話を取り出して、どこかに連絡する。「亡くなった父の姪に当たる人が近所にいるのよ。彼女なら何か聞いているかもしれない」

自分のルーツを求めてはるばる本土からやって来た中年男に同情したようだ。島の人情を見た気がした。テルの義理の姪に当たる女性はすぐにやって来た。藤井《ふじい》ゆかりという名前の、七十歳過ぎの女性に、澄子が手早く恒一郎のことを説明した。

「ゆかりちゃん、春枝さんのこと、何か知ってる？」

「おじちゃんから聞いたことがある」おじちゃんとは、亡くなったテルの夫のことだろう。「春枝さんはかわいそうだと言ってた。たった一人の娘さんが死んでしまって、小笠原にいるのが辛くなったんだって」

「この方のお母さんのことよね。幸乃さんていう――。その方はどんな亡くなり方をしたのかしら」

「おじちゃんは自殺したんだと言ってた」

胸を鋭い矢で貫かれた気がした。冷たい傷から冷たい血がとめどなく流れていく。

「海に飛び込んで――」

澄子がちらりと恒一郎を見やった。平静を保とうとしたが、無理だった。

「何で自殺なんか……」澄子が呟《つぶや》く。

「母が死んだのは、小笠原が日本に返還される直前のことだったらしいんですが、その時に何かがあったってことでしょうか」

かすれた声を絞り出した。ゆかりは首を傾《かし》げた。

「私は占領下の小笠原にはいなかったの。父が本土に残る決断をしたものだから。返還後に島に戻ってきたわけだけど、その時には春枝さん夫婦はもういなかった。幸乃さんの子供さん――つまりあなたを連れて本土へ行ったたって、それだけは聞いた。幸乃さんが自殺した事情は島にいた人でもよく知らないみたい。知っていた人も年を取って亡くなったり、記憶が薄れて忘れ果てたり。テルおばちゃんみたいにね」

私もまだ結婚してなかったから、この島には来ていなかったわね、と澄子が付け加えた。

もはや過去に遡ることはかなわないということか。母が死んだのが、この小笠原の海だとわかっただけで満足するべきか。しかし死因が自殺とは。受けた衝撃は大きい。幸乃がそんな悲劇的な死に方をしたから、祖父母はその子である恒一郎には詳しいことを伏せていたのだろう。そこの事情は納得できた。

だが、なぜ母は自殺などしなければならなかったのだ？　新たな疑問が生まれ、生々しい衝撃とともに恒一郎の中で渦巻いた。

「祖母やテルさんは、欧米系島民だったんでしょう？」

ややぬるくなったレモングラスティーを一口飲み、気を取り直して尋ねた。役場で戸籍をたどろうとしたけれど、うまくいかなかったことを告げた。

「そうなんだけど、調べてもはっきりした家系はわからないの。真柄さんや平良さんのようにきちんと資料に残っている系列ではないみたい」

「欧米系やらポリネシア系やら、出たり入ったりがあったし、短期間で去っていく人や、病気で死んでしまう人もあったりで複雑なのよ。きちんと定住していくまでが」

よこからゆかりも口を添える。

「うちはイタリア人の血を引いているらしいって、元気な時のお母さんが言ってたけど、どうかしらね」

返答を求めるように、澄子はゆかりを見たが、ゆかりは肩をすくめたきりだった。

「まあ、でもせっかく来てくださったんですもの。母に会っていってやってください。今日は気分もよさそうだから」

考え込んでしまった恒一郎を励ますように、澄子が言った。初めはテルに会わせるつもりはなかったのだろうが、恒一郎の話を聞くうちに気が変わったらしい。澄子とゆかりの後について、奥まった部屋まで廊下を歩いた。奥まってはいるが、裏庭に面した明るい部屋に、テルはいた。

フローリングの気持ちのいい部屋で、テルはロッキングチェアに腰かけて、庭を見ていた。庭には、サンセベリアやフェニックス、タニワタリなどの観葉植物が地植えになっていた。涼しげな風がそれらの葉を揺らし、開け放った掃き出し窓から部屋の中にまで入ってきていた。

「お母さん」

澄子がかけた声に、テルはゆっくりと顔を向けた。恒一郎は立ちすくんだ。春枝の面影を宿した老婆に見詰められ、声も出ない。

「お母さん、この方――」澄子がテルの傍らに膝をついて、恒一郎を指し示す。

「春枝さんのお孫さんなんだって。ね、わかる？　お母さんのお姉さんの春枝さんよ」

恒一郎はテルの視線に合わせるよう、腰をかがめた。

「はじめまして。田中恒一郎といいます。祖母が小笠原の出身だったとわかって、妹のあなたを訪ねて来ました」

澄子を真似《まね》て、ゆっくりとした口調で言った。テルは食い入るように恒一郎を見るが、一言も発しない。

「ねえ、お母さん。春枝さんの娘さんの幸乃さんのこと、憶えてる？　この方のお母さんに当たる人なのよね。その人のこと、聞きたいんだって」

テルの口がわずかに開いた。だが、やはり言葉は発しない。澄子は部屋の入り口に立つゆかりと目を合わせた。ゆかりはゆっくりと首を横に振った。

その時、膝の上に置かれたテルの手の甲にある傷が目に入った。思わずテルの手を取る。

「これは――？」傷を撫でながら、恒一郎は尋ねた。「この傷はどうなさったんですか？」

春枝の左肩にも、これとよく似た傷があった。そのせいで肩は少し不自由そうだった。

縮緬《ちりめん》のような細かい皺の刻み込まれたテルの顔に変化が現れた。奥まった目がいくぶん大きくなり、唇が震えた。

驚くほど強い力で、恒一郎の手から自分の手を引き抜く。言葉にならない呻《うめ》き声がテルの口から漏れた。子供のようにおんおんと泣きながら、テルは両手に顔を埋《うず》めた。激しく上下する肩を、澄子がさすった。

「大丈夫、大丈夫だから。ね？　お母さん」

「怖い、怖い。痛い、痛い」

くぐもったテルの声が両手の間から聞こえてきた。

恒一郎はゆかりによって、部屋から連れ出された。応接間にまで戻ると、ゆかりは大仰にため息をついた。

「あれはおばちゃんにとっては辛い思い出なのよ。戦争末期に小笠原が空襲に遭った時、機銃掃射で撃たれた痕らしいわ」

「あの傷、私の祖母の肩にもありました」

「ええ？　そうなの？　じゃあ、一緒に受けた傷かもわからないわね」

しばらくして、澄子が戻ってきた。テルはようやく落ち着いたという。ゆかりから話を聞いた澄子は、大きく頷いた。

「昭和十九年の七月、サイパンが陥落してからこの島への空襲はひどくなったらしい。春枝さんとうちの母は十一歳年が離れていたでしょう？　春枝さんが子供だった母をかばって地面に伏せたところに機銃掃射を受けたんだって。その時の機銃弾が二人を貫いたんだって、だいぶ前に母から聞いたことがある」

「そうだったの。それはおばちゃんにとっては思い出したくないことだわね」

恒一郎は言葉もなく、二人の会話を聞いていた。

「でも、母にとって怖かったのは、それだけではなかったって。その後、ようやくの思いで逃げ込んだ防空壕《ぼうくうごう》の中で、痛みと恐怖で泣いていた母に、日本の兵士が『うるさい！　敵に見つかるから静かにしろ。静かにできないなら、殺してしまうぞ』と言って銃剣を向けてきたことだって言ってた」

「そんな……」

「理不尽なことを言う兵士に、欧米系の人たちが歯向かったら、『なんだと！　この非国民が！』と殴りかかってきたんだって。そういうこと、母にとっては負の記憶なのよ。話好きで、観光客たちに昔のことを語るのが好きだったけど、決してそういうことは話さなかった」

空襲が治まった隙に、春枝とテルは小曲《こまがり》にある野戦病院にかつぎこまれ、軍医の診察を受けることができた。出血の多かった春枝は意識が朦朧《もうろう》とした状態で、軍医はこれは助からないかもしれないと言ったそうだ。

それで早めに家族もろとも疎開船に乗せられることとなった。横浜に上陸後、すぐに横須《よこす》賀《か》の海軍病院に入院して治療を受け、春枝は一命を取り留めたのだという。

春枝の肩の傷は、貫通銃創だったのだ。仲の良い姉妹を貫いた銃弾——。それを孫には告げなかった。あの傷につながるすべての過去を、祖母は封印してしまった。

「とにかく今日のところは引き取ってもらえますか？　母をこれ以上興奮させたくないので」

澄子にそう言われては、従うしかなかった。

この家で知り得たことはあまりに大きい。それを自分の中で咀嚼《そしゃく》する時間も必要だった。

澄子とゆかりが出てきて見送ってくれた。このまま帰すのは申し訳ないと思ったのか、澄子は恒一郎にどこに泊まっているのかと訊いた。民宿マルハチだと答えた。

「マルハチはこの島の固有植物の名前よ。シダの仲間だけど、葉が落ちると、幹に『八』を逆さにして丸で囲んだような模様が出るから」

「だからマルハチか」

前庭の木に咲く赤い花を見上げた。

「あれは？　あれは何ていう花なんです？」

「あの赤い花はムニンデイゴ。やっぱり小笠原の固有植物よ」

頷きながら、心の中で驚いた。離婚してからは孤独な生活に慣れきっていた。特に寂しいとも思わなかった。過去のいきさつから、人との関わりは煩わしいと思っていた。誰とも親しくしなければ、何事も平穏に過ぎていくのだ。

なのに、初めて会った初老の女性たちと、植物の話をしている自分がいる。

「この島では、ビーデビーデって呼ばれているのよ。ハワイ語のウリウリからきているんだって。小笠原では桜が咲かないので、南洋桜とも言うし」

恒一郎は深紅の桜を見上げた。この花の下に立って穏やかに微笑《ほほえ》み合う若い春枝と幼いテルを思い浮かべた。平和な微笑みの背後から、アメリカ軍のグラマンが襲いかかる。降り注ぐ銃弾に二人は倒れ込む。ビーデビーデの花が無惨にちぎれ飛ぶ。

恒一郎はぎゅっと目をつぶって頭を振り、不吉な映像を追いやった。

前庭に立つ澄子とゆかりに丁寧に礼を言って、古屋家を後にした。家への進入路で振り返ると、いつまでも立って見送る二人が見えた。彼女らの上に赤い花びらが降っていた。

五、ボニンブルー

「あ、これこれ。島ではこれを履かないとな」

雅人《まさと》が立ち止まり、道路に面したショップに寄っていく。賢人《けんと》は後を追わず、道端に立ったままだ。

「おい、来いよ、賢人」

ショップの前で雅人が大声で呼ぶので、仕方なく近寄った。店先には、色とりどりのゴムサンダルが並んでいた。

「どれにする？　賢人」

「え？」

「だからさ、ギ、ョ、サ、ン、を買ってやるっていうの」

「ギョサン？」

雅人は嬉しそうに「これのこと」とサンダルの一つを持ち上げた。店の前の平台に無造作に盛り上げられたゴムサンダルの山。手書きのポップにも「ギョサン」と書いてある。賢人が戸惑っていると、雅人はゴムサンダルの山を引っ掻き回して、賢人の足に合うサイズのものを探し出してきた。色は濃い青だ。自分用には灰色のものを選びながら、「ギョサン」とは鼻緒の付いた漁師サンダルのことなんだと雅人は説明した。

「ここではこれで歩くのがいいんだ。風通しがいいし、裏がでこぼこで滑らないし」

一足千百円のものをさっさと買ってきて、ショップの前の道路で履き替えている。どうせ急《せ》かされるに決まっていると、諦めて賢人も履き替えた。脱いだスニーカーは、リュックの中に押し込んだ。

竹芝桟橋を出てちょうど二十四時間。午前十一時に父島の二見港に着いた。

こんなに長い間船に乗ったことはない。陸の見えない航海だ。周囲に広がるのは、茫洋《ぼうよう》とした大海原ばかり。雅人は愛用のキヤノンEOS 5Dを持って、早速甲板に出た。賢人も初めは海や撮影する父親を見ていたが、東京湾を出ると、船酔いになってしまった。酔い止めの薬は飲んでいたし、他の船客によると、たいした揺れではないらしいのに、頭がふらついて立っていられない。気分も悪い。おそらく普段離れている父親と、長く行動を共にするという状況がそうさせるのだろう。意識はしなかったが、緊張しているのかもしれない。甲板から早々に引き上げて、一等の二人部屋にこもっていた。

雅人は、二等寝台を予約しようとしたのに、祖父が一等室に変更させた。多分、料金も祖父が出しているのだろう。一事が万事、こんな具合で事は運ばれる。一等室には、ゆったり横になれるベッドが二台設置されていた。部屋に入った途端、父は嬉しそうにベッドに乗って足を投げ出した。

「うー、いいなあ！　やっぱり。一等は」

雅人はのんきに頭の後ろで手を組んだ。プライドも何もない様子の父親を、賢人は苦々しく見やったが、雅人はどこ吹く風だ。

船室のベッドの足元には、チェロのケースが置いてある。これも祖父から命じられたことの一つだ。学校へは行かなくてもいい。父親と小笠原へ行って気分転換をして来るのもいいだろう。しかし条件がある。弾かなくてもいいから、チェロを持っていくこと。演奏家たるもの、常に楽器は身の回りに置いておくべきだ。

いかにも厳格な祖父が言いそうな言葉だ。東京から千キロも離れた島に来ても、中塚《なかつか》家の鎖は賢人の足首にがっちり食い込んでいる。鬱陶しいことこの上ない。そして何よりそれに従ってしまう自分に腹が立つ。一緒にいるのは、そんな煩わしさからとっとと逃げ出し、自由を謳歌《おうか》している無神経な父親だ。

むかむかするのは、船酔いのせいだけではないだろう。ふてくされた賢人は、食欲がないと言って自動販売機で買ったゼリー飲料を口にしただけだった。そして、とうとう小笠原へ来た。来たのはいいけれど、これといってすることはない。結局雅人の仕事に付き合うしかない。青のギョサンでペタペタ歩いて、二見港から徒歩二分の前浜《まえはま》という海岸にやって来た。

芝生の広場を抜けると、白い砂浜に透明な波が打ち寄せていた。アクセスがいいせいか、たくさんの観光客で賑《にぎ》わっていた。シュノーケリングをしている人もいる。今足で踏んでいるのは砂ではなくサンゴダストなのだと雅人が説明した。

「四月なのに、もう泳げるんだよなあ。賢人、この島の海開きっていつか知ってるか？　一月一日なんだぜ」

べらべらしゃべりながら、雅人はカメラを構え、何度もシャッターを切る。賢人はやや後ろに下がって、そんな父親を見ていた。今気がついたが、父の仕事の現場に立ち会うのは初めてだった。リュックから機材を取り出し、手早く装着してアングルを決める雅人を、ぼんやりと見ていた。

これからどれくらい父と二人きりでいるのだろう。おがさわら丸を下りる時に、だいたいの予定を訊いてみたが、父は「うーん、わからんな」と答えたきりだった。薄々勘付いてはいたが、雅人は、どこかから依頼されて小笠原の写真を撮りにきたわけではなさそうだった。前から来たかった島にふらりと来て写真を撮り、機会があれば写真展に出すか写真集にでもしてもらおうという魂胆のようだ。それに心を病んだ息子を付き合わせたということか。

家にいたって学校に行く気はさらさらなかったから、父と旅行に出た方がましだと、賢人も思った。祖父も孫のためにはそれがいいと結論付けたようだ。心配する母、真奈美《まなみ》と祖母をいつもの手前勝手な理屈で黙らせた。結局は女二人も折れた。

「賢人にとってはいい刺激になるかもしれん」

父が小笠原行きを提案した日、自分を納得させるように祖父は言った。孫の状態を案じて鬱状態に陥った娘から、悩みの種を引き離してみることも有意義だと判断したのかもしれない。

――どうだっていいよ。

碧《あおい》の言葉をなぞった。

あれほど好きだったチェロも弾く気がしない。そもそもその音色が聴こえないのだから、弾く意味がない。無用の長物となった大きな楽器を担いで、最果ての島に来た自分がひどく滑稽だった。こんなのんびりした島にクラシックの弦楽器ほど似合わないものはない。おがさわら丸の中を移動する時も、物珍しげにじろじろ見られた。だがそれもどうでもいい。

「いいなあ。あの海の色を見てみろよ」カメラを構えたまま、雅人が振り返って言う。「見たことないだろ? あんな青は」

またシャッターを切る。

「あれはボニンブルーって言われている色なんだ」

「ボニンブルー?」

返事をする気もなかったのに、つい口走った。

「そう。小笠原諸島だけの青だ。どこにもないクリアな藍色」

海水に燐《りん》や窒素が少なく、よってプランクトンも少ないために透明度が高く、あんな澄んだ青になるのだと雅人は説明した。

ひとしきり撮影をすると、雅人は賢人のそばに寄ってきた。二人は海岸の岩に腰を下ろした。

「小笠原諸島は、ボニン・アイランドとも呼ばれてる。もともと無人島だったから、日本人は『むにんしま』と呼んでいた。『むにん』が『ぶにん』になり、『ぼにん』となったらしい。その呼び名を使っていたのは、主に欧米人だった。今も島の固有種を表すために、その名称は使われているんだ」

小笠原だけで産出する岩石はボニナイト。固有植物にはムニンツツジやムニンヒメツバキ。

「面白いだろ？」

返事もしない息子も気にならない様子だ。この人の神経はどうなっているのか。

最初に島に定住したのは、ハワイから来た欧米系の住人で、今もその子孫が残っているのだと雅人は続けて説明した。それを適当に聞き流しながら、賢人はなぜ父はこんな遠くの島に興味を持ったのだろうと思った。自分をあの気位の高い家族から引き離すためだけにここを選んだとしたら、念が入り過ぎている。

それもどうでもよかった。

だけど――この海の色は特別だ。表面の色じゃない。海溝の深さまで思わせる深い青だ。ボニンブルーと名称を付けて呼ぶのも頷ける。

青――碧。海の色の名前の子。そんな連想が浮かぶ。

しばらくしゃべった後、雅人はまた撮影に戻った。賢人は岩に座ったまま、波の音に耳を傾けた。寄せては返すことを律儀に繰り返す波は、疲れることも知らず、飽きさせることもなく、潑剌《はつらつ》としている。しだいに賢人の周囲は、波の音で満たされた。世界には今、この音しかないという幻想に浸る。

ハイドンの『チェロ協奏曲第一番』に似ている、と思った。一定の規律を守りつつも伸びやかなメロディは明朗でわかりやすく、聴く者を幸福な気分にさせる。人生は明快で美しいものだと伝わってくる曲だ。難解さや屈折を退け、素直で穏やかな曲想。あの曲を想起させる音が自然界にあるとは驚きだ。単調だが豊かな彩りを持つ波の音に耳を傾けつつ、まだチェロの曲になぞらえてしまう自分を笑った。

「今夜は、星の撮影に行くぞ」

カメラをしまいながら、雅人が言った。息子の意向などおかまいなしだ。

この人の中にも、ある種の原始的なリズムが流れているのだろうか。

雅人が選んだ宿はコンドミニアムタイプの宿だった。長期滞在者は、キッチン付きのこのタイプが便利なのだそうだ。

雅人が料理をするとは意外だった。そう言うと、「一人暮らしなんだから、うまいもんだ」と返ってきた。自分は父のことを何も知らないんだな、とそれだけは思った。

「だが今日は着いたばかりで、買い物もできていないから、外食」と雅人は続けた。

雅人がスマホで検索して決めた食堂は、地元民もやって来るくだけた雰囲気の店だった。

宿泊施設も飲食店も、大村エリアに集中している。

雅人は、ウミガメの煮込みとかカメ刺しをばくばく食べたが、賢人はどうにも受け付けなかった。ウミガメを食べるなんて信じられない。アカバという魚のから揚げと、後はトマトやきゅうりを食べた。島トマトも島きゅうりもおいしかった。

そのまま、昼間行った前浜まで歩いた。歩いているうちから、夜空の星に目が奪われる。

「月と星の明るさがすごいだろ？」

雅人も見上げながら言った。星明かりなどというものがあるとは知らなかった。都会の夜空は黒く沈んでいるのが常だった。

「街の照明がないから、肉眼で見える星の数が違うんだ」

言いながら、雅人はもう気もそぞろだ。早く撮影をしたくてたまらないのだろう。浜に下りると、波の音が昼間よりも大きく響いてきた。

雅人はもう無駄口を叩くことなく、折り畳み式の三脚を取り出してカメラを取り付け始めた。賢人はただ空に見とれた。自然に砂浜に体を横たえた。自分の上に降ってくるような夥《おびただ》しい星に言葉を失う。

さっき行った食堂で隣り合った地元の人が、小笠原は星空の美しさで日本一の記録を毎年更新しているのだと言っていた。

「小笠原の上空にはジェット気流がないから、星の輝きが真っすぐに届くんだよ」

あの人が言った言葉の意味がよくわかった。恐ろしいほどの星の数だ。天の川銀河もはっきりと見える。まさに天を流れる川だ。乳白色に煙っている。目を凝らすと、一つ一つの星の色まで見分けられる。ただ白く輝いているものだと思っていたが、大間違いだった。天も地も暗いからよくわかるのだ。いや、黒一色だと思っていた夜空にも、彩りと表情があった。横たわる賢人を丸く包み込む星空は、水平線まで広がっている。今背をつけているのが、宇宙に浮かぶ小さな惑星だと実感できた。

死の世界――ふっとそんなことを思った。これほど美しく、気高く、清く、煌《きら》びやかなものが現実にあるとは思えなかった。目の前に広がる空は、冷たい死を連想させた。

あそこにいるんだな、と思う。あそこで碧は賢人のチェロの音を聴いている。あの晩、特に親しくもない、だが偶然にも向かい合って生と死に分かれてしまったクラスメイトの男の子から、一番大事なものを奪っていってしまった。

今はチェロの音色も想像するしかない。記憶の奥から取り出して。

波の音にハイドンのチェロ協奏曲を重ね合わせるように。

でも、こうなって本当はほっとしていた。今気がついた。チェロの音が聴き取れなくなり、演奏家としての道を断たれたことに安堵《あんど》している自分がいる。あのまま、祖父や母の期待通りにチェロを練習して、芸大に入り、プロの演奏家になって、その先はどうだというのだ。鼻持ちならない音楽一家の一員に落ち着くのか？　それが人生における成功というものなのか?

そんなことをしているうちに、音を楽しむことを忘れてしまうだろう。初めてバルトークの『ルーマニア民俗舞曲』を聴いた時の喜びは、遠ざかる。

――そんなのつまんないじゃん。

空のどこかで碧が呟いた。

知らず知らずのうちに微笑んでいた。この島は、死に一番近しい島だ。何もかもが極限にある。だからこそ美しい。気まぐれな父に連れられて偶然来た土地じゃない。呼ばれたんだ。碧に。死の世界に。ここにいると安心する。自分に一番ふさわしい場所だった。

時間が経つのも忘れて、賢人は瞬く星を見ていた。時折、星が流れていく。空にあるすべての星が自分に向かって落ちてきて、針のような切っ先に突き刺されて死ぬところを想像し、さらに幸福な気持ちになった。

「おい。賢人。先に宿に帰ってろ」

父の言葉に現実に引き戻された。雅人は、絞りを開いて星の軌跡を撮るつもりなのだという。もしかしたら明け方までかかるかもしれないから、先に帰って寝ていろと、振り返りもしないで言った。

「いいよ。ここにいる」

「だめだ。お前がいると気が散る」

きっとそれは、賢人を宿に帰らせるための口実だろう。船で着いたばかりの日に、無理をすると体調を崩すとでも思ったのだ。船酔いしていた賢人を見て、砂浜で一夜を過ごすほどの体力はないと判断したのか。お互い、何もわかっていない親子だ。

星空に心を残しながら、身を起こした。宿泊先のコンドミニアムまでの道は頭に入っている。湾岸通りを真っすぐ行って、二本並んだ椰子の木を目印に曲がればすぐそこだ。背中に付いた砂を払って、ギョサンの中に入り込んだ砂も振り払う。

「じゃあ」

「おう」

とことん勝手な人だ。そう思うが、不快ではなかった。中塚の家では、賢人は保護されるべき弱者であり、今や心配の種でしかない。そういったものをすっかり取り払って一個の人間として扱われている気がした。

ポツンポツンとしか街灯がない、暗い湾岸通りを歩きながらそんなことを思った。暗いけれど深夜というほどではなく、人もまばらに歩いている。月の光が海を照らし出している。穏やかな湾の海面が、鏡のように光を反射して、ほんのり明るんでいる。湾を取り囲む陸地は黒い影となって沈み込み、空も海も群青《ぐんじょう》色を保っている。夜は真っ黒の闇じゃないんだ。ここにはあらゆる種類の「青」が存在する。賢人は立ち止まって、かすかに発光する海を見ていた。

この島が無人島だった時——誰も見る人もいない間も、海はこうして月に照らされ、星はちりばめられ、波は打ち寄せていた。人間なんていなくても、営まれるものはいくらでもある。むしろ傲慢な人間なんていない方がいい。

だから——やっぱりここは死に近い島だ。心が安らぐ島だと人が言うのは、きっとそのせいだ。死は、誰にも等しく訪れる最も人間的なものだから。

生きている碧の最後の顔を思い出した。あの子は事故で死んだんじゃない。生きることにうんざりした彼女は、自分で自分の命のスイッチをパチンと切ったんだ。だからこそ、あの事故は起こり、あの日たまたま乗り合わせただけの自分は助かった。

連れていってくれてもよかったのに。

そしたら、ブラックホールの中でいくらでもチェロを弾いてあげたのに。

今、小笠原諸島に来たことにも意味があるのか。はるか昔、火山活動によって海底から持ち上げられた土地に。かつて一度も大陸とつながったことのない海洋島に。死に近しい島に。

賢人はまた歩き出した。

夜風に、名も知らない花の甘い香りが混じっている。目印の椰子の木を曲がり、コンドミニアムの前に立った。ロビーで誰かが笑い声を上げた。部屋に入る気が失《う》せて、そのまま宿の前を通り過ぎる。

飲食店や宿泊施設が数軒並んだその奥は、すぐに山が迫っている。山にそう分け入らない場所に、狭いが木立の途切れた草地のようなところがあった。そこから景色を眺めている人がいるのを、昼間にコンドミニアムの窓から見かけた。あそこまで行けば、星空も月明かりの海ももっとよく見渡せるのではないか。賢人は温かな夜の気配に誘われるように、山道を登っていった。中塚家の呪縛から解き放たれて、自由行動を気ままに楽しみたかった。父に触発された行為だ。

目的の場所に行くのに、家の途切れた場所から数分しかかからなかった。道もそう険しくはない。街の向こうに期待通りの景色が広がっていた。山が背後に控えているので、海岸で見たような空の広がりはなかったが、ここはここでまた違った光景に出会えた。この島には、どこに行ってもありきたりな風景というものがない。二見港には、おがさわら丸が停泊していた。夜目にも白い船体が浮かび上がって見える。

自分はいつ出航する船に乗るのだろう。碧を感じられるここにずっととどまっていたい気もした。本当の死にとらえられるまで。あの子が連れていってくれるまで。それはうっとりするほど甘美な考えに思えた。

ガサッと茂みから音が聞こえた。賢人はぎょっとして身構える。ここには自分一人しかいないと思っていた。それとも何か動物だろうか。野生のヤギとか、夜に活動するというオオコウモリとか。

だが、どれも違った。人の声がする。数人いるようだ。体の緊張は解けない。こんな時間に真っ暗な山の中にいる人間なんてまともじゃない。また音がした。木の枝を踏みしだく音。ひそひそと何かを囁《ささや》き合う声。いったい何をしているのだろう。押し殺したような笑い声もする。

怖さよりも興味の方が先に立った。賢人は足音を忍ばせて、音のする方に歩を進めた。自分をわざと危険に近づけたいという破壊的な欲求にも突き動かされていた。東京で、中塚家で「いい子」然としていた自分を徹底的に壊してしまいたい。この島では、それができるような気がした。予期しない奇妙な力が湧いてくるのを感じる。

何を怖がることがある？　死に魅入られたこの島で？

すぐ近くの木立の中で、懐中電灯の灯《あか》りが動いているのがわかった。自然の光と相反する人工的な光が交錯する。

「おい、早くしろよ、タカヒコ」

「お前、いつまで粘ってんだ？　時ちゃん、疲れんだろ」

「イクのは一回だけだぜ」

「イカせんのは？」

わっと笑い声が上がり、誰かが「しっ」とたしなめた。

森の縁《へり》の灌木《かんぼく》の中に身を潜め、賢人は数メートル先の光の輪を見やった。男が三人。二人は懐中電灯を持って立っている。弱い光が照らし出すのは、木の根元に伏せた男だ。黒いタンクトップの男は、小刻みに体を動かしている。その意味がわかった途端、賢人の頭にかっと血が上った。

タカヒコと呼ばれた男は、女の体に覆いかぶさっている。男の短パンは、膝のあたりまでずり落ち、色白の臀部《でんぶ》が露《あら》わになっていた。それが激しく上下運動を繰り返している。まさに男女の交わりがそこで行われているのだ。それくらいのことは、中学生の賢人にもわかった。

異様なのは、森の中の行為に二人の男が居合わせていることだ。

「うくっ!」

突然タカヒコは背中をのけ反らせた。がくりと女の上に伏せる。二人の男は、抑えたクスクス笑いを漏らす。タカヒコのせわしい息遣いが賢人のところまで届いた。

「お前だけだろ。イッたのは」

「時ちゃん、全然冷静だぜ」

またクスクス笑い。懐中電灯の光が女の顔をさっと舐《な》める。

「どけ、どけ。今度は俺の番」

「なんだよ。もうこれで終わりにしようっていったくせに。第二ラウンドかよ」

「だって悪いじゃん。時ちゃんにもいい思いしてもらわないと」

立ち上がったタカヒコに懐中電灯を持たせて、男がズボンのベルトを緩めた。

「時ちゃん、ほら、今度は地面に手をついて。こうやって」

女の腰を持ってくるりとひっくり返すと、男は女を四つん這《ば》いにさせた。女のワンピースの前ボタンははずされ、裾が大きくまくり上げられていた。女の局部に光が当てられた。

「うわ、たまんねえ。この景色だけでビンビンになる！」

「さっきあんだけやっといて、もう勃《た》つんだ。ヤバイな、ユウヤは」

「ねえ、時ちゃん、気持ちいい時は声、出して」

「うん」

初めて女の声がした。もしかしたら、レイプされているのかと思ったが、そうではないらしい。どちらにしても賢人の体の中をドクドクと音を立てて血が巡った。

ユウヤはいきなり自分のモノを女の秘部に突き立てた。それから何度も女を突き上げる。豊かな女の胸がゆさゆさと揺れる。醜い男女の交わり。動物の交尾と変わらない。目を逸《そ》らしたいのに、それができない。初めて見た行為そのものに、固まってしまってその場を動けなかった。

やがてユウヤも呻き声を上げて果てた。

「どう？　よかった？　時ちゃん」

「うん」

「ほんとかよ」見物人が茶化した。

「気持ちいい時は、叫んでいいんだよ。こういうふうに」

男の一人が細く高い声を出し、今度こそ、下品な笑い声が上がる。身なりを整えたユウヤが立ち上がり、半裸の女はぐったりとその場に伏せた。

「じゃあね、時ちゃん、また遊ぼう。誘いに行くから」

女を置いたまま、三人の男はどんどん木立を抜けてやって来る。賢人は狼狽《ろうばい》した。彼らが去るのには、まだ間があると思っていた。慌てて立ち上がったところに、男たちが出てきた。

「あれ？」

「お前、誰？」

特に後ろめたくもなさそうに、男たちは賢人に声をかけた。

「は、はーん。そこで覗《のぞ》き見してたんだな」

「なんだ、まだ子供じゃん」

むっとする心の余裕もない。こっちの方が悪いことをしていたかのようないたたまれない気持ちになる。

「黙っててな。大人の遊びだからさ」

「ちょい、刺激強すぎたんじゃない？」

「あー、すっきりした。明日からまたお仕事頑張ろうっと」

男たちの笑い声が遠ざかる。街から近いとはいえ、こんな暗い森の中に女性を置き去りにするなんて。それにどう考えたって普通じゃない。三対一で女を弄ぶとは。

賢人はそっと後ろを振り返った。泣き喚《わめ》きながら女性が飛び出して来るんじゃないかと思ったのだ。だが、木立の中はひっそりしている。そこにさっきの女性がいるのは明らかだ。葉擦れの音と小さなため息のようなものがする。

数分後に、身なりを整えた女が出てきた。突っ立っている賢人を見ても、動じる様子はない。月明かりに、彼女の表情がぼんやりと浮かんで見えた。取り乱しても悲しんでもいない。かといって嬉しがったり高揚したりもしていない。

草地の上に立つ小柄な中学生をちらりと一瞥《いちべつ》すると、道を下っていった。女の後ろ姿が見えなくなって、ようやく賢人は詰めていた息を吐いた。


その晩に見たことは、雅人には伝えなかった。言えなかった。

本当に明け方に帰ってきた雅人は、賢人の隣のベッドに横たわると、すぐにイビキをかき始めた。賢人の頭の中には、男女が交わる映像が何度も流れ、悶々《もんもん》として眠れなかった。男たちはたぶん、島に住む青年たちだろう。ここで生まれたか、よそから来たかは別として、観光客には見えなかった。「時ちゃん」と呼ばれた女性とは、初めてあんな関係になったようではない。時折、ああやって人目につかない場所で体を重ねているのだろう。

時ちゃんは嫌がっている様子ではなかった。楽しんでもいないが、無理矢理体を好きにされているふうではない。近くで見た感じでは、十代後半の年齢に見えた。いや、顔つきは子供っぽいが、もしかしたら二十歳を超えているのか。体つきは熟した大人のそれだった。二本の懐中電灯の光に浮かび上がった肉付きのいい体を思い浮かべると、またかっと頭に血が上った。

不愉快極まりない場面に遭遇したわけだが、自分には関係ない。もう二度と彼らに会うことも、あんな行為を見ることもないだろう。忘れてしまうことに決めた。

小笠原に着いて二日目は、雅人がホエールウォッチングのツアーに申し込んだので、それに付き合うことになった。息子に何の相談もなく、事を進めていく父親には、もう匙《さじ》を投げた。そもそもここへ来たのは、雅人の仕事(請け負ったものか、半分は自分の趣味かは別にして)が理由だったのだ。

祖父母や母は、雅人が息子のことを心配して、転地療養を申し出たと思っているだろう。だからこそ、あの気難しい祖父が、小笠原行きを許したのだ。行き詰まってしまった賢人の治療になんとかよい打開策が生まれると期待して。

勘違いも甚だしい。ここでは、何事も雅人の意向が優先される。賢人はただそれに振り回されているだけだ。だが、昨夜真奈美からかかってきた電話では、そんなことはおくびにも出さなかった。

「気が紛れてのんびりしている」と言うと、母はほっとしたようだった。

朝八時過ぎにホエールウォッチングのボートに乗り込んだ。所要時間は四時間だから、お昼には港に帰って来るらしい。ウォッチングの注意点などのブリーフィングを船長から受ける。雅人は持ち込んだ撮影機材の点検に余念がない。

「ほんの一瞬だからな。野生動物はこっちの思い通りには動いてくれない」

動物写真の撮影を何度も経験している父は、朝からずっとそう言っていた。

三十分かけてウォッチングポイントまで行った。ツアー客は、全員が観光客だ。同じ船便で来た人々だろう。若い女性グループやカップルが多い。年取った夫婦もいた。子供を含んだファミリーはいない。学校のある期間だから当然だ。それでも、中学生の自分が浮いているとも思わなかった。

海からしか見ることのできない岸壁は、そそり立っていて荒々しい。火山活動で生まれた岩だと実感できた。鉄分を含んだ赤っぽい岩肌に、ボニンブルーがさらに際立っている。まだ鯨は一頭も見えないのに、雅人は舳《へさき》に陣取ってシャッターを切り続けた。

ズームレンズを装着したカメラだ。グリップベルトでカメラを手に固定している。できるだけ海面に近い場所で狙いたいのだろう。しまいには舳に座り込んだ。潮を被《かぶ》るとレンズが曇るので、賢人にクリーニングペーパーで拭くよう、命じる。

今、小笠原近海で観察できるのはザトウクジラだ。北極海からやって来て、暖かな小笠原諸島の近くで出産と子育てをするという。シーズンは十二月から翌年の五月まで。今はもうシーズンの終わりに近い。

ザトウクジラは大変動きの活発な鯨で、ウォッチングの対象としてとても面白い動物だとブリーフィングで船長が言った。尾びれを上げて潜ったり、胸びれで海面を叩いたり、ブリーチングと呼ばれる豪快なジャンプをしたりする。ただし鯨から三百メートル以内に近づいたら減速し、百メートル以内には船の方からは近づかないというルールがあるようで、すぐそばで見られるわけではないらしい。

だが、船長はボートをうまく操縦して、鯨のパフォーマンスを見せてくれようとする。ブロウと呼ばれる潮吹きを見つければ、そこにクジラがいるということだ。生まれたばかりの子鯨を守るように泳ぐ母鯨、それをエスコートするオスの鯨などが悠然と泳いでいた。あまり活発な動きは見られず、雅人は残念がったが、すぐ近くに体長十四メートルもの大きな生き物がいるというだけで、賢人の気持ちは昂《たかぶ》った。

海がなければ、こんな巨大な生き物は生きられない。ここまでの肉体を、陸上では支えられない。不思議な感触だった。そんなこと、今まで考えたことがなかった。鯨が海にいることなど、当たり前のことだと思っていた。

当たり前のことなど、どこにもない。すべてのことには理由があるのだ。

たぶん――自分がここに来たことにも。汗染みの浮いたペランペランのTシャツで、カメラを覗く父の後ろ姿を、賢人は黙って眺めた。太陽光線は強く、じりじりと照りつけるが、海を渡ってくる風は気持ちがよかった。

もうチェロなんかいらない。なくても生きていける。

どうでもいい、という気持ちは、初めに感じたものと少しだけ違っていた。

「次は何？」

ホエールウォッチングが終わって、コンドミニアムで簡単な昼食を済ませた後、賢人は尋ねた。こうなったらとことん、この男に振り回されてやろうという気になっていた。父親とは名ばかりの自由人。この男のいい加減さや卑小さや無計画さを暴いてやりたかった。その血がまぎれもなく自分の中にも流れているのだと思うことは、ある意味痛快だった。中塚家からはみだした二人の男は、この地でさらに無軌道に放埒《ほうらつ》になっていく。世界から切り離された大洋の真《ま》っ只中《ただなか》の島で。

「お、調子が出てきたな、賢人」

島のマーケットで買ってきた刺身を丼に載せて、お手軽海鮮丼を作った雅人は、楊子《ようじ》をくわえて嬉しそうに言った。

「昼からはカヌーで海の上をお散歩だ」

「カヌー？」

賢人は丼を洗う手を止めた。

「それも伝統的なカヌーだ。タマナの木をくり抜いて造るアウトリガーカヌーだ。それを制作している人がいるって聞いたもんでな」

そこまでしゃべって「お前、泳げるんだよな？」と畳みかける。

「泳げるよ」と答え、やっぱり息子のことなんか、気にも留めていないんだと思う。それが父の、父たる所以《ゆえん》だ。カメラ一つ担いでどこにでも出かけていく自由人の。

いっそ気持ちがよかった。

「そっか。よかった。あれはなかなか操るのが難しいからな。海に投げ出されることも覚悟しておかないとな」

息子の気持ちを慮《おもんぱか》ることなく、雅人はガハハと笑った。

ギョサンのままバスに乗り、ものの五分ほどで降りた。奥村というバス停で、そこからまた少し歩いた。だんだん人家はなくなって、周囲には建設会社やその資材置き場、水産会社などが並んでいる。海岸のそばに出ると、海に突き出した木製の栈橋が見えた。栈橋には、二艘《そう》のカヌーがつながれていた。

「三田《みた》さーん、お電話していた岡島《おかじま》です」

雅人は栈橋近くにある小さな家にずかずかと入っていった。

一緒に出てきたのは、八十歳は超えているだろうと思《おぼ》しき老人だった。観光客相手に伝統的カヌーの体験乗船をやっていると聞いたから、もっと若い人かと思っていた。丸太をくり抜くにしても、体力がいるだろうから。

くしゃくしゃのピケ帽を被った老人は、のしのしと歩いてきて、賢人の前に来た。

「息子の賢人です。こいつにも乗り方を教えてやってください」

「ケント？　どんな字を書くんだね？　日本字《にほんじ》で」

日本字とは、漢字のことだと雅人が囁いた。島の方言みたいなものだと説明する。

賢人は小枝を拾って、地面に「賢人」と書いてみせた。

「ほう。こういう字か。なら、クレバー・ボーイだな」

雅人は、二人分の体験乗船代を三田に払った。賢人は桟橋につながれた無骨な造りのカヌーを見て、そっとため息をついた。こんなものにわざわざ乗らなくても、軽くて速そうなグラスファイバー製のシーカヤックがあるだろう。海に浮かんでいるカラフルなシーカヤックをたくさん見た。観光客にはあっちのツアーの方が人気なのだ。こんな古風で重々しいカヌーに乗ろうと思う酔狂な人間は、そういないに違いない。住宅地から離れた場所にある寂れた感じの桟橋を眺めて、賢人は思った。

「それじゃあ、あれは二艘とも二人乗りだから、両方でやろう」

三田はそう言うなり、家の中に向かって叫んだ。

「時子《ときこ》。おい、時子」

返事をするでもなく家から出てきた女の子を見て、賢人は息を呑んだ。昨夜、森の中で男たちに体をまかせていた女性だった。陽《ひ》の光の中で見ると、まだあどけなく、少女にしか見えない。

「孫の時子だ。こいつはうまくカヌーを乗りこなす。クレバー・ボーイは時子と乗るといい」

「あ、時子ちゃんね。よろしく」

雅人が調子よく言った。時子は何も答えない。

「こいつはまだ中二なんだ。時子ちゃんはいくつ？」

「十九」

時子はやっと口をきいたが、素っ気ない。三田は時子を従えて、桟橋へ行った。雅人が後を追う。振り返って、橋の手前で突っ立ったままの賢人を呼んだ。初心者は前に乗るのだと言って、三田はカヌーの後ろに乗った。当然のように雅人がその前に乗り込む。

「あの、ライフジャケットとか、着けなくていいんですか？」

三田はハハハと笑った。

「そんなもんはいらんよ。アウトリガーカヌーは絶対に転覆しないからな。頑丈に浮子《うき》をつけてバランスを取ってあるから。シーカヤックなんぞより安定性がいい」

「へー、そうなんですか。おい、なにをぼさっと立ってんだ。早く乗れ。賢人」

時子はこうして度々体験乗船に引っ張り出されているのか、躊躇《ちゅうちょ》なくもう一艘のカヌーに乗り込んで、櫂《かい》をかまえている。

彼女は、昨夜、山で出くわした少年が自分だと気がつかないのだろうか。賢人は訝しがった。近くですれ違ったけれど、はっきり賢人の顔は見ていないのかもしれない。

早く漕ぎだしたくてうずうずしている雅人に急かされ、仕方なく時子の前に乗り込んだ。後ろから黙って櫂を渡される。櫂は、シーカヤックで使うパドルとは違い、片方にだけ羽根がついたものだ。それで海水を後ろに掻くようにして漕《こ》ぐ。要領はすぐにつかめた。船体は重いはずなのに、するすると海面を滑っていく。湾内で波の抵抗が小さいせいか、かなりスピードも出る。シーカヤックともすれ違い、向こうの方が止まって見とれていた。

ここぞという地点に来ると、雅人はカヌーを止めてもらい、水中カメラで海の中を撮影した。揺れの少ないアウトリガーカヌーだから、体を乗り出してもカメラを持った手を伸ばしても安定している。

海の中では珊瑚の間を色とりどりの魚が泳いでいた。それをじっと凝視している振りをする。そうしなくては、気詰まりでしょうがなかった。時子は無表情でそんな賢人を見るともなく見ていた。二見湾東部にある境浦《さかいうら》海岸と扇浦《おうぎうら》海岸を回った。境浦海岸の沖合には、太平洋戦争中に魚雷を受けて座礁した濱江丸《ひんこうまる》が赤錆《あかさ》びた姿をさらしていた。カヌーは、朽ちて形を失《な》くしかけている船の残骸に寄っていき、雅人は何度もシャッターを切った。

二時間ほど湾の中を遊覧し、二艘のカヌーは帰路についた。

体験乗船が終わったら、次の場所に移動するのかと思ったら、雅人は三田の家の前のデッキに腰を落ち着けてしまった。カヌーに乗っていた時から話が合ったのだろう。木製の折り畳み椅子を持ち出して、話の続きを始めた。豪放な性格らしい三田も家の中から缶ビールやらつまみやらを持ち出してくる。スパムを輪切りにしたものや、島きゅうりが大雑把に皿に盛られ、小さなテーブルに載せられた。

「これさ、鉄火味噌《てっかみそ》。タコの木の実を味噌と砂糖で炒《いた》めたもん。これ、きゅうりにつけて食べてみろ。うまいから」

時子はさっさと家の中に入っていってしまったから、賢人はほっとした。デッキのそばには太いヤロードの木が立っていて、その幹には、グリーンアノール捕獲用のトラップが仕掛けられていた。グリーンアノールは、アメリカ原産の緑色のトカゲだ。小笠原固有の昆虫を食い荒らす外来種で、駆除の対象になっている。

ヤロードという木の名前も奇妙だ。これはイエローウッドという英名を、日本人の耳がそうとらえたものだという。

「三田さんは、お孫さんと二人暮らしなんですか？」

アルコールで真っ赤になった顔で雅人が問うた。

「うん、そうなんだ。娘はとっとと島を出ていって、都会で結婚もせずにあの子を産んでさ。今は東京で小さな飲み屋をやってる。忙しくて子育てできんと言って、俺に押し付けてきた」

「へえ。それは大変だ」

「娘は年取ってから出来たもんで、わしら夫婦が甘やかしてしまった。だから今でもふらふらして腰が落ち着かん。家内はこれまた孫の時子がかわいくて仕方がなかったんだろうよ。三年前に死んでしまったが、あれのことが気がかりだったに違いない」

そこまでしゃべって、三田はちょっと声を落とした。

「時子は、ちょっとここがな――」頭の横をつんつんと突《つつ》く。「弱いんだ。だから島にいるのが一番いいんだ。娘は今頃になって時子を引き取りたいなんて言ってくるようになったけど、俺はダメだって言ってんだ。あれは小笠原を出たらやっていけん」

三田はぐびりと缶ビールをあおった。賢人も三田が持ってきてくれた島サイダーを一口飲んだ。知的にハンディを負った十九歳の時子は、男たちにいいように弄ばれている。そのことを三田は知っているのだろうか。知らないとしても、そのことを自分が教えることもないだろう。なにせ、賢人は外来者の一人に過ぎない。いつまで滞在するかはわからないが、いずれは外に戻っていく人間なのだから。十三歳ではあるが、それくらいの分別はあった。

それにあんなおぞましいことを目撃したと雅人に知られたくなかった。まだ父との距離の取り方がわからない。性的なことを話題にするなんて、考えただけでぞっとした。

その後も、雅人は小笠原の歴史や文化、生活などについて尋ね、三田は上機嫌で答えた。

それを賢人は聞くともなく聞いていた。百九十年前にこの地に住みついた欧米系の人々は、無人島を開拓し、明治になって日本の領土に併合された時には、日本に帰化した。よその国から来た風貌も文化も違う人々が、日本人として生きていくことにしたのだ。

入植してきた日本人と協力して島で生活していたのに、太平洋戦争が始まると、本土に強制疎開させられた。顔かたちの違いから差別されながらも、疎開生活を乗り越えた。終戦を迎えた後、小笠原はアメリカの占領下に置かれた。欧米系の住人だけが帰島を許され、その際に三田も小笠原に戻ったという。ということは、三田は欧米系の人なのか。そう思って見返すと、わし鼻や奥まった瞳が特徴的だ。

そんな劇的な歴史が、このちっぽけな島にあるとは知らなかった。ここに来るまでは、ずっと日本人が住んでいたと思っていた。島内では少しだけ西洋人のような風貌を持つ人を見かけることもあったが、たいして目を引くということもなかった。誰もが島の風景に溶け込んでいる。三田のように、言われないと気がつかない人もいる。

頭の上でヤロードの葉がざわざわと揺れた。風に飛ばされた黄色い花が、デッキの上に落ちてきて、賢人はそれを手に取った。ハイビスカスに似ているが、これはオオハマボウという花だと雅人から教わった。

目の前には紺碧《こんぺき》の海が広がっている。白と黒褐色のツートンカラーのカツオドリが岩場から飛び立って海の上を滑空している。つい三日前まで東京で暮らしていた自分が、そこから千キロも離れた場所にいる。そして小笠原に来ることがなければ知り得なかったことを知った。

デッキの上に仰向けに寝転がり、被ってきたキャップを顔に載せた。三田は、タマナの木をくり抜くカヌーの作り方を熱心に雅人に教えている。

「昔は何だってこの島で採れるもんで作ったんだ。そうしないと、やっていけないから」

「そうでしょうねえ。やあ、えらいなあ。結局それが人間本来のあり様なのかもしれませんねえ」

イソヒヨドリのさえずりが頭の上から降ってくる。あちこちの枝を飛び交いながら歌っている。シュターミッツの『フルート協奏曲第一番』に聴こえる。雅人と三田との低い声の会話は、さながらチェロが奏でる通奏低音だ。実際の音は聴こえないのに、幻のチェロは頭の中で鳴っている。

この調子だと、雅人は夕刻までここに居座るつもりだろう。初めて会った人とすぐに打ち解けて酒を酌み交わすなんて、祖父だったら考えられない。やはり父はあの家には納まりきれない人だったのだ。

「おい、クレバー・ボーイ！」いきなり三田が声をかけてきた。「退屈なんだろ？」

「いいえ、そんなこと、ないです」

がばっと身を起こして答えた。三田はろくに返事を聞きもしないで家の中に向かって叫んだ。

「おーい！　時子」

「何？」のっそりと時子が現れた。

「この子をシュノーケリングに連れていってやれよ。製氷《せいひょう》海岸のとこで」

「うん」

「あの、いいです。僕、ここで待ってますから」

賢人は慌てふためいた。時子と二人で行動するなんて、とてもできない。昨夜のこともあるし、どんな人かもわからない。さっき三田が「ここが弱いんだ」と頭を突いた光景が浮かんできた。どうやって接したらいいかわからない。

「製氷海岸は、すぐそこなんだ。東京なんかじゃ見られない魚がいっぱいいるぞ」

「行って来い、行って来い。海パン穿《は》いてるだろ？」

雅人が安易に同調する。昼食の時、海に入るかもしれないから短パンの下に水着を穿くよう、雅人に言われていた。

「大丈夫だ。時子はよちよち歩きの時からここの海で泳いでるんだから」

時子はてきぱきと動いて、シュノーケリングの道具を持ち出してきた。

「いや、僕は――」

「行こう」一人分の道具を賢人に押し付けながら、時子が言う。

「賢人だよ、賢人」いい具合に酔った様子の雅人が両手をメガホンみたいにして怒鳴った。

「ケント」

時子は頭に刷り込むように、なぞった。

三田と雅人は、もう二人の方を見もしないで、また話に興じている。

「こっち。ケント」

時子はすたすたと歩き出した。

急いで時子の背中を追った。背後から雅人の大笑いする声が響いてくる。

三田の家の桟橋が見えるくらいのところに製氷海岸はあった。南の島の氷の海岸。島のパンフレットには、以前ここに製氷工場があったから、こう呼ばれていると書いてあった。ここは手軽にシュノーケリングができるポイントらしく、何人かが水着の上にTシャツやラッシュガードを着て泳いでいた。

時子は砂地の上に提げてきた道具を投げ出すと、ぶかっとしたワンピースの裾を持ち上げてさっと脱ぎ、水着姿になった。賢人は昨夜のことを思い出して、目を逸らした。

時子はシュノーケルとマスク、それにフィンをさっさと装着した。賢人も海パンになり、見よう見まねで身に着けた。

「あのね、シュノーケルは邪魔だったら使わなくてもいいよ。潜らずに海に浮いて、下を覗いてればいいから」

「うん」

「じゃあ、行こうか」

じゃぶじゃぶと海に入って行く時子の後を追った。慣れた様子なので、時折、こうして海岸に案内しては、客にシュノーケリングの手ほどきをしているのかもしれない。初めは足のつくところで水の中を覗いた。それだけでも賢人には、驚愕《きょうがく》の世界だった。砂地ばかりだった海底に、岩が混じり始める。ある程度の深さになると、岩に珊瑚が付くようになる。枝状のもの、カリフラワーのような形のもの、板状のものと様々だ。硬そうなものだけではなく、波の動きにつれて揺れているものもある。青や緑、ピンク、白と色も多彩だ。

それだけでも目を見張るのに、珊瑚の間を熱帯魚が泳いでいる。テレビでしか見たことのない鮮やかな色の魚が、自分の足の周りにいた。いやが上にも気持ちが昂った。子供っぽい興奮に襲われて、マスクを着けた顔を何度も海面に浸《つ》ける。そのうち、息継ぎをするのがもどかしく、シュノーケルのマウスピースをくわえた。少しだけ戸惑ったが、海底見たさに、自己流で息ができるようになった。

「それ以上は歩いたらダメ。珊瑚を踏んづけるから」

時子がすっと手を伸ばしてきて、賢人の手をつかんだ。そのまま二人でふわりと海に浮かぶ。一瞬、空に浮かんだような感覚に陥った。時子に引っ張られるまま、海の上をたゆたう。フィンの使い方はぎこちないが、時子がうまくリードしてくれるから、ほとんど動かさずにすんだ。顔を海面に伏せて珊瑚礁を覗き込む。豊かな水中世界は見飽きることがなかった。海に浮かんでは引き返して浜で休むことを繰り返す。フィンをうまく使えないので、優雅に潜水するということはできないが、海面に浮かんでいるだけで満足だった。時折、時子は賢人から離れて潜っていく。その姿を上から見るのも楽しかった。時子は、矢のように魚の群れの中に突っ込んでいく。彼女が通ると、群れはさっと二つに分かれる。まるで魚と戯れているようだ。

海面に顔を出しては、「あれはウメイロ」とか「あれはシマムロ」と魚の名前を教えてくれた。飽きずに何度も海に出ているうちに、賢人もしだいにフィンの動きを推進力に変えるコツをつかんだ。足をばたつかせてはいけない。腰から足全体をしならせるようにゆっくり動かす。隣を泳ぐ時子を見て学習した。

時子が浜で休んでいても、一人で沖まで行って戻ってくる。小さな子のように、同じことを繰り返す。この島に来て、初めて楽しいと思えた。

「あんまり遠くへいったらダメだよ」

時子の注意を笑って無視し、面白がって沖へ向かう。こんな平和な珊瑚礁の風景がどこまでも続いていると思っていた。魚たちが群れて泳ぐ明るい青の世界を追って、フィンを動かした。そんなに遠くへ来てはいないし大丈夫だと安易に考えていた。顔を上げて振り返ると、浜に座った時子がよく見えたから。

だが違った。いきなり断崖絶壁が現れた。珊瑚の群生も魚の姿もない。底知れぬ深さ。水温も下がる。無音、暗黒の世界。体が動かなくなった。内臓が抜け落ちていく感覚。ここは人が生きる場所じゃないと、きっぱり線を引かれた気がした。冷たい死の世界がここにもあった。さっきまで生命を謳歌するような生き物に溢《あふ》れた世界にいたのに、踏み込んではならない異界に足を踏み入れた。恐怖に搦《から》めとられているのに、賢人は憑《つ》かれたように限りなく黒に近い青に目を凝らしていた。

失速して墜落する自分を思い浮かべる。海に墜落する。底知れぬ海に。

呼ばれている。あの場所に。恍惚《こうこつ》感、多幸感に痺《しび》れた。呼びかけてくる死に呼応する。体を折り曲げ、落ちるための体勢を取る。肺の空気を、くわえたパイプに吐き出した。浮力を失った体が沈んでいく。

ブラックホール——こんなところにもあったんだ。

望めば、それはどこにでも出現する。生命のスイッチを切ろうとする者の前に。

頭から、真っ逆さまに落ちていった。焦がれた場所までもう少し——。

首を曲げて、遠ざかる海面を見上げる。波紋が作る無数の輪が、はるか上で伸び縮みしていた。もうあそこには戻れない。うっとりするような気持ちでそう思った。

海面の輪を掻きわけて、黒い影が一直線に下りてきた。ぐいと腕を引かれた。そのまま ぐんぐん引っ張られる。光がどんどん近づいてくる。賢人を呑み込もうとした海のブラックホールが遠ざかる。

次の瞬間、時子と二人で海の上に顔を突き出した。賢人がくわえていたパイプがむしり取られた。大きく口を開けて喘《あえ》ぐ。新鮮な空気が肺を満たした。時子はまだ腕を放さない。そのまま力強く岸に向かって泳ぎ始めた。海岸に到達すると、賢人は立つ力もなく、砂の上を這《は》った。波打ち際から離れて、ようやく仰向いて深呼吸をした。

「バカだねえ。あんなに遠くへ行って」

逆光で黒い影にしか見えない時子が、上から覗き込んでいる。

「もうちょっとでじいちゃんに怒られるとこだった」

子供っぽく唇をとんがらせる。

だって――だって僕はあそこに呼ばれたんだ。その言葉を呑み込んだ。

「時ちゃん」自然にそう呼んでいた。

「何？」

「ありがとう」

「うん」

魅入られた死の世界から連れ戻してくれたのは、しっかりした肉体を持った十九歳の少女だった。島の陽に焼かれ、カヌーを操り、島の男たちに肉体の快楽を分け与える。彼女こそ、生の象徴――。死に打ち勝つ女神――。

「時ちゃーん」

浜を歩いてきた若い女性が声をかけてきた。

「あ、蘭《らん》さん」

「パッションフルーツあげようかぁ？　くずのやつだけど、山野《やまの》のおじさんがいっぱいくれたから」

「うん、ちょうだい」

砂の上に置いてあった賢人のキャップを拾い上げて、時子はその中にたくさんのパッションフルーツを入れてもらった。

「じゃ、ね」

蘭は手を挙げて去っていった。時子はこの島で愛されているのだと窺い知れた。

――あれは小笠原を出たらやっていけん。

三田の言葉が思い出された。

時子はキャップいっぱいの南国の果実を賢人に見せる。

「食べようよ。半分こね。山野農園のパッションフルーツは、美味《おい》しいよ」

にっと笑いかける。

「うん」

黒紫の果実を、家から持ってきた小さなナイフで時子はざっくり切った。一つを賢人に手渡し、もう一つにかぶりつく。ゼリー状の果肉を、種ごとじゅるじゅると吸い込む。口から溢れた果汁が顎に垂れた。豪快な食べっぷりだ。こうして見ると、時子には確かに西洋人の血が流れているように思えた。

つんととんがった鼻や顎の先、くっきりとした二重瞼《まぶた》、パッションフルーツの皮の中にぐりっと突っ込む白くて長い指先。健康的に動く顎の筋肉を見ていると、時子が目玉だけ動かして、賢人を見た。

「食べなよ」

「うん」

かぶりついたパッションフルーツは甘さより酸っぱさが勝っていた。

「東京ってどんなとこ?」時子は無邪気な顔をして問いかけてくる。「ママは東京に住んでるんだ。あたしも東京で生まれたらしいんだけど、憶えてない」

三田の家の前の桟橋に二人で腰かけた。両脚は海面すれすれまで下ろしている。足の裏を波がくすぐるようにかすかに触れていく。

雅人が体調を崩した。山の中を歩く戦跡ツアーへ参加したり、小笠原海洋センターへ行ってウミガメの生態を学んだりしながら、精力的に撮影を続けていたのだが、今日はコンドミニアムで寝ている。微熱があってだるいようだ。一緒に部屋にこもっていることもなかろうと、賢人は一人で島の中をぶらついた。

ギョサンを履いて、奥村地区まで足を延ばす。

「おおい！　クレバー・ボーイ！」

三田に声をかけられた。雅人が寝込んでいると伝えたら、カヌーで釣りに行くところだから、魚が釣れたらさばいて届けてやると言われた。観光客向けの伝統的なカヌーの他に、彼は船外機付きのカヌーも持っていて、釣りに行く時はそちらを使う。島での滞在が長くなるにつれ、この老人と孫の時子のところへよく行くようになった。

島の裏側に当たる釣浜《つりはま》というビーチにも三田は自分でこしらえた桟橋を持っていた。そこにも一艘カヌーをつないである。兄島《あにじま》を目の前にした釣浜もシュノーケリングに適した美しい浜で、観光客には人気があった。

三田老はカヌーで出て行き、桟橋で時子と二人待つことになった。

二人きりになっても、もう気まずい思いをすることはなかった。海の底から助け上げられてから、時子とは気安く口をきくようになった。もともと彼女は無垢《むく》で屈託のない子供のような精神の持ち主だ。十九歳だが、話していると、自分より年下に思えた。

この桟橋にも時折一人で来て、空いていればカヌーに乗せてもらった。時子は知能に遅滞があるかもしれないが、この島で生きていく知識は豊富だった。すべては三田からの伝授だろう。時子から教えてもらうことも多い。

体格のいい時子と、貧弱な体格の中学生である賢人が一緒にいても、誰も気に留めなかった。

「ママがあたしを東京へ連れていくって言ってる。ママと東京で暮らせるんだよ」

賢人はそっと眉根を寄せた。雅人も時折三田を訪ねては、一杯やっている。三田は雅人に気を許していろんな打ち明け話をするようになった。賢人が雅人から伝え聞いたところによると、時子の母親は、東京の下町で小さなスナックを経営している。どうも内縁の夫と称する男と同居しているようだ。そんなところに島育ちの時子を引き取って、どうするというのだろう。三田が難色を示すのも頷ける。

だけど、小さな子供のような時子はやはり母が恋しいのだ。母親と暮らしたいと願う心もわからないではない。時子はいつも小さな巾着袋をポケットに入れていた。母親から東京の土産としてもらったものだという。浅草《あさくさ》かどこかの土産物店で買ったような藍染の布を接《は》いで作った安っぽい代物だ。きゅっと口を絞った袋には、宝物が入っているのだと彼女は言った。

「東京なんて、ちっともいいとこじゃないよ」

賢人も三田の意見に賛成だ。老人は知らないだろうが、東京からアルバイトで来ている若者たちに、時子は弄ばれている。あれはどう見ても、彼らの性のはけ口にされているとしか思えない。あの男たちが、島の宿泊施設で働く都会の若者だと今はわかっている。きっと東京に興味を示す時子を、うまく言いくるめてあんな行為に及んでいるのだろう。

「どうして？」

真っすぐな問いに、言葉を詰まらせた。

「だって騒々しいし、空気も汚れてて、人も車もいっぱいで。空だってこんな色じゃないよ」

つと上を向いてそんな答えを口にした。

「だってケントはそこに住んでるじゃない」

「そうだけど……」

「海は？　海はあるでしょ。鯨はいる？」

ため息が出た。この島しか知らない時子にどうやって東京のあの海を伝えたらいいか。そもそも大方の東京の住人は海の存在なんて意識しないで暮らしている。海に囲まれた島とは大違いだ。

「鯨はいないよ」

「なんで？」時子は脚を海水に浸け、ばちゃばちゃと水を蹴り上げた。「じゃあ、鯨の歌も聴けないの？　東京では」

「鯨の歌？」

時子との会話は、たまに通じているのか通じていないのかわからなくなる。

「何？　ケントは鯨の歌を聴いたことがないの？」

時子はさっと立ち上がった。裸足《はだし》のままぺたぺたと桟橋を歩く。乾いた板に時子の足跡がついた。桟橋の橋詰で、足先で探るようにしてピンクのギョサンを履いた。

「釣浜へ行こう。あっちの方に今鯨が集まってるから」

さっさと歩きだす。時子もある意味、雅人と同じように自由人だ。相手の思惑などおかまいなしに自分の流儀を貫く。

「え？　え？　鯨？」

慌てて時子の後を追う。確かに雅人の撮影に付き合って兄島瀬戸《せと》に行った時、鯨がぬっと垂直に頭を出したところを見たことがある。あれは「スパイホップ」という鯨の習性で、ゆっくり回転しながら辺りの様子を確認するためだと教えてもらった。かなり遠くだったのに、鯨の目がぎょろりと動いた様子が見えた。

釣浜へは、二見湾から山越えで徒歩で行ける。歩くことが苦にならない時子は、ずんずん歩いていく。百六十五センチはある時子と並ぶと、二十センチ近く低い賢人は、さらに子供っぽく見えるに違いない。そんなことにも慣れた。

歩きながら、さっきの時子の言葉を思い出していた。

「あっちの方に鯨が集まってる」なんて、東京では絶対交わされない会話だ。

そんなことを思って含み笑いをした。海岸沿いの道路を二人並んで歩いていると、後ろでクラクションが鳴った。時子が振り返って笑う。以前に製氷海岸でパッションフルーツをくれた女性が、窓から顔を出していた。蘭さんと時子が呼んでいた人だ。

「どこ行くの？　時ちゃん。乗せて行こうか？」

「釣浜の桟橋へ行くんだよ」

「じゃあ、駐車場まで乗せたげる」

時子は喜んで黄色のミニバンに走り寄った。『ボニンワールド』というアクティビティ会社の名前が、ミニバンの横っ腹に入っていた。時子が助手席に、賢人は後部座席に乗った。

この子はケント、お父さんと一緒に島に来てる、と時子が簡単に紹介した。

「へえ」学校は？　と訊かれるかと思ったが、それはなかった。

「あたしは真柄蘭。小笠原が好きで毎年来てるうちに住みついちゃった」

『ボニンワールド』でツアーガイドをしていると彼女は付け加えた。

「うん。そんでこっちの真柄エディさんと結婚したんだよね」

「そうそう。何やかやと役場に行って問い合わせや手続きしてるうちに、エディと親しくなったの」

「エディさん、親切だもんねー」

「時ちゃんもエディが好きなんだよねー」

前の席で二人は頭を傾けてごつんと合わせた。

「結婚したから名字が変わって、真柄になった。真柄蘭だよ。ちょっと笑っちゃうでしょ？」

時子がシートに体を打ちつけるようにして笑った。

そんな会話をしているうちに、釣浜の駐車場に着いた。

「じゃあね！　時ちゃん。あんまり沖に出ないでよ。流されちゃうから。行雄《ゆきお》さんが探してたら、釣浜にいるよっていっとくね」

行雄さんとは三田老のことだ。時子はバイバイと手を振った。そこからさらに十五分ほど歩いて浜まで下る。兄島瀬戸の向こうに兄島が見える。五百メートルほどしか離れていないから、すぐそこにあるようだ。釣浜の両側には、海底火山の活動の名残《なご》りである枕状溶岩がそびえ立っている。ここの浜は、小石で埋め尽くされていた。浅瀬に美しい珊瑚礁が広がっている。

ガジュマルの大木の下から、三田の桟橋は海に向かって延びていた。こっちの桟橋の方が自宅前のものよりも長い。ガジュマルに隠れるようにして、カヌーがつながれていた。ガジュマルは、屋敷の防風林として明治期に移入されたものだと三田が言っていた。この島らしい樹木なのに、人の手によって持ち込まれたものだという。小笠原の外来植物はすべて、何かを介してやってきたものだ。それはたとえば、風や波や鳥によって。当たり前のように生えているココヤシは、ミクロネシアから実が流れ着いたか、人が持ち込んだものらしい。かってはは椰子の実でこしらえた酒を、島民は作って飲んでいたと三田は言った。

彼の会話には、時折なまった英語が混じる。斧《おの》のことは「アックス」、柄《え》のことを「ハンドル」、帆のことは「セーロ」と言う。「あそこのベイには、シャークがいっぱいいる」と言う。「シットゥ」とか「ガッダム」という間投詞が無意識に口をついて出る。子供の頃の言語環境をなんとなく窺い知ることができた。

時子は手慣れた様子でカヌーを舫《もや》った綱を解くと、さっさと後ろに乗り込んで櫂をかまえた。今となっては賢人も心得たもので、前に飛び乗ると、同じようにカヌーの中から櫂を取り出した。特に声を合わせなくても、漕ぎだせる。カヌーがうまく操れるようになったとしても、都会では何の役にも立たないだろうし、自慢にもならない。だが、この島では立派な特技だ。海の上を滑るように進んでいく時の晴れ晴れした気持ち、自分の力だけが動力だという自信は何ものにも代え難い。

すっと顔を上げて空を見上げる。この島は死に近いところだと思っていた。しかし、死に至るまでには生があるのだ。生き物に溢れた島で、そのことに思い至った。

兄島瀬戸は水深がかなりあるし、流れも速い。浜は穏やかだが、二十メートルも沖に行くと、途端に表情が変わる。海の色が濃い。ほとんど黒に近い青だ。だからこそ、鯨に出会えるのではあるが。自然児時子はそんなことはおかまいなしに櫂を操る。

「鯨、いる?」

「いるよ」

だが、賢人には何も見えない。

「深いところにいるんだよ」

時子は櫂を上げてカヌーを止めた。止めたといっても、流れに押されてカヌーは動いていく。今さらながら自分が身を委ねているのが、あまりに頼りない乗り物なのだと思い知る。背中を冷たい汗が流れた。生は死と隣り合わせに存在する。

「この下で歌ってる」

時子は櫂をずぶりと海に突っ込んだ。

「こうして——」耳を櫂の柄の先に当てる。「こうして聞いてごらんよ」

体をねじって時子のすることを見ていた賢人は、同じように櫂の柄に耳を当てた。目を閉じる。海の音がする。波の音。泡の音。それから深いところから響いてくる様々な音。ここの海が豊かな生命に溢れていることを伝えてくる。たった一本の細い棒を介して。

あっと目を見開いた。

ウオーンという低い声。キュイーンという高い声。鯨の鳴き声だ。クイッ、クイッとしゃくり上げるような声もある。喉を震わせるような咆哮《ほうこう》もある。一頭の声に別の鯨が呼応している。まさに歌だ。この巨大な生き物は、歌で会話している。賢人は一心に聞き入った。

感情を表すような豊かな歌——。海の底の音楽。あの重い肉体から発せられていると実感できる重厚な音楽だ。

水の中で歌われる鯨たちの歌は、水から櫂に伝わる。そして櫂の柄の丸い切り口にぴったりつけている賢人の耳朶《じだ》を震わせる。何とも表現のしようのない昂りに、賢人自身も震えた。初めてミッシャ・マイスキーが弾く『ルーマニア民俗舞曲』を聴いた時のことを思い出した。低音から高音まで駆け上る多彩で豊かなチェロの音に魅入られた時のことを。

――チェロは、人間の声に最も近い楽器。

ああ、と思った。鯨の声を水と櫂を通して聴きながら。

音って振動なんだ。どうしてこんな単純なことを忘れていたんだろう。

様々な周波数での反復的な音を、鯨は生みだす。周波数が増大すると、低音から高音へ推移する。まさに音の階層だ。ザトウクジラはいとも簡単に己の体を使って、音楽を奏でている。たくさんのオクターブを操り、とても高い音からとても低い音へ、さっと飛び移る。それが振動となり、海面と海底にエコーしている。海の中の音響だ。

どこでどう発声しているのか。とにかく彼らは歌っ
ている。楽しげに。

どれだけ時間が経ったのか。鯨たちは歌うのをやめて遠ざかっていった。離れた場所にブロウが見えた。時子は櫂から耳を離し、本来の使い方でカヌーの舳をくるりと浜の方に向けた。

「あたしたちも帰ろうか」

「うん」

いつの間にか、かなりの距離を流されていた。それでも力強い時子の操船で、カヌーは少しずつ釣浜に向かっていった。

「ねえ、時ちゃん」前を向いて漕ぎながら、背後の時子に話しかける。

「うん？」

「あんなことをしたらダメだよ。島の外から来た男となんか」

時子は返事をしなかった。賢人が何のことを言っているのかは察しているはずだ。沈黙がそう伝えている。

「あいつらは時ちゃんのことなんか考えてないよ。自分たちの好き勝手にやってるだけなんだから」

「でも——」櫂が静かに水を掻く。「東京のことを教えてくれるんだもん」

「そんなにお母さんと暮らしたいの？　東京に行きたいの？」

「うん。ママが好きだから」

洟《はな》を啜《すす》り上げる音がした。賢人は振り向かなかった。力まかせに櫂を海に突き立てる。

「時ちゃんのそういう気持ちをあいつらは利用しているだけなんだ。東京のことなんか、僕が教えてあげるよ。だから、もうあいつらが誘っても行っちゃダメだよ」

「うん、わかった」

「あんなことして、楽しかったの？　時ちゃんは」

「ううん、ちっとも楽しくなかった」

「それなら、イヤって言いなよ。いいね」

「うん」

十三歳が十九歳に説教をしている。波の音がそれに重なった。どんどん浜が近づいてきた。最後のひと掻きで栈橋の横につけた。時子が元の通り、しっかりとカヌーを栈橋につないだ。それから賢人の方に向き直ると、ポケットから例の巾着袋を取り出した。

「今度ママに会ったら、この中のものをあげるんだ。いいものをいっぱい集めてるから」

時子は巾着袋の口を広げて、中身を見せてくれた。細々《こまごま》としたものが詰まっていた。貝殻や小石、海流に砥《と》がれたシーグラス、毒々しいほど真っ赤なプラスチックのかけら。とても十九歳が大事にしているものとは思えない。が、それこそが時子の純粋さを表すものだと思った。

「これ、時ちゃんの宝物？」

「うん」時子はにっこりと笑った。「ケントはある？　宝物」

咄嗟《とっさ》に碧のヘアピンが頭に浮かんだ。チェロのケースの内側のポケットに納めてあるあの金属製のヘアピン。

「あるよ」

「今度、見せて」

「いいよ」

　また二人並んで歩いた。釣浜展望台から兄島の方向を見た。積雲が兄島の上に浮かんでいた。積雲は、兄島の上の狭い範囲に雨を降らせていた。誰も住まない島の土が雨で濡れそぼるところを、賢人は想像した。

　コンドミニアムに帰ると、雅人が口笛を吹きながら、料理をしていた。体調は回復したようだ。三田が釣った魚を差し入れてくれたという。それをソテーしていた。

「時ちゃんと釣浜に行ったんだって？」

　狭い島の中では情報はすぐに伝わる。おそらく蘭が三田に教えたのだろう。

「うん。鯨の歌を聴いた」

「何だって？」

　フライ返しを持ったまま、雅人が聞き返す。それには答えず、チェロのケースに取り付いた。ケースを床に横にして、ゆっくりと開けた。手に馴染《なじ》んだ愛用のチェロを取り出す。チェロも床に横たえた。そしてケースのポケットを開ける。チューナーや松脂《まつやに》の下から細いヘアピンを摘《つ》まみ上げた。

鈍く光るピンをじっと見つめた。それを元の場所に戻すと、弓を取り上げた。スクリューを回して、緩ませていた弓毛を張る。それから丁寧に松脂を塗り込んだ。長い間弾いていなかったので、ウォーミングアップに充分時間を取らなければならない。ゆっくりと時間をかけてチューニングをした。音が聞こえない今はチューナーの針だけが頼りだ。

ダイニングチェアを持ってきて腰かける。椅子はチェロを弾くには高すぎた。だが仕方がない。賢人は弦に弓を当てた。ゆっくりとそれを引いてみる。やっぱり音は聴こえない。フライ返しを持った雅人が息を詰めて見つめている。フライパンの中で魚が焦げていく。

賢人はおもむろにチェロのネックに耳をつけた。それからまた弓を引いた。チェロの響板が振動する。振動は感じる。それがネックに伝わる。振動が音に変わる瞬間をとらえようと、賢人は腰をより一層かがめてネックに耳を押しつけた。

巨大な肉体の奥底から響いてきた鯨の歌。

海の底から水を震わせて届く鯨の会話。

音という振動に耳を澄ます。C線の開放弦を弾く。低い鯨の唸りに似ている。聴こえないその音を想像する。今度はG線。指板《しばん》の上で弦を押さえてみる。弓の動きに、G線も震える。ネックも震える。指も振動を感じる。でもまだ音にならない。ビブラートをかけてみる。ダウンボー。アップボー。

――弦に弓を押し付けないで。音は締め付けられて出るのではなく、引き出されるもの。

チェロの先生が、ごくごく初期に言った言葉を思い出す。

両方の腕がそれぞれの仕事を思い出す。耳小骨《じしょうこつ》が震えだす。震えの信号が音に変わる。

——深谷《ふかや》、僕に音を返して。

途端にチェロの豊かな音が溢れ出す。楽器から出た音が周囲の空気を震わせる。賢人はネックから耳を離した。それでもチェロは鳴っている。賢人は憑かれたように弓を動かした。ようやく気が済んだらしい雅人がにやりと笑って背を向けた。フライパンからは黒い煙が湧き上がっていた。

高すぎる椅子が煩わしい。ひょいと窓から外を見ると、中庭にちょうどいいベンチが置いてあった。フライパンから立ち昇る黒い煙に追い立てられるように、賢人は中庭に飛び出した。

草の中に置かれたベンチに腰を下ろす。チェロのエンドピンが柔らかな土に突き刺さった。弓を持ち直し、大きく息を吸い込んだ。

シューベルトの『アヴェ・マリア』、サン＝サーンスの『白鳥』、ピアソラの『ル・グラン・タンゴ』、フォーレの『エレジー』、シューマンの『トロイメライ』。

賢人は思いつくままにチェロ曲を弾いた。ぴったり体にくっついた愛用の楽器は震え、歌い、鳴り響き、確かな音を賢人の耳に送り込んだ。瑞々《みずみず》しい音の粒が賢人の周りで躍っていた。海からの風が吹き渡り、音の粒を舞い上がらせ、ついでに中庭の伸び放題の草を揺らした。

賢人の指は、指板の上を行き来し、弓を持つ腕の筋肉はしなやかに動いた。

いつの間にか、コンドミニアムの宿泊客やスタッフが中庭に出てきて、思い思いの格好で、賢人の演奏に聞き入った。エプロン姿の雅人も出てきた。

体の内側から音楽が湧き上がってくるのを覚えた。祖父への屈折した思いも、両親への憤りも、チェロの音がすくい取り、風に渡して流し去った。音が聴こえなくなったんじゃない。自分で耳を塞いでいたのだ。そのことにようやく気がついた。

あれほど好きなチェロだったのに。純粋な気持ちを忘れていた。時子が持っている純粋さを。チェロに申し訳ない気持ちでいっぱいになった。

海の奥底で、巨大な生物が「許す」と言ったような気がした。

六、血赤珊瑚

恒一郎は、しばらく島の中をぶらつくことに時間を費やした。母が自殺したという事実から受けた衝撃を、自分の中で消化するのに時間が必要だった。

島内に何か所かある展望台から景色を眺めた。民宿から歩いて行ける三日月山《みかづきやま》展望台には二日に一回は行った。ウェザーステーションとも呼ばれる展望台から見える夕陽《ゆうひ》は有名で、観光スポットにもなっている。観光客でなくても、島の住民も上がって来て、夕陽を見物していた。

空の染まり方は毎回違い、見飽きることがない。晴れきっていれば、水平線に沈んでいく真っ赤な太陽に心を奪われ、雲があれば、奇妙な形の雲が刻々色を変えていく様に見とれた。太陽が水平線に沈み込む間際に緑色の光が見えるグリーンフラッシュという現象にはまだお目にかかれていないが、その瞬間に遭遇できるのはまれだと聞いた。そのままウェザーステーションに居座っていると、満天の星にも出会える。

何をするでもなく、一日そんなふうに時間を潰すということもあった。浴びるようにこの島の何もかもに触れていたかった。

何の確信もないのに、島の方から自分に働きかけてくるものがあるのではないかと思った。雄大な景色から。圧倒的な自然から。あるいは匂い、味、風。まったく馬鹿げた考えだと思う。しかし、縫いつけられたように恒一郎はここを動けないでいる。

夕食は地元のマーケットで買ってきたもので済ませることが多い。滞在費を節約するためだ。しかし、今日は飲食店に行ってみようと思い、腰を上げた。久しぶりにゆっくり食事をして、アルコールも少し飲みたい。玄関まで出た。受付を覗くと、いつものアルバイトの男が奥の椅子に座ってスマホを見ていた。客が前を通っても、顔を上げもしなかった。

民宿の近くには飲食店も多いので、適当に選んで入った。店の入り口に、「新亀入荷」という札が貼ってあった。意味がわからなかったが、店で訊くと、今はウミガメ漁期で、冷凍でないウミガメの肉が食べられるということらしい。

国内で、ウミガメ漁もウミガメ食も許されているのは小笠原諸島だけということは知っていた。

「お客さん、ウミガメは初めて？　おいしいから食べてみて」

カウンター席に座った恒一郎に、店主が話しかける。

食指は動かなかったが、店主がしつこく勧めるものだから、面倒くさくなって注文した。

出てきたウミガメの煮込みなるものは、得体の知れない食べ物としか言いようがなかった。

ウミガメの臓物を塩だけの味付けでシンプルに煮込んであるという。

「水分は臓物から出るから水は入れないでいいんだ。酒をちょっとだけ。臭み消しに」

店主の説明にもげんなりする。

器から箸を持ち上げると、どことも知れぬ亀の内臓が持ち上がってくる。プルプルしたそれを、目をつぶって口に入れた。ゆっくりと咀嚼する。食べたのは初めてなのに、味覚を通り越した何かが訴えかけてくる。その正体を知りたくて、次々に口に入れた。

「ね？　おいしいでしょ？　本土から来た人もやみつきになるんだ。今の時期の新鮮な亀肉は」

のんきに話しかけてくる店主の言葉が遠くなる。

その時、新しい客が入店してきて、店主はそちらの方に向いた。ほっとして、青パパイヤのきんぴらに箸をつけた。入って来た客は、男女の二人連れで、カウンターの隣に腰を下ろした。女性の方が、ぱっぱと注文をし、店主とも軽口を叩いている。どうやら地元の人間らしい。

「あれ？」

隣に座った男性が恒一郎の方を向いて驚いた声を上げた。顔を上げると、この前役場で対応してくれた青年だった。確か真柄という名前だった。

「この前はどうも」

「どうですか？　古屋さんにお会いになりました？」

役所で会った時よりも気さくな感じで話しかけてきた。古屋テルは認知症が進んでいて、たいした会話はできなかったが、それでも会いに行ってよかったと礼を述べた。不首尾を青年は残念がり、恒一郎に詫《わ》びた。

「せっかく来てくださったのにお役に立てずすみません」

先隣の女性が「なになに？」と首を突っ込んでくる。青年は改めて自分は真柄エディという名で、女性は妻の蘭だと紹介した。恒一郎も自分の口から、蘭に自分のルーツを求めて小笠原に来たのだと簡単に説明した。戸籍謄本を取りに役場に行った時、エディに対応してもらったのだと。

「ダメじゃん。いいアドバイスをしてあげなくちゃ。はるばる本土から来てくれた人に」

ラム酒のソーダ割のグラスを手にした蘭が文句を言った。この店は食事も出すが、飲みにだけ来る人もいるようだ。彼らもちょっと一杯引っかけにきたというふうだ。

「この人は、ちょっと融通がきかないところがあるけど、根はいい人だから」

ちょっと体を傾けて、夫と肩と肩を触れ合わせた。

「役場ではいろいろ制約があって、実質的な相談に乗れなくて申し訳ないです」

「ほんとだよ」

実直そうな夫に、妻は遠慮なく突っ込みを入れる。つい笑ってしまった。

「いや、いいんだ。結局、書類から知れることは表面的なことだ。君が言うように、実際に当時のことを知っている人に当たるのが一番いいと思う」

「実を言うと、小笠原の戸籍って不確実な部分があって――」

アルコールが入ったせいか、エディは役所では話せなかった内情を口にする。

戦争やその後、アメリカの施政下にあったという特殊事情が、影響を及ぼしているのだとエディは説明した。昭和十九年の空襲により、父島の大村、硫黄島《いおうじま》村の戸籍簿は全焼してしまった。小笠原支庁と各村の役場は東京都内に移されたのだが、空襲に追われるように何度も移転した。日本軍の命令によって島民の疎開が終了した後、二つの村の村職員が、東京で苦労して再編したということだ。小笠原がアメリカの施政下に入ると、これらの事務所は廃止されて、東京法務局内に小笠原関係戸籍事務所が設置されたのだそうだ。

しかし、小笠原に帰った欧米系の人々もいろいろで、結婚、出産、死亡などの届けを律儀に出していた人もあるが、それらの戸籍の手続きを一切取らなかった人もあるという。

「なんせ、内地との行き来が困難な時代だったので、特別に本土に渡る許可を得た人に託すか、本土から来た小笠原墓参団に頼んで代理届出をしてもらうかなどの手段しかなかったんです。そういうことで正確さに欠ける点が多々あったみたいで、返還後に法務局の担当官が現地調査を行ったということです」

樺太《からふと》や北方領土に戦前住んでいた人々の戸籍簿は、日本に持ち帰ることができず、また沖縄においてもそのほとんどが戦禍によって失われてしまったということをエディは説明した。同じようなことが小笠原でも起こっていたということか。

恒一郎は、幸乃の戸籍を思い浮かべた。自分の出生地と母の死亡地とに齟齬《そご》があるのは、そういう事情かもしれない。

「戦争のせいだよ。何もかも」

それまでカウンターの中で黙々と働いていた店主が口を出す。四十そこそこと見える店主は、自分は旧島民と呼ばれる明治時代に入植してきた一族の末裔だと言った。

「うちの祖父から聞いたんだが、それまでは仲良く暮らしていた欧米系の人と日本人たちはあの戦争で分断されたんだ。軍国主義がこんな小さな島にもはびこっていたんだな」

酒の入ったグラスを持ってきて、店主はカウンターを挟んで腰を据えた。

「憲兵分隊が来て、ずっと欧米系の人々を監視していたらしい。日本に帰化し、とうに自国とは縁が切れているのに、彼らは日本帝国にとっての攪乱《かくらん》分子だと決めつけられたんだよ」

ちらりとエディを盗み見るが、特に変わった様子はない。透明なグラスに口をつけて穏やかな表情のままだ。

父島の要塞司令部によって、欧米系の人たちは英語の使用を禁止され、戸籍名を「日本語式」に改姓改名されるという事態に陥った。それでも彼らはそれに従った。元の西洋系の姓に漢字を当てた人もいれば、日本人としてありふれた姓にした人もいる。また小笠原諸島から取って、「小笠原」という名字になった人もいる。そういった軍国主義に基づく差別は、あっという間に民間人の中にも広がった。当時、欧米系の人々は、二見港から少し離れた奥村に住んでいたのだが、そこは「帰化人部落」と呼ばれていた。対して大村は「日本人部落」といった。

「祖父によると、帰化人部落の主婦連中は日本人部落の商店に買い物に来るのも、夕方にこっそり来てたそうだ。子供は純粋で残酷でしょ？　だから、尋常小学校なんかでは、無自覚にひどい言葉で罵《のの》ったり、理由もなく殴ったり石を投げたりしてたって。皆感化されちまって、理由もなく憎み合っていたんだな」

店主はやりきれないというふうに首を振った。

「そういうふうに島民を分断しておいて、今度は全員強制疎開だろ？　島を離れてどうやって生活していったらいいか、祖父たちは途方に暮れたって。そうして戦争が終わったと思ったら、島はアメリカ軍の支配下に置かれた。今度は欧米系の人たちだけが優遇されて帰島を許されたわけだ。いったいどこまで戦争に翻弄されるんだって話だよな」

店主の口調はだんだん熱くなってくる。何度も祖父から聞かされたことなのだろう。

「ほんと、がっかりだったろうよ。戦後二十三年間、日本人の方は住み慣れた島には帰ることができなかったんだからな。自分で開墾した土地があるのにさ。それはもう旧島民にとっては悲願だよ。返還運動を盛んにやったが、なかなか実らなかったんだ」

その辺の歴史は、資料やネットでも調べて知っていたが、実際に島の住民から聞くと生々しい。そういう複雑な状況を生き抜いてきた祖父母は、孫には何も話さなかった。どこでどう折り合いをつけたのか。それとも無理矢理心の奥底に押し込めていたのか。

「その間欧米系の人たちは、返還に反対して、逆にアメリカ本土に陳情に行ってたらしいからね」

「そうなんだ」さっさと一杯目を空けた蘭がおかわりを注文しながら言った。「そうさ。うちの祖父たちも苦労したけど、あの人たちも大変だったのさ。本土へ疎開させられた時、欧米人の風貌っていうんで、差別され、迫害されて食べるものも分けてもらえずに。だから、島に帰れたことでどれだけほっとしたことか。アメリカの占領下では、安泰な暮らしが営めていたんだ。それをまた日本に返還されたらどんなふうになるか、不安だったんだろう」

「そうか。そういうとこ、あたしたちは全然気にしてなかった。能天気にきれいな島、くらいにしか思ってないし」

だめだね、新島民は、と蘭は続けた。

「あたしみたいにふらっとこの島に来て住みついた輩《やから》は所詮新島民なの」

「蘭ちゃんは、エディと結婚して根を張ったんだから、新島民じゃないよ」

店主が慰めた。外から来た者にはわからないが、そういう色分けが密《ひそ》かになされているのか。素直な感想を述べると、店主は豪快に笑った。

「まあ、便宜上ね。そうして分けて考えると、うまく整理がつくんだ。決して差別じゃない」

「在来島民とも呼ばれている欧米系の人たちは、今では敬意を払われているのよ」

「ね？」と蘭が同意を求めると、エディはウイスキーソーダのグラスを口に持っていきながら、照れたように微笑んだ。

「まあね、過去にはいろいろあったみたいだけど、亡くなった祖父母はあまり話したがらなかったよ。恨み言になってしまうからかな」

「なんだかせつないね」

蘭が頭を振りながら言った。

「戦争に平和な島を引っ掻き回されたってことだな。返還後島に戻ってみたら、戦前の土地区画なんか無視して家が建ってたりしてた。日本軍が島を出ていく時、民家を焼き払ったそうで、戦後すぐに帰島した人たちは、地の利のある大村に家を建てたんだな。アメリカさんが許可したらしいから、欧米系の人たちには罪はないんだけど、やっぱりちょっとね。未《いま》だに裁判をやってる土地もあるくらいで」

「へえ。今からは想像できない歴史があるんだね、本当に」

店主の言葉に、蘭が少し居住まいを正すようにして言った。

「親父の口癖はこうだよ。『遠い昔のことさ』」

のんびりした口調で、エディは返した。

「在来島民も旧島民も、ほんというと、まだ複雑な思いを抱えていると思う。だから、戦中戦後のことになると口を閉ざす。すっかり年を取ってしまった祖父も最近では口が重い。きっと軍にあおられて欧米系の人たちを差別したことを悔いているんだろうな。でも、俺はこう思うんだ。ここは大海の真ん中だ。まれにみる歴史を持った異文化の交流地だ。そんなとこは日本のどこにもないってね」

店主がグラスを持ち上げて言った。

「うう、まさに太平洋気質！」

蘭は店主のグラスに自分のグラスをカチンと合わせた。気のよさそうなエディがほっとしたように微笑んだ。

この夫婦はいい取り合わせだ。

しばらく話して恒一郎は店を出た。まだ夫婦は残って店主と話し込んでいた。


翌日、意を決して再びテルの家を訪ねた。

手にしたバッグの中には、オガサワラグワの置物が納まっていた。ずっと迷っていたが、これをどうしてもテルに見てもらいたかった。この不思議な置物の来歴を知ることから、自分の生い立ちがわかるという気がしていた。

たまたまゆかりも来ていた。二人に拒絶されるかと思ったが、澄子は黙って恒一郎をテルのところへ案内してくれた。

皺に囲まれたテルの瞳が、恒一郎をとらえた。この人は、自分にとっての血のつながった親族なのだと思うと、心が奮い立った。

バッグからオガサワラグワの置物を取り出す。南の島の陽光に照らされて、それはいっそう黒々と光った。

「これは、私の祖父母が、春枝が、大事にしていたものなんです」

テルは目の前に差し出された置物を、しばらく眺めていた。

そしてゆっくりと手を持ち上げた。姉と共に受けた銃弾の痕が残った手だ。両の手が置物をつかみ取る様をじっと見つめた。

テルの手のひらが、オガサワラグワの置物を撫で回す。盛り上がった場所にある窪《くぼ》みを探り当て、そこを何度も指でなぞる。

「ユキちゃん……」

母の名を呼んだと即座にわかった。澄子もはっとしたようにテルを見返した。テルの奥まった目が潤んでいる。

「ユキちゃん……」

母はそんなふうに呼ばれていたことがあるのだ。ここで。この島で。

澄子とゆかりは、言葉もなくすべすべした置物を撫でるテルを見やっていた。しばらくそうした後、テルは置物を膝に載せ、今度は恒一郎の方に両の手を伸ばしてきた。おずおずと差し出した彼の手を包み込むように握ると、テルは静かに涙を流した。

「わかるんだわ。幸乃さんのことも。あなたのことも」

小さな声で澄子が言った。

「ねえ、お母さん、わかる？　この人、春枝さんのお孫さんなの。幸乃さんの子供の恒一郎さん。お母さんが知っているのは、赤ん坊の時の恒一郎さんね」

その言葉をテルは理解した。幼い恒一郎の頭をよくこんな手で撫でてくれていた。

春枝の手だ、と思った。震える手を伸ばして、恒一郎の頭を撫でた。

「しっかりご飯を食べてしっかり勉強しなさい。誰とでも仲良くするんだよ」

あの頃は、ありきたりなことばかり言うと思っていたが、今さらながら、あれには深い意味があったのではと思う。

テルの口がぱくぱくと動いた。言葉を聞き取ろうと、恒一郎は耳を寄せた。

「タウチーネ、タウチーネ……」そう聞こえた。

恒一郎の心の奥底に、その言葉がすっと落ちていった。かすかな記憶の揺らぎ。かつてこの言葉を何度も聞いたことがある。いつだったか。どんな状況だったか。もどかしい思いにとらわれて、じっとテルを見た。

が、テルはそれ以上言葉を発することはなかった。ぐったりとロッキングチェアの背にもたれかかったテルを置いて、三人は応接間に戻った。

「それはいったい何なんです？」

籐のソファに座った途端、好奇心剝き出しでゆかりが尋ねてきた。澄子は、「ちょっと見せて」とオガサワラグワの置物を手に取った。

「これ、オガサワラグワで出来ているらしいんですよ。祖父がずっと大事にしていて。でも何のために作られたのかはわからない」

「へえ」

「母があんなに反応するなんて珍しいわ。ここのところ、ずっと感情が鈍ってきていたのに」

「きっとこれに心当たりがあるのよ」

女性たちはそれぞれの憶測を口にした。置物は、澄子の手からゆかりの手に渡る。

「それにしても珍しいね。オガサワラグワの細工物は、この島でももうあまり見ることがないのよ」

「完成品じゃないってことでしょ？　これ」

ゆかりは奇妙な穴に指を突っ込んだりしてみる。

野本秀三というやはり小笠原にいた人の手に渡っていたのだと話したが、二人とも野本の名前には心当たりがないと言った。

「母はあなたに何て言ったの？」

「よくわからない言葉なんです。『タウチーネ』って聞こえたけど──。昔、聞いた覚えがあるような――」

　ゆかりが「ああ」というふうに頷いた。「それは島の女たちが赤ん坊をあやす時につかった言葉よ。もう今では忘れ去られようとしているけど。子守歌みたいに節をつけて歌うの。赤ん坊の足首をつかんで動かしながら。こんなふうに」ゆかりは両手を交互に動かしながら歌ってみせた。

「タウチーネ、タウチーネ、タウチキ、タウマイ、タウチーネ」

　その響きは、南洋からきた言葉のように聞こえた。澄子もすっかり感心したようだ。

「じゃあ、母は赤ん坊の時のあなたを憶えているのね。だから、その言葉であやそうとしたんだ」

　あの優しい不思議な言葉で揺すられて眠りについたことがあったのか。寄せては返す波のリズムに似ていた。生まれたばかりの自分にそれを囁いてくれていたのは誰だったのだろう。

「あっ、そうだ」突然、澄子が声を上げた。「オガサワラグワのことなら、三田さんに聞けばいいんじゃない？」

　ゆかりも手を打った。

「そうだ。あの人なら、これがどんな目的で作られたかわかるかも。だって、あの人はオガサワラグワの細工師だったらしいもの」

「もしかしたら、幸乃さんのことも何か知っているかもしれない」

「そうね。あの人、もう八十は超えているでしょう。占領下の島で暮らしていたし」

二人の女性は、自分たちの思いつきに盛り上がっている。

「誰です? その三田さんて人は」

「製氷海岸の近くで観光客相手にカヌーのツアーをやってる人よ」

「そんなことやってるぐらいだから、すこぶる元気なお爺さんよ。カヌーだって自分で丸太をくり抜いて作るんだから」

「もう今はオガサワラグワが手に入らないでしょう? だからそんなことをやっているの」

その言葉にすがった。目の前に提示される小さな糸口を一つ一つたどっていくしかない。アメリカ占領下の生活のことを聞けるだけでもいいかもしれない。たった百三十人足らずしかいなかったのなら、祖父母のことも知っているだろう。返還の年に生まれた自分がもう五十二歳になっているのだ。あの時分に成人だった人はどんどん減ってきている。テルのように言葉を操ることすら困難になっている人もいるだろう。三田と話してみようと思った。それこの島の古い住民たちが、「遠い昔のこと」と心の中にしまい込んでしまったもの。それが自分にとっては重要なのだ。

三田は、恒一郎が持ってきたオガサワラグワの置物を見て、あんぐりと口を開いた。

「なんと！」

しばらく声を失っている。そこまでの反応をするとは思わなかった。

「これはわしが作ったものだ」

今度は恒一郎が絶句した。

「あんた……」置物を撫で回しながらやっと絞り出すように三田が言った。「武正さんの孫だって？」

「ええ」

「なんと！」

また三田は感に堪えないというふうに大きな声を出した。

「それじゃあ、あんたがあの時の赤ん坊なんだな！」それから白髪だらけの短い頭髪をぐしゃぐしゃと掻き回した。「まさかあの赤ん坊がわしを訪ねて来ることがあるなんてな！　人間、長生きをすると何があるかわからんな」

澄子たちから教えてもらった三田の家はわかりにくかった。どんよりと重く垂れこめた雲の下、製氷海岸の近くを歩き回ってようやくたどり着いたのだった。ドアの前で声を掛けた時には、生ぬるい風が吹き始めていた。

「これは、どういう用途で作られた置物なんですか？」

「これか――」

まだ気持ちの整理がつかないといったふうの三田は、また手元に目を落とした。

「これは台座なんだ」

「台座？」

「そうさ。この穴に――」上部の小さな穴を指でなぞる。「珊瑚樹を立てるのさ」

「珊瑚樹を？」

三田は大きく頷いた。

「枝ぶりのいい赤枝珊瑚をな」

「その――」喉の奥が乾いて仕方がなかった。「珊瑚樹はどこにいったんでしょう」

三田は一度、恒一郎の顔をしみじみ見た後、ゆっくりと首を振った。

「あんたの母親が海に沈めたのさ。もっとも採って来たのも幸乃さんだったから、誰も文句は言えん。あれは見事な珊瑚樹を道連れにして、海に身を投げたんだ」

自分の母親の名前を他人の口から聞いて、恒一郎は身震いした。

ピカッと稲光が走った。途端に叩きつけるような豪雨が降り注ぐ。家の中は一気に暗くなった。屋根を叩く凄《すさ》まじい雨の音を聞きながら、恒一郎と三田は対峙《たいじ》していた。

三田の簡素な家の中。彼が手作りしたであろう木製の椅子はどっしりとして安定感があった。その上で、恒一郎は居住まいを正した。

「武正さんも春枝さんも、あんたにはそういったことを何も話さなかったんだな？」

「ええ」

「で、あんたはそれを聞きたくてここに来たんだな？」

「ええ」

　また稲光が走った。

　わしらの祖先は、大海原を越えて小笠原にやってきた。欧米系もポリネシア系もない。海の種族さ。開拓と自由、不屈の精神に溢れた人々だった。

　この絶海の孤島で生き抜いてきたんだ。どこの国にも属さず、誰にも支配されず、己の力のみに頼って暮らしを立ててきた。

　まあ、それはいい。あんたは自分の生い立ちを知りたいんじゃから。ただな、そういう人々の血が、あんたの中にも流れてるってことを言いたかったんだ。

　さて、あんたの母親の幸乃さんの話をせにゃあならん。いや、まず春枝さんのことから説明した方がいいだろうな。春枝さんの両親、上川千之助さんとサキさん夫婦は、二人とも欧米系のお人じゃった。欧米人の名前も持っていたと思うが、忘れたなあ。春枝さんたち子供には、皆日本名を付けた。小笠原が日本の領土となってからは、やっぱり日本人として生きる方が何かと都合がよかったんだな。

戦争が始まると、国家からもそういう努力を強いられた。わしらはひっそりと息を殺すように暮らした。ばかばかしいことだよ。この島は、我々の祖先が開拓した島だってのに。しかし、そんなことを声高に言うわけにもいかなかった。

ああ、幸乃さんのことだったな。春枝さんは、田中武正さんと所帯を持った。武正さんは八丈島から来た人だった。明治の時代に、八丈島からたくさんの入植者があったんだ。そういった親戚を頼って戦前に小笠原に来たように聞いている。親戚の船に乗り込んで、漁業に従事していた。春枝さんとは、浜で知り合ったんだろう。上川家も漁業で生計を立てていた。春枝さんも母親と一緒に船に乗ってその手伝いをしていた。

小笠原の海は豊かだった。カツオ、ムロアジ、マグロ、サワラ、トビウオ、イセエビ。漁師の実入りはよかったと思うよ。捕鯨基地もあって、捕鯨も盛んだった。水産加工場もたくさんあった。塩蔵鯨肉や鯨油《げいゆ》、カツオ節、干物なんかを作ってた。とにかく賑やかで活気があった。

それから珊瑚な。大正時代に小笠原で一度珊瑚ブームがあったみたいだ。珊瑚礁を形成する珊瑚じゃない。宝石珊瑚のことだ。白珊瑚、桃色珊瑚など、いろいろあるが、何といっても価値が高いのは赤珊瑚だ。それも赤黒いものは、血赤《ちあか》珊瑚と呼ばれて最高級品として取引されていたんだ。

小笠原の周辺の海は、落ち込むように深くなっているから、近海で珊瑚が採れた。それが昭和の時代まで続いて、新礁が発見されたりして大変な騒ぎになった。一本数百万もする珊瑚が採れたりした。そうなると、一攫千金《いっかく》を夢見る輩や、珊瑚の仲買人が押し寄せて、もうわけがわからんような有り様になったもんだ。

しかし、近海の珊瑚は採り尽くしてしまい、戦争前には、下火になってしまった。それでも春枝さんは、珊瑚採りの名人だったそうで、誰も潜っていけない深海まで行って、珊瑚を引き揚げてきた。武正さんと所帯を持ってからもそうした漁を続けていたが、昔のようないい珊瑚は採れなくなった。欲の皮の突っ張った連中が、ロープの先に網と重りを付けた漁具で引っ掛けて採取するもんだから、根こそぎやられてしまったんだな。

そんなやり方では形のいい珊瑚樹なんかは採れない。それでも質のいい赤珊瑚なら、折れた枝だけでも金になったからな。そういうことを、わしは親から聞いていた。何でも、上川家の先祖はイタリア系だというだけで、その他のことはよくわからんらしい。どうやって小笠原にたどり着いたのかも、いつまで住んでいたのかも。だがたぶん、海に馴染んだ民族だったんだろう。大海の中の島だった小笠原には、来るものはすべて受け入れてしまう懐《ふところ》の深さがあったからな。

珊瑚が採れなくなると、それが目当てで来ていた奴《やつ》らは、潮が引くように去っていった。

そしてやって来たのが、戦争だ。わしが赤ん坊の頃は、もう戦争の色が濃かったようだ。昭和十二年に、洲崎《すさき》飛行場ができて、海軍航空隊が駐屯した。それでもまだ本土から遠いこの島は切迫した状況ではなかったと思う。太平洋戦争が始まる直前の昭和十六年に、小笠原には次々と要塞が建設されて、陸軍兵員が軍用船でやって来た。硫黄島には滑走路が二本敷設されて、同時に日本陸軍と海軍の兵士が配備された。軍備は着々と増強されていった。

わしの家では、英語と日本語がちゃんぽんで使われてたんだ。親父が欧米系で、お袋は日本人だったから。欧米系の家庭では、当たり前のあり様だったんだが、英語を使うことは禁じられたね。敵性語っていうんで。憲兵にも見張られてた。わしらは自分たちは日本人だと思っていたが、そうじゃなかったとつくづく感じたもんだ。

昭和十九年になって、全島民の本土疎開が始まったわけさ。もうそうなると、欧米系も何もない。ぎゅうぎゅうに貨物船に詰め込まれて、三昼夜かけて横浜に着いた。あの時、同じ船に武正さん夫婦も乗っていた。春枝さんは、かわいそうに機銃掃射で肩を撃ち抜かれていて、瀕死《ひんし》の状態だった。上陸したらすぐに傷を負ったテルさんと二人、海軍病院に担ぎ込まれたということだった。

わしは幸いにもお袋の親戚の家が栃木《とちぎ》にあったものだから、そこに身を寄せることができた。それでも親父は苦労したよ。見た目が外国人なんだから。極力外には出ないようにしていたね。家の中でもあんまり口をきかなかった。快活な人だったんだが。子供心にもかわいそうだと思ったもんだ。

後で聞いたことだが、一家全員が欧米系の人たちは、もっと苦労したんだ。彼らは内地に縁故がないから、国が用意した練馬の軍需工場の社宅に入るしかなかった。若者たちは、工場で薬莢《やっきょう》を作る労働を命じられた。生活も相当苦しかったそうだ。その顔つきから、農家へ買い出しに行っても何も売ってもらえない。それどころか、敵国のスパイだ、逃亡してきた捕虜だなどとあらぬ疑いをかけられて、民間人から暴力を振るわれることも度々あったらしい。

春枝さんは回復した後社宅に入って、そこで幸乃さんを産んだということだ。武正さんは、本籍のある八丈島へ帰る算段をしていたらしいが、戦争中のことで、それはかなわなかったようだ。

そしてわしらは揃って内地で終戦を迎えた。翌年の十月、突然GHQと外務省の連名で、「帰島許可証」が届いたんだ。わしらはきつねにつままれたような気持ちで、駆逐艦に乗って小笠原に帰ってきた。欧米系島民だけが帰島を許されたんだと知った。わしが八歳の時だった。正確にいうと、明治十五年までに日本に帰化し、日本の国籍を取得した者の子孫及びその配偶者ということだった。

ともかく帰島者は、アメリカ軍提供のカマボコハウスを宿舎にして、自給自足の生活を始めた。質素な生活だったが、誰の顔にも安堵が浮かんでいたね。そりゃあそうだろう。本土ではいわれのない差別と偏見にさらされて、苦労してきたんだから。馴染んだ島に帰って来られて、どれだけ安心したことか。

わしの家では、親父のことを思って、帰島を決心したんだ。お袋は日本人だから、本土に残りたいという気持ちもあったと思う。だがやっぱり住み慣れたところがよかったし、親父は本土では職も得られないだろうから。もともとお袋の父親という人は、岐阜の出の人で、木工職人だったらしい。オガサワラグワが盛んに伐り出されていた頃に小笠原に渡ってきて、オガサワラグワで家具や細工物をこしらえていたんだ。欧米系島民の家系の親父の家は、農業と漁業で食ってたんだが、手先が器用な親父は、お袋の父親に木工のやり方を教わっていたらしい。それが縁でお袋と結婚したんだ。

戦後すぐの頃は、まだオガサワラグワが残っていたから、島に帰った親父はオガサワラグワの細工物を手慰みにやってたね。義父から受け継いだ道具も大事に取ってあったから。昼間は農業班で畑仕事に勤《いそ》しみ、夕方になるとコツコツとオガサワラグワを削ったり磨いたりしていた。たいして大きなものは作れなかったが。それでわしも木工細工のやり方を覚えた。

武正さんは日本人だが、うちと同じで、配偶者が欧米系だから、帰島を許可された。しばらくカマボコハウスで暮らした後、帰島民は、アメリカの駐留軍に、父島の大村付近の好きな土地を選んで住むようにと指示された。日本人が地権を持っている土地でもおかまいなしにさ。初めはアメリカから生活物資が支給されて助けてもらえた。島民たちの生活が安定するのは、一九五〇年代からだな。駐留軍の軍施設が拡充されると、働き盛りの島民は軍雇用ということになった。海軍施設の従業員として雇ってもらえたってことさ。給料もよかったと思うよ。

それから小笠原諸島貿易会社（Bonin Islands Trading Company）が設立されて、島民は、食料品や雑貨をグアム島経由で共同購入することができるようになった。この会社でも島民は雇われて働いた。わしの父親もその一人だった。

きっと本土に残った人々よりもいい暮らしをしていたと思う。あの穏やかな生活が続くことを願ったとして、誰が責められるっていうんだ？　本土で辛く苦しい生活を送った後でさ。ところで、わしの家や春枝さんのところのように、配偶者が欧米系だというので、小笠原に戻って来た日本人もいくらかいた。元島民ということになってはいるが、そのへんが曖昧な者も混じっていたのさ。その最たるものが、野本秀三という男だった。奴は戦前にこの島にやって来て、住みついていたんだ、確かに。珊瑚の仲買人という触れ込みではあったが、金の匂いのするところに湧いて出る類《たぐい》の輩だった。要するに胡散臭《うさんくさ》い奴だ。

そいつが帰島者の中に混じっていたのには、皆驚いたね。珊瑚で相当儲《もう》けたって話だったから、まさかこっちに戻って来るとは誰も思わなかった。まあ、資格があるといえばあったんだ。欧米系の娘と再婚していたからな。当時、野本は三十歳そこそこの壮年期で、前妻との間に生まれた息子も伴っていた。

内地出身者でも、アメリカ合衆国が許可を出したんだから、仕方がない。いけすかない奴だからって、文句を言うわけにはいかないんだ。だが、わしの親なんかは嫌ってたね。戦前、かなり汚いやり方で島民の懐に入るべき利益を収奪したらしいから。善良な島民を騙して金を巻き上げたんだ。珊瑚だって、豊富に採れていた頃は、もっと島が潤ってもよかったのに、奴一人がうまく立ち回って、本土や中国に持っていって売りさばいた。儲けはすっかり野本の懐に転がり込んだって聞いたよ。

生活も乱れていて、博打《ばくち》を打ったり、酒を飲んで大騒ぎしたり、おとなしい島民は眉をひそめていたけど、根っからの乱暴者だったから、面と向かって忠告するのもためらわれたらしい。戦前には、まだこの島では椰子酒が造られていた。南方の血筋を引く女性たちが細々とこしらえていたんだ。それをあいつは浴びるように飲んでいたって。トゥバって酒だ。あれはなかなかいけるんだ。だが酒を一滴も飲まない親父は、あいつの醜態が我慢ならなかったようだ。

島が軍国主義一色になった時、率先して欧米系島民を差別して蔑《さげす》んでいたのも奴だったね。憲兵隊に取り入って、根拠のない密告をしたりしていた。それで憲兵隊に引っ張られてスパイ扱いされ、拷問に近い取り調べを受けた人もいたよ。

しかし、それは戦前のことだ。野本は帰島した時、たいして金を持っているようでもなかったし、我々と同化してやっていくつもりなんだろうと思った。こんな小さな島の中でいがみあっても仕方がないだろう。アメリカ海軍が駐屯する島で、奴も好き勝手はできないだろうと無視することにした。

野本がこの島に未練があって、奴と似たような腹黒い商売人に先んじて島に帰ってきたんだとわかったのは、十年以上経ってからだ。再婚した相手は、うまくあいつの口車に乗せられたわけだ。小笠原に戻って来るためにな。

珊瑚の仲買人をしていた時に、あいつはまだ宝石珊瑚の新礁がこの島の周辺にあると睨《にら》んでいた。戦前、珊瑚の商いで、濡れ手で粟《あわ》の莫大《ばくだい》な利益を得た奴は、ここにしがみついて様子を窺っていたのさ。それにすぐに日本に返還されて、また小笠原をネタに商売ができると思っていたんだろう。

本土に疎開させられたまま放置された旧島民たちも、帰島を切望していた。彼らにしたって、先祖代々伝わってきた土地を追われて、強制疎開させられたんだから。生活基盤もなく、住み慣れない本土で困窮していた。食料が欠乏し、一家心中をした家族さえ出ていた。

彼らは一致団結して帰郷促進運動を始めたが、なかなか実らなかった。それでも旧島民たちは根気よく運動を続けた。日本政府はいうに及ばず、アメリカ軍当局にも嘆願書を送った。しかし、あんたも知っている通り、小笠原は実に二十三年にわたって、アメリカの施政権下にあったわけだ。野本の計算も大いに狂ったということだな。あいつは次第に苛立《いらだ》ってきた。この島の利権を押さえておこうとした奴の計画はうまくいかなかった。

内地に仲間があって、そいつと連絡を取り合っていたみたいだった。当時は内地からの郵便物だってサンディエゴを経由して来てたんだ。そういうもどかしさにも耐えきれなかったんだろうよ。今になって思うと、信頼のおける仲間に自分の財産を預けておいて、またこっちでひと儲けしようなどと安易な考えで渡って来てたんだと思うね。金の亡者で、薄汚い性分であるのを蔑んだ呼び名だった。

島民は、密かにあいつのことを「サンゴ屋」と呼んでいた。

外交交渉により、状況が小笠原返還へ傾いてきたら、今度は欧米系島民から不安の声が上がった。もうその頃には、わしもいい年になっていたから、島民の思いはわかる。わしらはどこの国に属するかなんて、あんまりこだわっていないのさ。とにかく安定した平和な暮らしがしたい。そう思ってた。なら、長く馴染んだアメリカの統治下でもいいんじゃないか。本土に強制疎開した時、内地の人間にあれほど忌み嫌われ、排斥されたんだ。もうあんな思いはごめんだと思っても仕方がないだろ?

わしのお袋や武正さんは、複雑な思いだったろうよ。ただ豊かな小笠原で、連れ合いと添い遂げたいと思っているだけなのに、国家の都合ってもんに翻弄されるんだからな。とにかく島民は日本への返還は反対ってことで、小笠原駐在のアメリカ海軍軍人に付き添われて、島民代表者がワシントンDCまで陳情に行ったりもした。

さて、ようやくここであんたの生い立ちに関わることが出てくる。どこから話すべきかな? やっぱり幸乃さんのことからか。幸乃さんのことは、よく憶えているよ。小笠原の女は皆働き者だ。春枝さんは、武正さんとずっと漁に出ていたから、幸乃さんは子守りに預けてあった。南洋系の女性だったね。名前はえぇっと……、カリヤだとか、カイヤだとか、そういうのだったな。ああ、やっぱりカリヤだ。ぎりぎり日本名に見えるってことで、改名を免れたんだ。自分で先祖は、マルケサス諸島から来たんだと言っていた。情の深い、律儀な女でね。独り者だったから、幸乃さんを自分の子のように可愛《かわい》がっていたよ。

武正さんの一人娘の幸乃さんは、そんな子守り女からも愛情を注がれてすくすくと大きくなった。その頃には美しい娘に成長していたよ。わしら村の若い男が、所帯を持ちたいと熱望するようなね。

彼女は十代の頃から母親の手ほどきを受けて、素潜り漁をやっていた。すぐにその技術を体得しただけでなく、母親よりも素早く深く潜ることができたんだ。見事だったね。幸乃さんの潜りは。到底人間業とは思えなかった。重りをつけてさっと潜り、海底で獲物を探して、帰りは重りを捨てて浮上するんだ。そして、水中にいる時間の長いこと。サメが群れていたっておかまいなしだ。サメの方も、仲間が来たとばかりに身を翻すだけだった。ほんとにあの娘は、海の生物じゃないかと思ったものだ。

カヌーの上で息を整える幸乃さんは、見とれてしまうほど、きれいで芸術的だったな。両腕を伸ばして頭の上で交差したかと思うと、腹がすっとへこむんだ。内臓が持ち上がって肋《ろっ》骨《こつ》の中にしまい込まれるっていう感じだ。

あんたも知っている通り、水中では十メートル潜るごとに水圧が一気圧ずつ増える。それに耐えうる体を元から持っているみたいだった。ゴムのフィンが、しなやかに動いて、スリムな体を深い海底に沈めていくんだ。主にイセエビ漁をやってたけど、彼女の収穫は群を抜いていたな。

春枝さんが引退しても、幸乃さんは父親と組んで、漁をやってた。そのうち、武正さんが体を悪くしてしまって、幸乃さんの相棒となったのが、日本名が譲二《じょうじ》という若い男だった。皆はジョージと呼んでいた。カヌーで幸乃さんを漁場まで連れていって、サポートする役だ。幸乃さんと組んだということは、かなりの実入りがあるということだ。ジョージは採ったイセエビを燻製《くんせい》にしてグアムに売っていた。誰もが羨ましがったのは、それだけじゃない。美しい幸乃さんと同じカヌーで漁に出られること自体に嫉妬したのさ。

力のある若いジョージと組んでからは、漁場を広げて、カヌーであちこちの島へ行って素潜り漁をしていた。兄島、弟島、聟島《むこじま》まで行ってたと思うよ。

小笠原の周辺は、深い海溝になっている。砂浜もすぐに断崖絶壁となって落ち込む。そこでの素潜り漁は、常に危険が伴う。相棒とはよっぽど呼吸が合わないと、うまくいかないんだ。そういう意味では、ジョージとはしっくりきてたんだろうよ。わしら若い男は、二人の関係を勘ぐって気を揉んだものだ。だが、ジョージを幸乃さんの相棒に選んだのは、武正さんだ。初めから彼に幸乃さんを娶《めあ》わせるつもりだったんだと思うね。

お似合いの二人のことを、若い漁師たちはそれとなく注目していた。やがてある噂が立った。彼らが珊瑚の新礁を見つけたらしいとね。その頃、彼らがカヌーで漕ぎだして行く先は、兄島瀬戸と決まっていた。そこで二人が奇妙な漁具を使っているという。ジョージが浜で工夫してこしらえているものを見ると、どうも珊瑚網らしい。

兄島瀬戸は、潮流が速く、誰もが敬遠する漁場だ。だが、海面下まで続く崖には洞穴《ほらあな》がいくつもあって、でっかいエビが群れていた。ニシキエビと呼ばれるイセエビの一種だ。そこは優れた潜水能力を持つ幸乃さんの独壇場だったんだ。ジョージと二人、時折珊瑚網を使っていたから、きっと立派な珊瑚樹を見つけたに違いないとわしらは噂し合った。

そんな噂をサンゴ屋が放っておくはずがない。このために奴は島に戻ってきたようなものだからな。だが、それとなく探りを入れても、ジョージも幸乃さんも何も語らない。わしらは傍観していたよ。もし珊瑚が手に入ったとしても、アメリカの占領下では、どこへ売りさばくという当てもない。それにあの状況では、金持ちになることの意味がなかった。小笠原でつましく平和な生活を営むのが、我々の一番の望みだったから。ジョージたちも珊瑚を引き揚げても、売って儲けようなんて考えていなかったんじゃないかな。

だが、野本はそうじゃなかった。戦前のように質のいい珊瑚が大量に手に入れば、今まで儲けた金の何倍もの利を得ることができる。それに情勢はいつ小笠原返還へ向くかもしれない。その時点で、珊瑚の新礁の情報を押さえておくことは重要だった。奴には珊瑚を金に換える伝手《つて》もあった。ここでも金のためにうまく立ち回る野本の本性が露呈したわけだ。

ただ一つの障壁はジョージだった。彼は筋金入りの返還反対派だった。彼の父親は日本軍の軍属として島に残るよう命じられた一人だった。その時に上官からひどい扱いを受けたらしい。殴られた時にどっちかの耳が不自由になったんだ。そういういきさつがあるから、ジョージは日本人を端《はな》から受け入れようとはしなかった。

だからワシントンDCへ出向いたメンバーの中にも入っていたよ。ジョージはアメリカ本土の高校へ進学したぐらいだから、心はもうアメリカ人だったのさ。その頃、小笠原に駐屯していた海兵隊員の中にアメリカで共に学んだ友人がいたりして、親しく交わっていたからな。

友人の名前はちゃんと憶えているよ。後々、事件に発展することになるからな。ミック・アンダーソンという名前だった。ジョージの熱心な反対運動に加担する島民は多かった。わしもこのままアメリカの領土になってもかまわないんじゃないかと思ってたね。言語はたいてい英語だったし、島の豊かな自然の恩恵を受けて暮らしやすかったし。食べるものにも事欠いていた本土での苦労が身に沁《し》みていたんだ。

とにかくサンゴ屋は、目障りなジョージを何とかしたかったのさ。珊瑚を採りに潜っていけるのは、幸乃さんだ。宝石珊瑚は水深八十メートルより深い場所にしかない。海流の激しいところでそこまで潜るのはさすがに無理だけれど、きっと二人は珊瑚網を改良して、それで引き揚げようとしていたんだと思う。やみくもに網を垂らして引っ掻き回すより、確実だ。

なんせ幸乃さんが行けるとこまで潜って、目視しながら網を使うんだから。

そうなると、相棒はジョージでなくともいいわけだ。そう野本は狡猾《こうかつ》に考えた。その頃には、奴の息子、確か英明《ひであき》といったな、そいつもいい若者になっていたから、野本は幸乃さんを息子の嫁にもらえないかと武正さんに打診した。もちろん、武正さんは断ったよ。ジョージと幸乃さんとは、愛し合っていたんだ。そのことを武正さんは、正直に野本に告げた。ジョージの旗振りで、返還反対運動も続いた。アメリカ海軍もこれに賛同したよ。小笠原駐留軍の副司令官が各戸を回って、反対署名を集めたりもした。そうなると、返還の実現性は薄れてくる。野本は焦ったと思うよ。

そしてあの事件が起こるのさ。アンダーソン事件。

これはわしらが勝手にそう呼んでいただけで、今やこの名前を聞いても、誰も反応しないだろう。当時も内情を知っている者は少なかったし、知っていた人たちはもう皆死んでしまった。わしもあんたでなけりゃあ、口を開くつもりはなかった。

あの当時、島ではハンティングが普通に行われていたんだ。弟島や聟島には、山羊《やぎ》がたくさんいたからね。島の男はハンティング用の銃を持ってた。それで野生の山羊や豚を撃つんだ。そんなふうに獣肉を得ていた。現地で解体して、肉だけを持ち帰るんだ。あたりまえの生活の風景さ。

ある時、休暇を取ったアンダーソンがジョージと弟島へハンティングに出かけた。二人は二日がかりでハンティングをする予定で島に渡っていた。しかし三日目になっても帰って来なかった。翌日になってジョージの親族が弟島に探しにいって、ジョージの遺体を見つけた。頭部に銃弾を受けていた。そばにアンダーソンの銃が落ちていた。アンダーソンの姿はなかった。海軍の兵士が探したが、見つからなかった。二人が乗っていったボートは浜に乗り上げたままになっていたから、島から出たということはないんだ。

翌日に、アンダーソンの遺体が兄島の岩場に流れ着いた。彼は無傷だった。死因は溺死だ。これをどのように解釈すればいいだろう。海軍の軍医が二人の死体を調べたそうだ。海軍の医療施設で働いていたわしの友人がこっそり教えてくれた。ジョージの頭を後ろから撃ち抜いた銃弾は、わりと離れた場所から放たれたらしいとわかる形跡があったそうだ。

で、結局海軍が出した結論は、銃の暴発ということだった。友人を誤って撃ってしまったアンダーソンが、自責の念に駆られて海に飛び込んだのではないかということだ。それが一番納まりがいいからな。折りしも、アメリカと日本との間で、「施政権返還」が外交スケジュールに上り始めた微妙な時だったから、おかしな事件で影響を与えるわけにはいかなかったんだ。だから、そんな曖昧な決着がついてしまった。

その年、一九六七年の十一月に、ジョンソン大統領と、佐藤栄作《さとうえいさく》首相との間で、小笠原・硫黄島の施政権返還が合意された。まるであの事件をさっさと闇に葬ってしまおうとするみたいななりゆきだった。きっとサンゴ屋は小躍りして喜んだろうよ。

でも当時から島の漁師の間では、アンダーソン事件については、別の見解が囁かれていた。ごく狭い範囲での見解だがね。ミック・アンダーソンが先に海に突き落とされたんじゃないかという疑惑だ。彼の遺体はかなり傷んでいたようだったから。そして、突き落とした誰かが、彼の銃を使って、ジョージを背後から撃った。もし暴発したのなら、もっと近距離から弾が発射されたはずだ。

第一アメリカ人が、自分の犯した間違いを苦にして、海に飛び込んで自殺するなんて、国民性からしてなかなかないよ。

別の漁師仲間が、あの日、野本がカヌーで弟島の方へ行くのを見たと言った。

一つの推測が成り立った。でも、わしらは沈黙した。それを口にする者はいなかったんだ。何一つ証拠はない。当時の情勢で、もう返還は決まってしまっていた。旧島民たちが大勢島に戻って来る。そんな時にごたごたを起こしたくなかった。

かわいそうなのは、幸乃さんだった。あの娘は、ジョージの子を孕《はら》んでいた。そうだ、あんただ。あんたの父親の名前は、ジョージ・ダグラス。日本名は、田倉《たくら》譲二だったたな、確か。月が満ちて幸乃さんがあんたを産んだのは、一九六八年になってすぐだったと思う。小笠原返還はもう間近に迫ってきていた。

小笠原が日本に返還されるとなると、サンゴ屋はまたこの地で堂々と金儲けができるというわけだ。すべては奴の思い通りにことが進んでいた。あんたが生まれてしばらくして、野本はぬけぬけともう一回、幸乃さんを息子の嫁にと申し込んだ。まったく開いた口が塞がらんよ。だが、驚いたことに、幸乃さんはそれを承知したんだ。父親のない子を産んだ負い目だろうか。野本が、子供も引き取って育てると言ったことにすがったのか。

武正さん夫婦も、幸乃さんを育て上げた子守りのカリヤさんも、大反対した。当然だろう。野本の狙いはわかっている。あいつは幸乃さんの潜水能力に目をつけていた。ジョージがいなくなった後釜に、自分の息子を据えて、珊瑚漁を再開しようと目論《もくろ》んでいたんだ。彼らが珊瑚の新しい漁場を見つけたことはもう明らかだったから。

親も育ててくれた子守りも反対したのに、幸乃さんの決意は固かった。カリヤさんは、生まれたあんたを不憫がって、よく世話をしていたもんだよ。あの女は、本当に子守りがうまかった。雇われていた田中家に忠誠を尽くしていたよ。特に自分が世話をした幸乃さんのことは、気にかけていた。

幸乃さんの気持ちが変わらないと知った武正さんは、うちを訪ねてきた。持参した風呂敷を広げた時、わしは息を呑んだね。見事な血赤の珊瑚樹だった。幸乃さんとジョージは、とっくに珊瑚樹を深海から引き揚げていたんだ。武正さんは、これを幸乃に持たせるから、台座をオガサワラグワで作ってくれと言った。わしはよっぽど野本に対する疑惑を話そうかと思ったよ。すべてはあいつが仕組んだことなんだと。その上にこんな高価なものを手に入れたら、奴の思う壺《つぼ》だってね。今あれがあれば、おそらく一千万円近くの値がつくんじゃないかな。

だが、すんでのところで呑み込んだ。そんなことを他人のわしが言ってどうなるものでもない。幸乃さんは賢い女だ。もしかしたらすべてをわかっていてこうするのかもしれん。父親のない子のためを思って。そんなことを思いめぐらせているうちに、親父が武正さんの頼みを了承してしまった。祖父がとっておいたオガサワラグワの木片が、うちにはまだあったから。

親父はもうその頃、右手が不自由になっていたから、わしがやるしかなかった。簡単な細工だ。珊瑚樹を預かって、心を込めて台座をこしらえた。枝ぶりのいい珊瑚樹は、きれいに磨きがかけられていた。本当に宝石のように輝いていた。武正さんの話だと、それは兄島の断崖絶壁のはるか下に生えていたものを、ジョージと幸乃さんが、幾度も失敗を繰り返しながら引き揚げたのだという。断崖には、いくつもの洞穴が開いていて、この珊瑚樹が生えていたところの洞穴は、海流がすごい速さで出入りしているような、とても危険な場所だったようだ。

そんな苦労をして引き揚げた珊瑚は、幸乃さんにとってはまさに宝物だったはずだ。それを伴って、好きでもない男のところに嫁ぐのは、どんな気持ちだろうと思うと、細工する手が時折止まったよ。

サンゴ屋の息子の英明は、父親に似ず、ぼんやりした男だった。わしと同年代だったから、よく知っているんだが、どこか抜けた感じだったな。女にもてるということもなく、それまで過ごしてきたんだ。それが子持ちとはいえ、幸乃さんのような女性と結婚できることになって、有頂天だったね。

婚礼は、五月と決まった。それまでは幸乃さんはあんたの子育てに精を出し、時折英明にも会いに行っていた。そういう時、赤ん坊はカリヤさんが喜んで預かっていたよ。ジョージが死んだと思ったら、手のひらを返したみたいに野本英明なんぞと結婚する幸乃さんに失望したと言う島の男たちもいた。でも、そうじゃない。そうじゃないんだ。

あの台座を作りながら、わしは思ったね。幸乃さんは、ジョージのことを忘れたわけじゃないって。それどころか、あんな不審な死に方をした恋人の魂を救ってやりたいのだと。二人で引き揚げた珊瑚樹を、惜しげもなく野本家に持っていくのは、彼女なりの決意の表れではないか。そんなことを推測した。

出来上がった台座に珊瑚樹を立てた。深海ですっくと立って、海流に洗われているみたいに瑞々しく、高貴であでやかだった。それを見ていた幸乃さんの横顔を、今でも思い出すよ。あの人は、すっかり気持ちを決めていたのさ。

あの後、起こったことを思えば。

婚礼は、ごく身内だけで行われた。わしがよばれたのは、ただ珊瑚樹の台座を作ったからだった。野本家の板敷の間に、それでもできる限りの膳をかまえて、宴《うたげ》の席が設けられた。

翌月には、返還式が行われるという春の宵だった。幸乃さんは、白無垢を着ていた。わしのお袋が、内地から嫁ぐ時に着た古いものを貸したんだ。疎開する時に、島のどこかに隠しておいたらしい。爆撃で燃えなくてよかったとお袋は着付けてやりながら言っていた。

白無垢を着た幸乃さんは、輝くほど美しかったね。ボンクラの英明の隣にいるのがもったいないほどに。二人の後ろには、あの血赤珊瑚が飾ってあった。あれを手に入れたサンゴ屋は悦に入っていたな。まさか幸乃さんがあれを持参してくるとは思わなかったのだろう。

新郎側には、野本とその妻、妻の両親や兄弟が座り、新婦の側には、武正さんと春枝さん、それとあんたを抱いたカリヤさん、春枝さんの妹のテルさん、そしてわしが末席に座った。春枝さんの三人の弟は、内地に残る道を選んで帰島しなかったからね。野本はもっと派手にお披露目をしたかったようだが、幸乃さんがそれを拒否した。地味にやりたいのだと言い張ったらしい。それで野本も折れた。あいつにしてみれば、幸乃さんと珊瑚樹を手に入れれば、それでよかったんだから。

日本酒などは手に入らんから、カリヤさんが作った椰子酒がふるまわれた。野本は、それを飲んで上機嫌だったね。

野本秀三がかなり出来上がった頃、新婦がすっと立ち上がった。白無垢の裳裾《もすそ》を引いて、新しく義父になった男の前に進んでいった。そして彼の前で三つ指をついた。そんな彼女の仕草を、わしらはじっと見ていた。きっと幸乃さんが、野本とその妻に挨拶をするんだと思った。サンゴ屋自身もそう思ったに違いない。満面の笑みを浮かべて、新婦を見下ろしていた。

幸乃さんが懐剣《かいけん》を抜いたのは、その時だった。あまりに素早い動きだったので、誰もが何が起こったのか理解できずにいた。幸乃さんは、そのまま野本に切りかかったんだ。驚いた野本は身をかわしたが、鋭い刃に頰を切り裂かれた。珊瑚樹より鮮やかな血が噴き出した。頰を押さえた野本の上に、幸乃さんが伸《の》し掛かろうとしていた。

わしは微動だにできなかった。あっけに取られて幸乃さんのすることを見ていただけだった。あの横顔は、うちで珊瑚樹を見ていた時と同じだった。これだったのか、と思った。あの時の決意は、憎い男を殺すことにあったんだ。練りに練った幸乃さんの計画が、初めてわかった。

誰もが一瞬固まっていたと思う。転がった野本は、酔いもあって俊敏には動けなかった。幸乃さんは、重い白無垢を着ているのに、軽やかに腕を振り上げ、短剣を野本の喉に突き立てようとした。漁で鍛えた獲物を仕留める技が発揮された。しかし一瞬早く、後ろから組みついた男がいた。野本の妻の弟で、体格のいい奴だった。そいつは幸乃さんの手から短剣をもぎ取った。

血走った目で起き上がったサンゴ屋は「何をするんだ！」と叫んだ。

「あんたがジョージを殺した。ミックにその罪をなすりつけたんだ！」

まさに咆哮だな。幸乃さんは男に押さえつけられながらもそう言い返したよ。「ばかなことを……」野本は青ざめた。「とんでもない言いがかりだ。それでこんなことをするなんて――」

声は震えていたね。

「この人が――」幸乃さんは、英明を指差した。「この人がそう言ったの。その言葉を引き出すために、私は何度もこんな男と寝たんだから！」

後の参列者は首を回《めぐ》らせて新郎を見たね。奴は親父より青ざめて、額に玉の汗を浮かべていた。

幸乃さんを押さえていた男が手を緩めた。幸乃さんはそろそろと起き上がった。「さあ、言いなさいよ。あんたのお父さんに。あたしに言ったことと同じことを。弟島で待ち伏せしていたこいつは――」真っすぐに野本を指差した。「先にミックを崖から突き落としておいて、彼の銃でジョージを撃ったのよね！」

その場面が目に浮かんだのか、幸乃さんは、両の目から大粒の涙を流した。

「戻ってきたこいつは、全部息子に告白した。これで小笠原返還の反対運動も立ち消えになる。お前の嫁にあの女をもらってやるって」

英明は瘧《おこり》にかかったみたいにぶるぶる震えてたよ。野本は燃えるような目で息子を睨みつけた。

「こいつはお前と一緒になりたい一心で嘘《うそ》をついたに決まってる。そうだな」

「いいえ！　この人の言うことが真実よ。あたしに嘘なんかつけるはずがないもの。あたしの体を好きにする代わりに、すべてを白状した。本当の夫婦になるためにはそうすべきだと口説いたから。そうでしょ！」

ばかな英明は、操り人形みたいにカクンカクンと首を縦に振ったね。幸乃さんは、白無垢の袖でぐいっと乱暴に涙を拭った。

春枝さんが「わっ」と泣き伏した。テルさんが寄っていって、春枝さんの背中をさすった。

「でたらめだ……」野本が弱々しい声を出した。だが、そこにいる誰もがもう野本の言葉を信じちゃいなかった。義理の両親や兄弟までも。

そうだ。すべては野本が仕組んだことだったんだ。あいつは、素早く立ちあがると、カリヤさんの方に横っ跳びで近寄った。誰も動けなかった。カリヤさんの腕から赤ん坊のあんたを奪い取った。驚いたあんたは大声で泣きだした。頬の傷からだらだら血を流しながら、野本は赤ん坊の首に手を掛けた。

「くだらんことでわしを追い詰めるなら、この子の命は――」ぐっと手に力を込めるのがわかったね。幸乃さんが、笛の音のような細い叫びを発した。

「近寄るなよ！　近寄ったら――」

最後までは言えなかった。後ろからカリヤさんが野本の背中に組みついたんだ。今度は奴の首に、カリヤさんの腕が回された。小柄な彼女の両腕が野本の首の前で交差するのが見えた。

確かにあの時、カリヤさんは惨《むご》い罪を犯した男を始末しようとしていたんだ。南洋の女は情が深い。雇ってくれていた田中家には忠実で、預かり育てた幸乃さんや、その子のあんたを心底愛していたんだ。

野本の手が緩んで、赤ん坊が抜け落ちた。すんでのところで、テルさんがあんたをキャッチした。おもむろに立ち上がった武正さんが、カリヤさんを引きはがした。白目を剝いた野本はばったりと後ろに倒れた。

「もうええ……」

その言葉は、誰に向かって発せられたものか。我が娘にか、カリヤさんにか、それとも息を吹き返して噎《む》せているサンゴ屋にか。

幸乃さんは、ゆっくりと上座に歩み寄った。きれいに結い上げられていた髪は乱れて白無垢の背中に垂れていた。彼女は、血赤の珊瑚樹を台座から引き抜いた。高さが四十センチはあろうかという立派な珊瑚樹だったよ。それを真っ二つに折ったかと思うと、花嫁衣裳《いしょう》の振袖の中に押し込めた。それから振袖を思いきり床柱に打ちつけた。中で枝がボキボキと折れる音がした。

我に返った野本は慌てふためいたね。

「おい！　何をする。それはわしのもんだ。どれだけの値打ちがあるかわかってるのか！」

誰もが冷ややかに奴を見上げた。彼の妻さえも。野本は喚き散らしたね。

「こいつらがわしを殺そうとしたんだ。見たろ？　お前らみんな。とんでもない言いがかりでこのわしを――」唾を飛ばして奴は咆《ほ》えた。「いいか。見ていろ。来月返還式が終わって、日本の警察がやって来たら、この二人を告発するからな！　ここは日本なんだ！　誰もかもわしに味方する！」

幸乃さんは、怒り狂っている男を無視して、我が子に近寄った。あんたはテルさんの腕の中でまだ大声で泣いていた。幸乃さんは跪《ひざまず》いて赤ん坊の頭にそっとキスした。そして言ったんだ。「マイ・ボーイ」って。

それからのことは、夢を見ているみたいだった。彼女はさっと身を翻すと、引き戸を開けて白足袋のままで庭に降り立った。満月の晩だったよ。そのまま、後ろを振り向かずに走り去った。

幸乃！

誰かあの子を追いかけてくれ！

両親の悲痛な声が響き渡った。そこでやっとわしは自分のやるべきことを認識した。幸乃さんの後を追って、外に飛び出したんだ。後から数人の男が駆けて来るのがわかった。野本の妻の兄弟たちだ。幸乃さんは、一目散に森の中を駆けていった。明るい月の光に照らされて、白無垢の袖がひらひらと翻るのが見えた。どうしてあんなに重い着物を着て走れるのか、わからなかった。何かに取り憑かれていて、人のものではない力が溢れてきているようだった。

彼女は、山道を駆け上がった。宮之浜《みやのはま》の方向へ、山を越えていった。

だが、浜には向かわなかった。宮之浜が見下ろせる崖に向かった。その時になって、幸乃さんの考えていることがわかって、背筋が凍り付いたよ。幸乃さんは、あんたの母親は、初めから死ぬつもりだったんだ。ジョージの後を追って。できれば野本の命を奪っていきたかったんだろうが、それももうどうでもよくなったのだろう。

ああ、あの光景は今でも目に焼き付いているよ。

白無垢の花嫁が、崖の突端に立った光景を。目の前には兄島瀬戸がある。血赤の珊瑚樹を引き揚げた海。兄島の向こうは、ジョージが命を落とした弟島だ。

花嫁姿は、ジョージのために装うはずだった。空には大きな丸い月がかかっていた。その月の中に黒いシルエットになった幸乃さんが浮かんでいた。

そして迷うことなく、そのシルエットは崖から海に飛び込んだのさ。

落ちていくところを見たわけじゃないのに、真っ白な花嫁衣裳を翻しながら海に没した彼女の姿がはっきり目に浮かんだ。わしはその場に膝をついて、呆然《ぼうぜん》としていた。後から来た奴らも、すべてを察して言葉もなかった。

まだ二十三歳だった。あんたの母親は。子供を残していくのは心残りだったろうが、ジョージが死んだ時から、そうしようと決めていたんだろう。

あれほど泳ぎがうまい人だったけど、あの重い花嫁衣裳では泳ぎたくとも泳げまい。そういうことも承知した上で覚悟の自殺だったんだろうよ。翌日、崖下の岩場に流れ着いている花嫁が引き揚げられた。振袖の中を検《あらた》めたけど、珊瑚はひとつも残っていなかった。あの見事な血赤珊瑚は、もとあった海の底に戻っていったんだ。

六月二十六日、小笠原諸島の施政権返還式が開催された。小笠原諸島は再び東京都に帰属することになった。アメリカ合衆国海軍は小笠原諸島から完全に撤退し、代わって日本国の海上自衛隊が父島・大村に駐留を開始した。

最終的にはわしらは淡々とそういった一連の出来事を迎え入れたよ。

諦めというのじゃない。わしらはボーダーレスな民族なんだ、という思いが根底にある。そこにこそプライドを持っているんだ。

ただ日本に返還されたら、サンゴ屋が警察に何かを訴えるのではないかと心配した。あの晩、自分に向けられた疑惑を払拭するために。あるいは武正さんが、行動を起こすかもしれんとも思った。娘はあいつのために死んだようなものだからな。

ところが、あれほどの啖呵《たんか》を切った野本は、誰にも告げずにこっそりと小笠原を去った。英明だけを伴って。彼の妻は、もうあいつと行動を共にしなかった。小笠原に残ったんだ。

それだけで、野本のやったことは明らかだった。堂々とここにいられなかったんだから。自ら罪を認めたも同じだ。証拠はなくてもな。

武正さんは沈黙したままだった。あの晩、婚礼の場にいた人々も口を開かなかった。それをするのは、武正さんだと思っていたから。アンダーソン事件の真相も、幸乃さんが自殺した原因も他の島民は知らない。言い合わせたわけではないが、婚礼の参列者はずっと口を閉ざしていた。わしも両親にも真実を告げなかったよ。二つの国に挟まれた彼らが、返還を経て複雑な思いを抱いているのは知っていたから。

ただかわいそうな幸乃さんのために皆は祈った。婚礼の晩に命を絶った娘のためにな。水の精のようにしなやかに海に潜っていた娘。あの娘がなぜ自ら命を絶ったのか、誰も詮索しなかった。だいたいの予想はついたのかも知らんが、おかしな噂も立たなかった。

あの断崖に続く山道沿いには、時折血赤珊瑚の欠片《かけら》が落ちていて、しばらくは子供らが見つけて大騒ぎしていた。幸乃さんが走って行く時に、折れたいくつかが袖からこぼれ落ちたんだろう。拾い尽くされて今ではもう一つもないよ。珊瑚の欠片とともに、幸乃さんにまつわる記憶も消えてしまった。

返還からひと月経った頃、武正さんと春枝さんは、赤ん坊を連れてひっそりと島を去った。気がついたら、カリヤさんもいなくなっていた。それが何を意味するのかわしらにはわからなかった。

今では、婚礼の場にいた島民は皆死んでしまった。わしとテルさん以外はな。わしが死んだら、すべては闇の中だった。ここであんたに会えて、本当のことを告げられたのは、きっと神の思し召しだ。

三田は胸の前で小さく十字を切った。

膝の上には、オガサワラグワの置物が置かれていた。今では、珊瑚樹の台座だとわかっている細工物は、制作した本人の許《もと》に戻ったことになる。

雨が上がり、二見湾の向こうに突き出た洲崎の上に、虹がかかっていた。

七、セロ弾きの少年

時子は巾着袋の口を押し広げ、中から何かを摘まみだした。それをそっと蘭の手のひらに置く。

「わあ！」

蘭がそれを見て声を上げた。

「これ何？」

「拾った貝殻」

「すごくきれい」

蘭がちっぽけな巻貝を持ち上げて陽にかざして見た。

「それ、蘭さんにあげる」

「ほんと？　もらっていいの？」

蘭があんまり嬉しそうにしているので、時子もほっこりと笑った。

「ほら、見てみて、ケント」

蘭は賢人の方にその巻貝の殻を差し出してみせた。中身の失われた殻は軽そうだった。口の部分が少しだけ欠けている。白地に橙色《だいだい》の筋が何本かくねくねと入った模様が見てとれた。この島で見る貝はどれも鮮やかな色と模様で彩られ、賢人の目にはすべてが美しく映る。これが特別珍しいのかどうかよくわからなかった。

「これ、どこで拾ったの？」

「扇浦」

二人の会話は続いている。

「時ちゃんの宝物だよね。いいの？　ほんとに」

「いいよ」

「ありがとう」

蘭はティッシュでそれを包んで、ポシェットの中にしまった。

これはきっと時子からのお礼のつもりなのだろう。昨晩、湾岸通りを賢人と時子、蘭の三人で歩いている時、時子と山の中で密会していた男たちに出会った。彼らはにやつきながら寄ってきて、時子に話しかけた。また時子を誘い出そうとしているようだった。事情を知らない蘭は、少し離れて彼らの話が終わるのを待っていた。

賢人は咄嗟に男たちと時子の間に割って入った。

「時ちゃんは、もうあんたらとは付き合わないよ」

見上げるような男たちに向かって言い放った。小柄な少年に立ちはだかられて、男たちは面食らったようだ。

「あ」そのうちの一人が気づいた。「お前、あん時の——」

ちらりと蘭の方へ視線を走らせる。中の一人が前に出てきて、賢人を睨みつけた。

「あん時、覗き見してた奴だろ？　お前。大人のやることに子供が口出しすんなよ。時ちゃんは、俺らと遊びたいんだからな」

「そ。いいことして遊んでんの。子供には関係ない」

「時ちゃんも喜んでんだから」

「喜ぶわけないだろ！　あんなこと――」言葉に詰まる。

そこまでの会話ですべてを察したらしい蘭が、ずかずかと近寄ってきた。

「ちょっと！　あんたら。しつこく時ちゃんにつきまとうんじゃないよ」

腕組みして三人の男らをねめつけた。

「今度、時ちゃんを連れ出そうとしたら、あたしが許さないからね。よそもんはおとなしくしてな！」

小麦色の肌をタンクトップとショートパンツで包み込み、仁王立ちした蘭はかなりの迫力だった。

「いや、別に。俺たちは、時ちゃんとおしゃべりして」

「な？」

男たちは、こそこそと去っていった。

「時ちゃん、ああいう奴らが来ても、きっぱり断るんだよ、いいね」

「うん」

蘭に強く釘を刺されて時子は頷いた。

「ありがと。ケント」賢人が口を開く前に、蘭の方から声をかけられた。その話題にはあまり触れたくなかった。察しのいい蘭もそれ以上は踏み込んでこなかった。

「蘭さん、かっこよかったね」

時子は無邪気に言った。

「うん、昔、ヤンキーをやってたからね。東京で」

「ヤンキーって何？　アメリカ人？」

蘭はガハハと豪快に笑って時子の肩を抱いた。

そして今、元ヤンキーは、お礼に巻貝の殻をもらって、嬉しそうに笑っている。

この島では、誰もが素直で純粋な人間に戻っていくのか。そう思うと、時子が暮らすのに、最も適した場所だと改めて思った。

「ママと電話で話したよ」

カメラの手入れをしながら、雅人が話しかけてきた。賢人はちらりと父親を見やった。

「お前がまたチェロを弾いているって言ったら、感激してた」

「そう」

チェロの胴体をクロスで拭きながら、素っ気なく答えた。

「なあ」雅人はベッドのシーツの上にカメラを置いた。「どうしてチェロの音が聴こえるようになったんだ?」

賢人は小さくため息をついて、チェロをケースにしまった。

「鯨の歌を聴いたから。海の底の鯨の歌」

「ふうむ」

雅人は腕組みをして考え込んだ。しばらく息子を眺め、口をへの字に歪める。それからさっと腕を解いた。

「ま、いいか」

ベッドの上で胡坐《あぐら》を組み、手に取ったカメラを賢人に向けてシャッターを切った。

「どうせわからないもんな。音楽のことなんて、俺には」

「だから?」

「へ?」

「だから逃げ出したわけ? 中塚の家から」

「逃げ出したとか、人聞きの悪いこと、言うなよ」

「人聞きなんか、気にしないくせに」

雅人はいかにもおかしそうにクツクツ笑った。

「お前、そういうはっきりした物言いができるんだ」それからちょっと声を落とした。「それも鯨から習ったのか？」

賢人はあきれて自分のベッドによじのぼった。

しばらく父と子は、ベッドの上のクッションにもたれて、足元の掃き出し窓から外を眺めた。湾岸通りを、観光客の集団が通っていった。サーフボードを抱えた若者もいる。さっきおがさわら丸が入港したところだ。ゴールデンウイークが始まり、父島には大勢の観光客が押し寄せてきた。このコンドミニアムも満室になっている。

コンドミニアムの玄関先に植わった大きな株のリュウゼツランの下を、宿泊客が行ったり来たりしている。誰もがギョサンを履いて、ペタペタと歩いていく。

空は晴れ渡り、ちぎれた雲が浮かんでいる。ボニンブルーの海はどこまでも続いている。

「お前さあ――」腹の上で手を組んで、風景を眺めていた雅人が言った。「もし、チェロの音が戻ってこなかったら、どうしようと思ってた？」

「そうだなあ」

賢人はしばらく考え込んだ。チェロが弾けなくなることが、それほど重大なこととは思えなかった。

深谷碧のことを思った。あの事故の後、チェロの音が聴き取れなくなったことに、意味があるとずっと思っていた。そっちの方が賢人の心を占めていた。同年齢の少女の死に立ち会ったこと。親しくしていたわけではないのに、死んでから碧の心に寄り添うようになったこと。あの子が行ってしまった死の世界に強く惹かれたこと。東京から千キロ離れた島に来て、さらに死が身近に感じられたこと。孤独だった碧に近づいたと思えたこと。

――楽器、弾けたら楽しいだろうね。

一度だけでも、彼女にチェロを弾いて聴かせてあげたらよかった。そしたら、碧は、吸い込まれようとしていたブラックホールから出てこられたかもしれないのに。音楽の力って、たぶんそういうことだ。

レッスンに励んで、上達して、プロになることじゃない。それがようやくわかった。一度チェロの音を失ったおかげで。

この人も――、と父親を横目で見た。この人も、僕がチェロをなくしたら、生きる意欲までなくすと思っていたのだろうか？　そんなこと、全然たいしたことじゃないのに。

ただ――楽しかった。好きな楽器で好きな曲を弾くことが。単純なことだった。

「もしチェロの音が戻ってこなかったら――」賢人は前を向いたまま答えた。

「うん」

「カメラマンになる修業でもしてたかな」

雅人はぷっと噴き出した。それから腹を抱えて笑った。賢人も釣られて笑った。

「なあ、賢人」笑いが治まると、雅人が言った。「ママが三人で暮らそうかって言ってた」

「三人って？」

「パパとママとお前とだよ。決まってるだろ？」

「ふうん」

また賢人は考え込んだ。母は、演奏活動を縮小して、家族に向き合うことにしたのか。それは息子のためか。自分が家にいないから、賢人の精神が不安定になったと考えたのか。

でも、それは違うだろう。あれほどの演奏をする真奈美が、バイオリンから離れて幸せになれるはずがない。母も好きな楽器で好きな曲を弾いているのだから。

「いや、いいよ。今のままで僕はいい」

「何で？」

賢人はゴロンと横向きに寝転がり、肘をついて頭を支えた。

「だってさ――」わざと子供っぽく口をとんがらせた。「ママの料理は最悪なんだ。知ってる？」

雅人も賢人と同じ格好をして向かい合った。

「知ってるさ。結婚した時、ママが作った料理ときたら！　真っ黒のトンカツにもやしのサラダだった。もやしをざく切りにしてドレッシングをかけただけの。あれはひどかった」

また二人はベッドの上を転げ回って笑った。

「おばあちゃんはあんなに料理がうまいのに、どうしてだろう」

「まあ、人には得手不得手というものがあるからな」

「ちょっとわかった」

「何が？」

「パパが家を出た理由」

「バカ。ママの料理のせいじゃないぞ。そんなこと、絶対言うなよ」慌てて否定しておいて、雅人は真顔になった。

「どうだ？　賢人。ほんとにいいのか？　今の生活で」

「うん、いい」

「俺は相変わらずふらふらしてるぞ」

「いいよ」

「父親らしくないだろ？」

「いいよ。人には得手不得手というものがあるんだから」

「それはちょっと違うと思うけどなあ」

雅人は仰向けになって天井を見上げた。

「じゃあ、もうそろそろ帰るか」

「え？」

「今なら船便が多いからな」

「相変わらず思いつくままだなあ」

ゴールデンウイーク中、おがさわら丸の便数は増える。この期間は二見港に停泊すること
なく、折り返しで出航していく。東京へ帰る便も多いということだ。

この島を離れる——来た時からわかっていたことなのに、賢人は少しだけ慌てた。

「三田さんに挨拶に行っとかないとなあ。あと、時ちゃんにも」

賢人の気持ちなんかおかまいなしに、雅人は呟く。

「お前、なんか、やり残したことあるか?」

「ある」

賢人は即座に答えた。


夕闇が迫っていた。

賢人は、釣浜の桟橋をゆっくりと先端に向かって歩いた。目の前の兄島が、黒く凝り固まった影になり始めていた。兄島瀬戸の潮流がうねって流れていく。

すぐ後ろから時子がついて来ていた。海の中に突き出た先端に着くと、時子は持ってきた小さな木の椅子を桟橋の上に置いた。自分は少し下がって、桟橋の上に直《じか》に腰を下ろした。

賢人は、抱えて来たチェロを桟橋の上に下ろした。ちらりと後ろを振り返る。浜では、雅人が三脚を立てて、カメラを構えている。そのそばに三田、それから蘭と夫の真柄エディが

並んで座っていた。上の駐車場まで、エディの七人乗りのSUVに乗せてきてもらった。

賢人は、ここで鯨の歌に応えてチェロが弾きたかった。海に突き出した栈橋の上で弾いたら、海の底にも伝わるのではないかと思ったのだ。この兄島瀬戸で、カヌーの櫂を通して鯨の鳴き声を聴いた。あれがチェロの音を取り戻すきっかけになった。音は振動として、水を伝わり、空気を震わせる。

音を奏でること。鳴き声で歌うこと。どちらも同じことだとわからせてくれた鯨。巨大な水の中の生物に、今度は賢人の演奏を聴いてもらいたかった。

ここへ来る道々、エディが言った。まだモーターが発明されない昔、海の中に人工的な音は限りなく少なかった。人々は風や己の力のみで、海を渡っていた。南洋の島の人々がカヌーを駆って見知らぬ島を目指していた頃。

鯨は太平洋の端と端で会話をしていたという。たとえばアメリカの西海岸と小笠原の海とで。それほど海は静かで、鯨の鳴き声は遠くまで届いた。

賢人は三田がこしらえた椅子に浅く座った。チェロのエンドピンを栈橋の板の上に立てる。チェロの上部を胸に当て、脚を広げてその間にチェロを置く。弓を構えた。顔を上げると、兄島のそそり立つ崖のはるか上の空に、一番星が輝き始めていた。

賢人は静かに弾き始めた。ラフマニノフの『ヴォカリーズ』。ヴォカリーズとは、歌詞のない歌という意味だ。鯨の歌に呼応するのにふさわしい曲。人間の声に一番近いチェロが奏でる歌詞のない歌曲。豊かでせつなく、包み込むような旋律が、海の上を渡っていった。すぐ後ろで膝を抱えて座っているはずの時子は、身動きもせず聴き入っている様子だ。きっとこんなふうに、海の底にいる鯨も耳を澄ませているだろう。言葉なんかいらない。言葉では表現できないものが音楽の中にはある。そこにどっぷりと浸《つ》かれる幸福。演奏する愉《たの》しさ。

深谷、聴いてる？

あんなにきれいな顔で死んでいった少女に、賢人は心の中で話しかけた。

六分ほどの曲を丁寧に弾いた。海の鯨に向けて。冷たい死の世界にいる碧に向けて。どちらにも別れを告げるつもりで。

曲の余韻が海の上の空気を震わせた。その時だった。兄島瀬戸の真ん中で、ザトウクジラが海から跳び出した。黄金色に染まった海の上で、飛沫《しぶき》をまといながら体をひねった。

「あ」

背後で時子が声を上げた。その瞬間に重々しい肉体は、背中から海面に打ちつけられていた。夕陽の中の無音のショーだった。目を凝らした時には、もう姿は消えていた。白く波打っていた海面は、すぐに平らに静まった。

時子がそばに寄って来る。

「きっと鯨もさようならって言ったんだよ」

もうすぐ彼らも北へ向かう旅に出る。

チェロを持って立ち上がる。振り返ると、浜に並んだ人たちも、穏やかな表情で鯨の消えた海を見渡していた。チェロの演奏が終わったことに気がついた蘭が、小さく手を叩いた。

「これ、ほんとに小笠原の海岸で拾ったもの?」

「そう。時ちゃんは扇浦海岸で拾ったって言ってた」

真柄蘭は、小笠原水産センターに来ていた。時子にもらった貝殻を、研究員の吉本《よしもと》に調べてもらっていた。図鑑で調べても、貝の名前がわからなかった。

「いやあ!」吉本は自分の額をぴしゃんと手のひらで叩いた。「こんな貝があるなんてなあ。信じられない」

「え? 嘘。もしかして新種?」

吉本は、東京の大学から出向してきている海洋生物の研究員だ。専門は貝類だと聞いている。小笠原に来たくて来たくて、やっと念願かなって二年前から水産センターに勤めている。妻と二人の娘は東京に置いて、単身赴任中だ。気楽な一人暮らしだから、よく真柄夫婦とも食事をしたり飲んだりしている。

「いや、新種ってわけじゃない。これはイモガイの一種だと思う。ポリネシア地方、主にサモア諸島やトケラウ諸島の辺りに今も棲息《せいそく》する――」

吉本はちょっと首をひねった。

「でもこの個体だけでは判断できないな」

「なんだ。よしもっちゃんらしくない」

二十代の蘭が、四十になろうとしている研究者にずけずけと言った。吉本は気を悪くするふうでもなく、まだ考え込んでいる。二人は屋外にある水槽のコンクリートの縁に腰かけた。人の影が水槽に落ちると、人懐っこいコブダイが寄ってきた。

「イモガイは毒を持っているんだ。もしかしたら、これはその中でも最強の毒を持つ仲間かもしれない」

「毒があんの？　こんなきれいな模様の貝なのに」

蘭はスマホを取り出して、イモガイを検索してみた。色とりどりの巻貝が現れた。色も模様も大きさも多種にわたっている。分類は三百種類を超えるが、未だに確定していないようだ。

「イモガイの毒はコノトキシンと呼ばれる神経毒なんだ。毒の入った銛《もり》のような歯舌《しぜつ》で獲物を刺し、麻痺させて捕らえる」

「へえ。麻痺させちゃうんだ」

「筋肉が即座に麻痺して、収縮できなくなる」吉本は、手のひらに載せた貝殻を、もう一度見直した。

「日本にはいないの？」

「いるよ。沖縄なんかに棲息するアンボイナっていう名前のイモガイは、体内に人間三十人を死に至らしめる毒を持っていると言われてる」

「え？　死ぬの？」

「磯や浜でこいつを踏んづけて刺される事故は結構起こってる。死亡した例もある。ただし、そのような形で報告されていないというだけで、珊瑚礁の海で溺れて死んだ水難事故が、実はこの貝に刺されたものかもしれないってことは、研究者の間で言われている」

それほど恐ろしい貝なので、沖縄では「ハマナカー」と呼ばれていると吉本は説明した。刺されると、すぐに毒が回って呼吸困難になって死んでしまうので、「浜半ばで死ぬ」という意味らしい。

「じゃあ、そういう人たちは単なる溺死だと思われているんだ。神経毒って怖いね」

「そうさ。死因を特定しにくいからね。心臓麻痺とかと間違われたり。実際は呼吸筋の収縮運動が妨げられて死んでいるんだけど、そこまではちょっと見ではわからない。溺れたり心疾患で死んだと思われる人は、わざわざ解剖なんてされないもんな」

「でもさ、そんな怖い貝が小笠原にいるって聞いたことがない」

「いない——と思う。今はね」

「どういうこと？」

「こっからは民俗学的な話になる」

吉本は黒縁の眼鏡をはずして、レンズを丁寧にシャツの端で拭いた。

「昔、ミクロネシアやメラネシア、ポリネシア――つまり南太平洋の島々の間でイモガイを飼う民族があったということだ。彼らは大型のカヌーに乗って海を渡り、あちこちの島に移住した。その時にイモガイも持っていった。特に女性が貝の毒を使ったと伝えられている」

「どういうふうに？」

「自分たちの身を守るためにさ。馴染みのない島で生きていく知恵とでもいうか」

「毒で？」

眼鏡をかけ直した吉本は大きく頷いた。

「見も知らぬ土地に行って、そこに根を張って生きていかなければならない。女たちはもしもの時のために、毒性の強い貝を携えていったんだ。ごく一部の民族間で共有された習わしだから、公にはなっていなかった。よってちゃんとした科学的資料が残っているわけじゃない。僕も南太平洋の貝の研究をしていて、そういう習俗というか秘儀にたどりついただけでね」

「つまり――」蘭は慎重に言葉を選んだ。「女たちは、移住先で自分たちに害を及ぼしそうな奴を、貝毒で殺したってこと？」

背後の水槽で、コブダイの鰭《ひれ》がぴちゃんと水を撥《は》ねた。蘭は、背中に冷たいものが走るのを感じた。

「三十年ほど前に、日本の研究者がサモアの女の長老から聞き取りをした文献があるんだ。海に漕ぎだす時、女たちはそっと猛毒のイモガイを持っていく。たどり着いた場所で密かに飼育する。彼女らは新しい土地で、さらに毒性を高める方法まで編み出したりもする。力もなく、おおむね使役される立場にある南洋人たちは、最後の手段としてその方法を伝承していくんだ」

蘭は言葉もなく、耳を傾け続けた。さっきまで中天に輝いていた太陽が、すっと翳《かげ》った。

「長老はこう述べている。貝を扱えるのは、決まった女だけ。昔はそれを示す刺青が体のどこかに施されていたと」

「でもさ――」たまらず蘭は口出しした。「たかが貝でしょ？　毒を持っているとしても、それに刺されなけりゃ、いいわけでしょ？」

「文献には聞き取ったイモガイの使い方も書かれていたよ。狙った相手が眠ったり酔い潰れたりしている間に、イモガイの入った海水ごと、相手の体にぶちまけるんだと。使われるイモガイは、ほんの三センチほどだから、数匹が人間の体を這い回り、体のどこかに歯舌を刺して神経毒を注入するんだ。南洋の女性は、ただ待っていればいい」

「ぞっとするね」

「凄《すご》く細い歯舌だから、刺した痕もよく観察しないと見分けられない。指先の爪と肉の間とか、髪の毛の生え際だとかが刺されると、まずわからない、とその長老は言ったそうだ。だから、昔は海水に塗《まみ》れて奇妙な死に方をした者は、女たちの呪術で殺されたと思われたらしい」

「で？　これってどうなるの？　その猛毒を持つイモガイの仲間の殻が小笠原で見つかったってことは？」

「時ちゃん、海岸で拾ったって？」

「ううん。よく聞いたら、海岸沿いに生えてるハスノハギリの根元を掘り起こしたら出てきたんだって。時ちゃん、よくいろんなものを拾い集めるの。それで宝物みたいに大事にとってある」

「ふうん」

もう一度、吉本は手元の巻貝を見詰めた。

「ひとつの仮説が成り立つな」

「もったいぶるー！」

茶化したつもりだが、うまくいかなかった。吉本も蘭も真顔のままだ。

「小笠原に最初に渡ってきた一行は、ハワイのオアフ島からやって来た。南洋系の女性たちもその中に含まれていた。彼女らの出自はいろいろだ」

「つまり、その――サモアとか、あっちの方から来た女の人もいたわけね」

「その女性たちがこういったイモガイを持ち込んだのかもしれない」

「それは密かに飼われていて――」

「ずっと女性たちの身を守ってきた――」

またコブダイがポチャンと水を撥ね上げた。

「これは百年以上も前のものとは思えない」

「いつまでかはわからないけど、猛毒のイモガイは、ひっそりと飼われていたのかもね。この小笠原で」蘭はまっすぐに吉本の顔を見た。「これは仮説よね」

「仮説だ」

海から生暖かい風が吹いてきて、蘭の前髪を揺らした。


恒一郎は、くたびれた財布を取り出して、中身の札を数えた。もうそろそろ手持ちの現金は尽きる。JAのATMへ行けば、都市銀行のカードで現金が引き出せるようだ。

チッチッチと部屋のどこかからかすかな鳴き声がする。あれはヤモリの鳴き声らしい。

「どうするかな」

民宿の畳の上に寝転がって、独りごちた。しばらく寂しげなヤモリの鳴き声に耳を傾けた。

三田から聞いた話で、祖父母や母の身に起きたことはわかった。自分がどうやって生まれたかも。自殺する前に、幸乃が自分にキスをして、「マイ・ボーイ」と呟いたという事実。それを聞けただけでもよかった。

ここへ来た甲斐があったと思えた。祖父母亡き後、ふらふらと行き当たりばったりで生きてきた。自分が親に愛されたという記憶もなく、自分の根っこがどこにつながっているのかもわからず、新たに得た大事な家族も手放してしまった。しかし、かつて自分を愛《いと》しいと思い、「マイ・ボーイ」と囁いてくれる存在があったと知った。

三田とあの後、長く話し込んだ。孫娘が帰ってきて、食事の支度を始め、三田に引き留められて夕食までご馳走《ちそう》になった。古屋テルのところでのことも含め、生まれた島に戻ってきたのだという感を強くした。ついこの間まで、小笠原諸島のことなど、何も知らなかったというのに。

恒一郎が戸籍上、八丈島生まれになっているからくりも、三田は推測した。返還の数か月前に生まれた恒一郎の出生届は、しばらくの間出されていなかったのだろうと三田は言った。実父だったジョージが死んでしまったこともあって躊躇していたのかもしれない。幸乃が亡くなった後、武正夫婦は小笠原を離れて八丈島に行き、そこで届を出したのだろうと。

返還の混乱を言い訳にして、武正が八丈島の医者に頼んで赤ん坊の出生証明書を書いてもらったか、それとも八丈島の役場の方が融通をきかせてうまく受理してくれたか。とにかく、武正の本籍地である八丈島が恒一郎の出生地と記載された。

そういうことはままあったらしい。村役場に勤める真柄エディもそんなことを言っていた。返還後にやってきた法務局の担当官の実地調査も、すでに島を離れた者にまでは及ばなかった。ただ小笠原で死んで葬られた幸乃の死亡地は、小笠原とするしかなかった。幸乃はどうしても小笠原の地に葬ってやりたかったのだろう。教会の牧師が葬儀を執り行ったそうだ。

そして、なぜ憎い男がいる静岡県三島市に、祖父は移り住んだのか。その疑問も含めて三田にすべてを打ち明けた。サンゴ屋と呼ばれた男の孤独な生活と不審な死のことを。酒を飲みながら、二人で話した。三田の見解はこうだった。武正は、ずっと野本秀三を探していたのではないか。幸乃が嫁ぐはずだった男、恒一郎の父でもあったジョージとその友人を殺し、娘を死に至らしめた男を探し続けていた。

そしてとうとう見つけた。見つけて彼の近くに移り住んだ。なぜ?

「そりゃあ、奴に復讐《ふくしゅう》するためさ」三田はきっぱりと言った。「このオガサワラグワの台座をあの男に突きつけてな」

それでは祖父が彼を殺したというのか？　それはとても考えられない。野本は心不全で亡くなったと死亡診断書にははっきり書かれていたというのだから。それに祖父は感情のおもむくまま、人を殺してしまうような人間ではない。

「そうだな」恒一郎が疑問を口にすると、三田はすぐさま前言を翻した。「武正さんは、真面目で穏やかな人だった。人殺しなんぞに手を染めるとは思えん。たとえ娘の仇《かたき》でも」

母島産のホワイトラムをちびりちびりと舐めているせいで、目の周囲が赤らんでいる。孫娘と二人暮らしだという三田は、夜が更けても恒一郎を引き留めた。

「遠慮しなくていい。わしも嬉しいんだ。なんせあの時の赤ん坊に会えたんだからな」

素直にそんなことを言う三田に、なぜか懐かしさを覚えた。この島に吹く風、咲く花、輝く海。かつてほんの少しの間でも接したことがあるのだと思うと、熱いものが込み上げてくる。こんな感情が、まだ自分の中にあったとは驚きだった。

「だが、実際にこれがあの男の家にあったということは――」三田の推理は続く。そう言いながら、恒一郎のグラスにどぼどぼとラム酒を注《つ》ぎ足した。

「会って話はしたんだろうな」

どんな話をしたというのだ？　それも現実味がない。恨みつらみをぶつける祖父は想像できない。もし――、もし野本を長い間探し続けていたとして、祖父はどうするだろう。あの台座を土間に叩きつけた祖父の背中がふと、蘇る。

野本がひっそりと隠れ住んでいた土地に、移住したのはなぜなのか。

野本は恐れていた。自分のしたことをきっちりと清算しに、過去がやって来ることを。貯《た》めていた大金を預け先から取り戻し、馴染んだ場所で安泰な暮らしが営めるはずだったのに、誰も知らない土地に逃げて行くしかなかった。息子の英明も罰が当たったみたいに事故死した。

祖父はおそらく、怯《おび》えて縮こまって暮らしている男のそばで、ずっと観察しながら暮らすことを選んだ。あんな惨いことを為《な》した男が不幸な人生を送り、そのまま死んでいくところをただ見ていた。あの台座を渡し、自分が近くにいることを知らしめて。それが田中武正の復讐だった。それが一番しっくりくる考えだった。サンゴ屋が最もふさわしい死に方をするのを確かめ、それを見届けて死にたかった——。

野本は心臓病を患っていた。近くに武正がいることが、さらなるストレスをかけたとも考えられる。いや、もしかしたら、精神を病んでいたのかもしれない。自分で汲んできたかどうかして海水を浴び、全身濡れそぼって死ぬなんてやはり尋常ではない。

祖父は自分で手を下すことなく、復讐をやり遂げたのだ。

なぜそういう事情を、恒一郎に一言も告げなかったのか。恒一郎の不幸な生い立ちを隠し通すことよりも、己の冷たい憎しみや静かなる復讐心を知られたくなかったからではないか。

幸乃の遺体は、島の高台にある大根山《おおねやま》霊園に埋葬されたという。急いで建てたので、墓は粗末なものだったらしい。それを守り通してきたのは、テルだった。テルが守ってきた由来不明の墓のことは、澄子も知っていた。三田を訪ねた次の日、彼女に案内してもらって母の墓に参った。浅く彫られていたらしい家名や墓碑銘は消えかけていた。

三十年近く前、武正はこの墓から娘の骨を分骨していったらしい。今は村営の霊園になっているので、澄子が村役場で調べてきてくれた。おそらくその時に祖父は三島に田中家の墓を建てたのだ。そこに島から分けて持ってきた娘の骨を納めた。恒一郎には、幸乃の骨は寺で預かってもらっていたのだとしか祖父は話さなかった。すべての骨を持っていかなかったのは、ここにジョージが眠っているからだよと、一緒に行った三田が言った。彼が指し示す場所に、田倉譲二の墓もあった。

死者たちは何も語らず、己の身の上を嘆くこともない。静かな墓地で今も眠りについている。

島に残された母の墓に参ったことで、ようやく気持ちの整理がついた。恒一郎は、財布をポケットにねじ込んで立ち上がった。三田がカヌーで、幸乃が身を投げた場所に連れていってくれるという。

民宿のアルバイトの男が、隣の建物との間の空き地でまた油を売っていた。この前見た友人らしき男が一人だけ隣に座って、煙草《タバコ》をふかしていた。

「もう東京へ帰ろうかな。つまんねえもん」

「どうせ俺らはよそもんだしな」

そんな会話が聞き取れた。

三田は、自宅前の桟橋で待っていた。船外機付きのアウトリガーカヌーに乗せられる。彼は手斧でくりぬいて、カヌーを自作するのだそうだ。オガサワラグワを細工していた男は、今も木工を得意としていた。観光客向けに試乗も行っているらしい。ゴールデンウィークの今は、申し込んでくる観光客も多いだろうに、恒一郎に付き合ってくれるという三田に感謝した。

二見湾を出て、烏帽子《えぼし》岩を回る。にわかに波が高くなった。それでも三田はスピードを落とさない。アウトリガーカヌーは安定して波を切っていく。度々夕陽を見に行った三日月山展望台が見えた。父島の北側へ回り込み、海上を宮之浜へ向かった。

宮之浜を過ぎた海の上で、三田はエンジンを切った。そそり立つ崖を三田は指差す。

「あそこだ」

それだけぽつりと言った。緑の森を背負い、荒々しい岩肌が剝き出しになった場所だった。崖が海に没するところで、白い波が当たって砕けた。あの高さから落ちたら、ひとたまりもないだろう。月の光の中、落ちていく花嫁衣裳の若い女を想像した。海水を吸った衣裳はずっしりと重さを増し、女を海中へと引き込む。その時、母は何を思っただろうか。愛しい男のことか。残していかねばならない我が子のことか。それとも野本に対する悔しさや恨みか。

恒一郎はそっと目を閉じた。

もう終わったことだ。母の魂は今もこの島にある。ここで安らかな眠りについている。祖父母の中にあった復讐心の火も消えた。

「あの時、森の中で幸乃さんを見失ったんだ。もうちょっと早く追いついていればなあ」

すまなそうに言う三田に、いいんですと答えた。きっと母の望みはかなえられたのだろう。自分の手で亡きものにすることはできなかったけれど、サンゴ屋は寂しい最期を遂げたのだから。しかしここにこうしていると、母を突き動かした激情を直に感じ、胸が苦しくなる。恬淡《てんたん》として質朴で、感情を表に出すことを苦手としていた祖父にはなかった性情だ。おそらくそれは、この島に流れ着いた春枝の先祖から来たものではないか。

三田はエンジンをかけた。

「兄島へ渡ってみよう」

黙した恒一郎にそれだけ告げた。

宮之浜の隣の釣浜へ舳を向ける。そこは兄島瀬戸が一番狭まっている箇所だという。すぐに釣浜が見えてきた。宮之浜にも釣浜にも、シュノーケリングをしている観光客が目立った。兄島瀬戸を渡りかけて、三田は、ありゃと小さく呟いた。釣浜の沖に、手漕ぎのカヌーが一艘浮いていた。乗っているのは、三田の孫娘だ。

「おおい、時子」

叫んだ三田の声に、ぱっと顔を上げた少女が手を振り返した。向こうも二人乗りのカヌーで、前に男の子が乗っていた。

「流されんように気をつけろよ」

孫娘は、わかったというふうに頷いた。

「こっちにもカヌーをつないでるんだ。桟橋があるから」三田は説明した。「時子はカヌーをうまく乗りこなすからな。ちょいちょいああやって漕ぎ出す」

黙っている恒一郎に、後ろから話しかける。

「前に乗ってるのは、東京から来たカメラマンの息子でな。チェロとかいう楽器を上手に弾くんだ」

おがさわら丸に乗り合わせた父子を思い出した。中学生くらいの男の子が、チェロを抱きかかえていた。あの子は最近、時々チェロを弾いている。夕方になると、恒一郎の民宿までかすかにチェロの音が届く。あの父子もずっと父島に留《とど》まっているのだなあ、と思いつつ、ぼんやり聴いていた。

兄島瀬戸の真ん中に来ると、流れが速くなった。うねるように潮が流れていく。三田は難なくカヌーを操り、兄島に近づく。兄島にもいくつかの峰が連なる山がある。海面からすぐに立ち上がったような地形だ。三田はカヌーの速度を落とした。割合広い浜があるのに、そこは通り過ぎて、崖の襞《ひだ》の間に現れた狭い浜にカヌーを乗り上げた。

三田が海の中に飛び下りて、カヌーの後ろを押すので、恒一郎もそれに倣った。膝まで海水に没してしまう。波に持っていかれないよう、カヌーを浜に押し上げると、三田は砂の上に腰を下ろした。なぜこの浜に上陸したのかもわからないまま、恒一郎もその隣に座った。規則正しく打ち寄せる波が、砂を黒く濡らしては引いていく。

「ここはマリアビーチっていうんだ」ぽつりと三田が呟いた。「ほら、父島にもジニービーチとかコペペ海岸とか、人の名前が付いた浜があるだろ？」

「ええ」

「あれはその昔、そこで暮らしていた人とか、利用していた人の名前が付いたんだ」

三田は足下の小石を拾って、海に投げた。小石は海まで届かず、波に呑まれる手前に落ちた。

「で、ここはマリアって女性が漁場にしていたって伝わってる。マリアビーチは、島のもんだけが使ってる名前だ」

三田はもう一個石を拾って投げた。今度は海に落ちてポチャンと音がした。

「言い伝えだけど、その女性はイタリアから来た人で、素潜りの技に長《た》けていたってこった」

以前、古屋澄子も同じようなことを口にしていた。春枝や幸乃も素潜り漁をしていた――。

「とんでもなく深く潜っていけたらしい。息も長く続いたって。ほんとか嘘かしらんが、それがあんたらの先祖かもしれんな。だが、どこから来て、この島でどうなったかはまったくわからん」

「たぶん――」恒一郎もつるんとした石を手にした。「その血は確かに僕らの中に流れていると思います。今も途絶えず」

投げた石は、カヌーに当たってカランと音がした。

恒一郎は、自分の息子が水泳選手で、潜水泳法に長け、日本新記録を樹立するほどの優れた才能を持っているのだと話した。

「いやあ、ほんとかい？　そりゃあ、まあ、なんとも――」三田は目を見張り、くたびれたピケ帽を持ち上げて、薄い髪の毛を掻き回した。「不思議なもんだな」

向かい合った釣浜の右手に、母が命を絶った崖が小さく見えた。

この島では、命は受け継がれていく。一個体の死は死ではない。魂は受け継がれる。おがさわら丸のテレビで見た律也の誇らしい顔を思い出した。無性に我が子に会いたかった。離れていてもつながっている。彼はたった一人の「マイ・ボーイ」だ。

背後の崖からカツオドリが飛び立って、マリアビーチを飛び越していった。

マリア――。その名前を、恒一郎は深く胸に刻みつけた。

三田が、船外機付きのカヌーで兄島の方へ行ってしまった。小さく突き出した岬を回って見えなくなる。前部に誰かを乗せていたから、観光客を案内していたのかもしれない。時子は、カヌーを櫂で漕いでいた。さっき祖父に注意されたのに、無謀にも兄島瀬戸の真ん中まで漕ぎ出そうとしている。

仕方がないので、賢人も櫂を動かした。二人が息を合わせて漕がないと、うまく前に進まないし、バランスも取りづらい。もう何度も時子とカヌーに乗ったから、コツをつかんだ。時子は、ずっと賢人がこの島にいるとは思ってはいないだろうが、もうじき小笠原を離れてしまうとも気づいていない。そのことを、賢人は言い出しかねていた。

時子の母が、やっぱり時子を引き取れないと言ってきたという。子供のような時子はすっかりしょげている。

「ママと一緒に暮らしている男の人が、あたしと暮らすのは嫌だって言ったんだって」

真顔でそんなことを言われて、賢人は返事に窮した。つまり、時子の母親は、娘よりも男を取ったわけだ。そのことを時子はわかっているのかいないのか。母親と暮らすことを、それほどまでに夢見ていたのか。この豊穣《ほうじょう》の島から出るという意味の重さが実感できているのか。

ただ賢人にわかっていることは、島も時子も、受け身だということだ。人がやって来て、やがて去っていく。東京から千キロも離れた島は、ただ静かに浮かんでいる。絶海の楽園、生き物たちのパラダイス、東洋のガラパゴス。勝手な呼び名を与えられても、島は端然とそこにある。

兄島瀬戸の真ん中まで来て、時子は櫂を上げた。速い流れにカヌーが押し流される。

「ねえ、時ちゃん」賢人は振り返った。

「何？」

「僕は東京へ帰るよ」

時子は何も答えない。唇を引き結び、じっと賢人を見た。

「その前に、この海に僕の宝物を沈める」

「宝物？」

興味を引かれたのか、時子は黒目をくるんと回した。賢人はポケットから小さなヘアピンを取り出した。碧のヘアピン。彼女から受け取った、たった一つのもの。銀色の表面を、そっと指で撫でた。

「じゃあさ、あたしも宝物を沈める」

時子もポケットから例の巾着袋を取り出した。紐《ひも》を緩めて、中を覗き込む。

「これ」

指で摘まみ出したのは、赤いプラスチック片だった。

「ちょっと見せて」

差し出した手のひらに、時子はプラスチックをぽんと載せてくれた。プラスチックの軽さを予測していたら、中身がぎゅっと詰まった重さを感じた。賢人は目の高さまで持ち上げて、つくづく眺めた。表面には美しい光沢がある。素材はプラスチックではないようだ。ぽきりと折れたような断面を持っている。

「これ、どこで拾ったの？」

「山の中」

「どこの？」

「宮之浜へ行く途中の道からちょっと逸れたとこ。誰も行かないとこだよ。先は崖になってるから。苔《こけ》の中に埋もれてた」

「ふうん」

時子は賢人から赤い欠片を取り戻した。

「きれいでしょう。長い間、あそこに落ちたままだったんだよ」

時子も空にかざして見ている。あれは珊瑚じゃないだろうか。無邪気な時子の仕草を見ながら、賢人はそっと笑った。そんなはずはない。珊瑚が山の中に落ちているなんて。でもすごくきれいな赤だ。あれを森の中で見つけた時の彼女の輝くような笑みは、容易に思い浮かべることができる。

「もったいないよ。時ちゃんは取っとけばいいよ」

「いいの。ケントも宝物を沈めるから、あたしもそうする」

賢人はヘアピンを摘まんだ指を、海に浸けた。透明な水の中でゆらりと歪む。死ぬ直前、落としたヘアピンを指で探っていた碧の横顔を思い出した。自分を取り巻く何もかもに意味を見いだせなかったくせに、こんなヘアピンを失くすことが怖かったのか。

あの子が求めていたものは、実はすごくシンプルなものだったのかもしれない。碧も、この島に来られたらよかったのに。あの変わった子でも、この島ならすんなり受け入れてくれただろう。

——さよなら、深谷。

指を離した。金属のヘアピンは、ゆらゆらと落ちていった。青の中へ。

碧という名の女の子が、最後にすがったもの。賢人にとっては、彼女とつながる唯一のツールだった。碧の魂を海の青が受け入れた。

時子も船べりから手を差し延べて、赤い欠片を落とした。輝くような赤い色が青に溶けた。

二人とも、黙ってそれぞれの宝物が見えなくなるまで水面《みなも》を見ていた。

「鯨、まだいるかな」

時子が櫂を取り上げて、羽根の部分を海に浸けた。柄の断面に耳をつける。そのままじっと聞き入っている。賢人は、まだヘアピンが消えた海の中に目を凝らしていた。きらきら光るヘアピンが、巨大な海の生物の横っ腹をかすめて落ちていく様子を想像した。

「ねえ」時子が耳をつけたまま言った。「ねえ、ケント、誰かが歌ってる」

「鯨？」

時子は頭《かぶり》を振った。

「違う。女の人。女の人の歌が聴こえる」

時子に急かされて、賢人も櫂に耳をつけた。こんな奇妙なことを言う子は、都会では生きていけない。小笠原で培った想像力は、ここにいるからこそ生き生きと舞い上がる。鯨の歌を、人間の歌声にたとえるなんて。

賢人は櫂の柄の断面に当てた耳に意識を集中した。はっとした。歌声だ。鯨の鳴き声ではない。まぎれもない女性の声。歌っている。海の底で——。

せつない歌声だった。だが、惹きつけられる声だ。高く昇りつめたかと思うと、低いところまで下りてくる。透明で力強く、だが物悲しい。言葉になっているようで、とらえられない。メロディだけを耳が拾う。

カヌーごと流されながら、賢人と時子は海の歌に聞き入った。

やがてそれは波の音にまぎれて消えていった。夢から醒めたように、二人で顔を見合わせた。時子は手にしていた櫂で水を掻いた。

「帰ろう。ケント」

まだぼうっとしたままの賢人は、力強くカヌーを操り始めた時子を見返した。

「あれ、何の歌だろう。どんなことを歌ってたんだろう」

時子は釣浜に舳を向けて、思い切り櫂を動かした。

「歌詞のない歌だよ、きっと」

前に賢人が釣浜で弾いた『ヴォカリーズ』のことを憶えていて、そんなふうに言った。時子は、海の中から女の歌声が聞こえてきても、さほど不思議に思っていないのかもしれない。輝きと透明感に満ちたボニンブルーの海は、何もかもを包み込んでいる。

賢人はチェロを抱えて湾岸通りを歩いた。隣を、ギョサンを鳴らして雅人が肩を並べて歩いている。椰子の並木の向こうに、白いおがさわら丸が停泊しているのが見えた。あれに乗って東京に帰る。コンドミニアムを引き払い、荷物をまとめて二見港船客待合所に向かって歩いている今も、実感がない。

小笠原に滞在したのは、三週間と少し。今振り返ると、ほんの短い間だった。だが、東京で過ごす時間よりも濃い時間が流れていた気がする。

今からこの島を出る。そのことの重さを推しはかる。しかし、自分はここの住民ではない。ここに留まることはできない。そこは充分にわかっているつもりだ。去ろうとする賢人を、島は静かに見守っている。長い間、ずっとそうしてきたように。こんな心境になるとは思いもしなかった。

「ウミガメの産卵を撮れるとよかったなあ」

雅人が、重い機材の入ったリュックを揺すり上げながら言った。無精ひげの生えた顎をごしごしとこする。

「もうすぐその季節なんだけどなあ」

　賢人は答えず、父親の横顔をちらりと見上げた。ここに来て、チェロの音を取り戻しただけじゃない。この野放図で無計画で自由気ままで自分勝手な男が、確かに自分の父親だとわかった。ずっと頭ではわかっていたつもりだったが、違っていた。

　真奈美が雅人と別れないでいる理由もちょっとわかった気がする。世間体を気にしているわけじゃない。真奈美は、つかみどころのないこの男に魅力を感じている。限りない愛情を注いでいる。そして雅人は、自由に泳がせてくれている真奈美を、また愛している。これがこの夫婦のカタチなのだ。夫婦の間に生まれた子である自分の位置が、ぴたりと定まった気がした。東京にいたのでは、理解できなかった。

　おがさわら丸が出るのは、午後三時半だ。まだかなり時間がある。雅人は湾岸通りからひょいと、海のそばの大神山《おおがみやま》公園に足を踏み入れた。もうため息をつくこともなく、賢人は後を追った。ハイビスカスが小ぢんまりと刈り込まれ、赤い花をつけている。その上で、ギンネムの葉が涼やかに揺れていた。

「おーい、三田さん！」

　雅人が、遊歩道のそばに群れ生えているハカラメを踏んづけて、のしのしと海の方に歩いていった。チェロを抱えた賢人は一歩二歩、遅れてしまう。父と娘がカヌーに乗って海を指差しているモニュメントが建っていた。カヌーの舳に、カツオドリを配した像だ。台座には

「舟出」と銘打たれていた。小笠原諸島の成り立ちを象徴している。

そのモニュメントの近くに三田と時子がいた。東京の母親のところに行きたがっていた時子の気持ちを思うと、賢人の心はちくりと痛んだ。そんな繊細さを持ち合わせていない雅人は、明るく笑って二人に近づく。

「おお、クレバー・ボーイ」ベンチに座った三田も軽く手を挙げて応じた。

雅人は、リュックを足下に下ろした。海に向かって深呼吸をする。

「おい、賢人。思い切り小笠原の空気を吸い込んでおけ。肺いっぱいに。東京に着いたら吐き出せ」

三田が愉快そうに笑った。その隣に雅人はどっかりと腰を下ろした。時子からは何の感情も読み取れない。ピンク色のギョサンで砂浜まで下りていく。海風が、時子の髪の毛を躍らせ、ワンピースの裾を膨らませる。彼女はいつでもぶかっとしたワンピースを着ている。このまま、小笠原の海に飛び込むこともある。

あの奔放さ。潔さ。シャイで小生意気で、真っすぐで無欲。

この島に住む人々の性情を、時子は体現している。

「時ちゃん、東京のママのとこには行かないの？」

まったく――と賢人は舌打ちしたい気持ちになる。あれほど雅人には、時子の事情を話して聞かせたのに。無神経にもほどがある。

時子は踵《かかと》を軸にして、くるりと回ってこちらを向いた。ワンピースの裾がまた翻る。

「行かないよ」朗らかにそう答えた。「あたしがここにいると、ママの方が帰って来てくれるもん」

浜に落ちていたオオハマボウの茜色《あかね》の花を一輪拾い上げ、髪に挿しながらにっこり笑う。

「だから行かない」

「そっかあ！　そうだよなあ」

雅人も声を上げて笑った。計算しているのか、たまたまなのか、この人のすることは、たいていいいところに落ち着く。

「それでいいのさ」三田もゆるりと笑う。「小笠原は本土から遠く離れて、海と潮風に清められた穢《けが》れのない土地だ。だから時子が生きていくにはちょうどいい」

「なるほど。ここは浄土ってことですか」しかつめ顔で雅人が言った。「三田さんの言うことは深い」

「別れる時になって、こんなことを言うのも何だがな」

三田は、風に飛ばされそうになったピケ帽を押さえた。

「めんどくさいからもう『みた』で通しているが、元は『さんだ』って読むんだったんだ。わしの名字」

「へえ！」

雅人は目を丸くして、身をのけ反らせた。これほど美しく神秘的で、未知なものに溢れた島にいながら、今が一番の驚愕の表情を浮かべている。

「わしの祖先は、サンダースっていうイギリス人だったらしい。兄弟でこの島にやって来たみたいだ。わしのじいさんからそう聞いた」

「サンダースだから、三田《さんだ》ですか。なるほど! いやあ、面白いなあ」

雅人はひとしきり感心した。時子は砂浜に座り込んで、貝殻か小石を拾っている。またあの巾着袋に入れるつもりなのだろう。島の少女の宝物。兄島瀬戸の海に沈めた赤い欠片を、賢人は思い出した。ここでは、大切なものはいくらでも手に入る。忘れ去られたものも、誰かがまた見つけてポケットに入れる。

「遥《はる》かなるつながりが見えてくるわけだ」雅人の言葉に三田は頷いた。

「誰もが気づかないものもあるがね。だが、確かにつながっている。そういうもんだ」

「三田さん、あなたは自分が何人だと思いますか? イギリス人? それとも日本人?」

真顔で雅人は畳みかける。

三田は海を見詰め、柔らかに微笑んだ。視線の先で孫娘は、一心に宝物を集めている。

「わしは何人でもない。わしは小笠原人《ボニン・アイランダー》だ」

おがさわら丸は二見湾を出ようとしていた。伴走していた何隻ものプレジャーボートや遊覧船、漁船が引き返していった。派手な見送り風景を、雅人は船上からカメラに収めた。岸壁で手を振る人々の中に、時子もいた。周囲の人々と同じ弾《はじ》けるような笑顔を浮かべていた。きっとあの笑顔に釣られて、母親も戻って来るだろう。

三田とは待合所で別れた。彼は椅子に座って、中年の男と話し込んでいた。その男に、賢人は見覚えがあった。釣浜沖で見かけた三田のカヌーの前に乗っていた。彼とは時折島の中で顔を合わせていたのだと思い当たった。おがさわら丸で来て、しばらく父島に滞在していたようだ。観光客とは違う空気をまとった人だった。

同じ便で東京に帰るのだ。男が立ち去った後、雅人がずけずけと、「あの人、誰ですか？」と三田に問うた。

「うん、わしが昔かかわった赤ん坊なんだ」

三田は不可解な返答で、雅人を煙に巻いた。

デッキにいた人々も、三々五々客室に戻るか、そのまま手すりによりかかって景色を眺めるかし始めた。賢人が座っている固定式のベンチに雅人が戻ってきた。カメラを操作して、小笠原で撮りためた画像を見る。

「お、これこれ」カメラの画面を、賢人に向ける。「これ、いいだろ？」

ディスプレイ画面をのぞき込むと、釣浜で撮った写真が表示されていた。海に向かって突き出た桟橋の先で、後ろ姿の賢人が一心にチェロを弾いている。はるか向こうの兄島瀬戸で、鯨が豪快にジャンプしていた。金泥を流したような海面が割れ、白い飛沫が上がる。鯨は空中で身をくねらせている。束の間《つかま》の重力に抗《あらが》って、思い切り躍動した瞬間だ。

「いいだろ?」もう一度、雅人は言った。「これ、写真のコンクールに応募しようかな。いいとこいくと思うけどな。タイトルも決めてあるんだ。『セロ弾きの少年』」

「それ、宮沢賢治《みやざわけんじ》の『セロ弾きのゴーシュ』のもじり?」

「いや、まあ、違うけど――似てはいるな。確かに」

雅人はあたふたと言い訳をした。やはり小笠原への撮影行は、特にどこかから頼まれた仕事ではなかったようだ。

「ねえ、パパ。何でパパは小笠原に来ようと思ったわけ?」

芽生えた疑問を、何でもそのまま口にする癖もついた。

「ずっと来たいと思ってたんだ、実は。それにお前を付き合わせたってことだな」

カメラをケースに収めながら、雅人はその理由を話し始めた。

「俺が愛知県の知多半島で生まれ育ったのは知ってるだろ? 今も俺の両親はそこに住んでるからな。お前のお祖父《じい》ちゃんとお祖母《ばあ》ちゃんだ。

親父が三年前に体を悪くするまで、食堂を経営してたのも知ってるだろ？　家族経営の大衆食堂だ。新鮮な魚介類を出すので、いつも客でいっぱいだった。親父とお袋、それから俺の祖父母が朝早くから仕入れや仕込みでおおわらわだった。そんなだから、俺が生まれても、育児に手をかける暇がなかったんだ。

俺は近所に住むおばさんに預けられた。おばさんといっても赤の他人だ。子守りの上手な人で、その人が小笠原の出身の人だったんだ。彼女は、俺に小笠原という島の素晴らしさを聞かせてくれた。

俺はおばさんの話を聞くのが好きでね。しょっちゅうせがんだものだよ。

あの年頃の子供は、想像力も感受性も強いからな。遠い南の島の話は魅力的だった。絵本を読むよりテレビを見るより好きだった。おばさんは語りもうまかった。何度も何度も話をせがんで、細かいところまですっかり憶えてしまったほどだ。

小笠原の海、色とりどりの貝や海藻、ヒトデ、魚、鯨、イルカ、ウミガメ。珊瑚礁に覆われた海底。ユウゼン玉と呼ばれる百匹を超えるチョウチョウウオの群れ。波の上をグライダーみたいにすれすれに飛ぶトビウオ。

山に咲く花の美しさ。もぎ取る果実のみずみずしさ。島で唯一紅葉するモモタマナという木の葉。その木陰の涼やかさ。ヤコウタケが暗闇の中で緑色に光る様子。夜の清瀬川《きよせ》に映る満天の星。天の川。スコールのすさまじさ。豪雨が降った後の空気の清々《すがすが》しさ。いきなり崖から現れ、銀色のベールのように海に落ち込む滝。

夕焼けの美しさ。刻々と変わる雲の形の奇妙さ、不思議さ。

島の子供たちの生き生きとした様子。凧揚《たこあ》げ、磯での小魚突き。岩場での穴ダコ獲《と》り。自分で育てたウミガメを海に返す時に泳いでついていったこと。ギンコウカイという木の実を玉にした鉄砲を撃ち合う遊び。オカヤドカリを獲って小遣い稼ぎをすること。

作物の出来不出来。椰子で作る酒。酔っぱらって浜で踊る男たち。

ほんと、さっき三田さんにも言った浄土のようなところだと思った。いや、その時はまだ浄土なんて言葉は知らなかったけど。

おばさんの名前は忘れてしまった。だけど、彼女が語った話は強烈に俺の心に残っている。おばさんは、太っちょで色黒で、陽気な人だった。小笠原には、南洋系の人たちもいるから、きっとその家系だったんだろう。左手の親指の付け根に不思議な形の刺青をしていたのも、そうした人たちの習俗なんだろうよ。何かを象徴していたのか、渦巻き模様が三つ。あれは鮮明に憶えている。

祖母はそれを見て、俺をおばさんに預けるのを躊躇したみたいだったが、じきにその考えを改めた。とにかく子供が好きで子守りの術に長けていたし、雇われた先には誠心誠意尽くしたから。それから、島の方言なのか、ちょっと面白い言い回しや言葉を使ってたね。詳しくは忘れてしまったけど。

ああ、そうだ。一つ憶えている言葉がある。小さい俺をあやす時、「タウチーネ」って言うんだ。「タウチーネ、タウチーネ、タウチキ、タウマイ、タウチーネ」って優しい節回しで歌ってた。それはどういう意味かと訊いたら、おばさんも意味は知らないって答えた。だけど、おばさんのお母さんもお祖母さんもそうやって子供をあやしていたんだそうだ。きっと南の島に伝わるあやし言葉なんだろうな。あの言葉を聞くと、心が安らかになったもんだよ。あれはほんとに魔法の言葉だったな。

おばさんは、家の中に水槽を据えて、小さな貝を飼っていた。それがあるから、海のそばでなけりゃ、住めないんだと言っていた。新鮮な海水が必要だからね。橙色の波のような模様が付いたきれいな貝だった。おばさんは、これて丸めた特製の餌をたまに与えてたな。その貝のことを「エクアク」と呼んでいた。おばさんの名前は忘れたのに、それはよく憶えている。おばさんも、ちょっと変わった名前だったんだけど。

俺も貝の世話をしたかったんだが、決してさせてくれなかったね。優しい人なのに、水槽に手を入れようとしたら、目くじらを立てて怒った。この貝は危険なんだと言った。毒を持っているから、絶対に触るなってね。どうしてそんな怖い貝を飼っているのか不思議だったよ。おばさんが与える特製の餌は、代々家に伝わってきたもので、繁殖させた貝の毒性を保つためのものらしかった。

俺の両親が早朝から店に出ていくと、祖父か祖母が、俺をおばさんの家まで送り届ける。

そのまま夜まで預けられっぱなしだった。幼稚園に通いだすと、送り迎えもおばさんがしてくれた。要するに、俺はおばさんの家に入り浸っていたわけだ。

おばさんは俺が小学四年生の時に、どこかへ引っ越していった。それきり会っていない。おばさんがよそへ行く前、彼女のところに男の人が訪ねてきたんだ。滅多《めった》に来客のない家だったから、印象に残っている。それは、彼らが交わした会話が奇妙だったこともある。

その日、学校で何か行事があったんだ。俺は疲れておばさんの家に帰るなり、昼寝をした。その老人が訪ねてきたのは、その時だ。俺は二人の話し声で目を覚ました。二間続きの間の襖《ふすま》は、開け放たれていた。おばさんは、俺が眠っていると思ったのだろう。やや落とした声で、老人と何かの相談をしていた。

「旦那さん」とおばさんは、その人を呼んでいた。俺は薄目を開けて隣の部屋を見た。二人とも熱心に話していて、俺が起きたことには気づかなかった。

「旦那さん、じゃあ、とうとう見つけたんですね」とおばさんは言った。「サンゴヤを」って。

旦那さんと呼ばれた人は、大きく頷いた。その人はたぶん、七十歳は過ぎていたろう。痩せてくたびれて見えた。だけど、眼光は鋭かった。

「どこです?」おばさんは尋ねた。

老人の声は低くて聞き取りにくかった。たぶん、どこかの地名を言ったと思う。自分もそこに越して行ったのだと。「サンゴヤ」の近くにいて、奴を見張っていると言った。「サンゴヤ」って確かに聞こえたんだが、もしかしたら聞き間違いかもしれない。不思議な名前だよな。だが、その時俺はまだ十歳だったんだ。

老人は、風呂敷包みをおばさんの前で開けた。よく見えなかったが、丸っこい黒い木工品のようなものだった。おばさんは、それを見るなり、涙をはらはらと流したよ。胸に搔き抱いて撫でさすった。大事なものなんだな、と俺は思ったね。

「これを、あいつのところに届けてくれないか」老人はそんなことを言った。

「それだけですか？」

「それだけでいい」

老人はきっぱりと言った。

「それでは足りませんね」おばさんも決然と言い放った。

老人は目を大きく見開いて、おばさんを見たよ。おばさんも見返していた。やがて老人は弱々しく首を振った。

「やっぱりよそう」

木工品を取り戻そうとした。おばさんは、やんわりとその手を遠ざけ、木工品を離さなかった。

「いいえ。どうしても会いに行きます。いい考えがあります」

おばさんはその時、確かトゥバを持っていきます、と言った。トゥバ——またしても想像をかき立てられる名前だ。話の内容からして酒の名前のようだったが、耳慣れない言葉だった。

「旦那さん」おばさんは厳《おごそ》かな声で言った。「あたしにまかせてください。旦那さんに迷惑はかけません」

「何を——」

老人は言いかけてやめた。二人は黙り込んだ。

俺が寝ている部屋に置いてある水槽の中で、稼働するヒーターとエアポンプの音だけがしていた。エクアクが、張りついたガラスの向こうでぬるりと動いた。なぜかぞっとしたよ。

老人とおばさんは、とても恐ろしい相談をしているんだという気がした。

俺はそのまま、また寝てしまった。起きたら、老人はいなかった。おばさんが、いつものように明るい声で俺の名前を呼んだ。立って、おばさんのところに行った。さっき見たと思ったことは、すべて夢だったのではないかと思ったよ。

だけど、あったんだ。部屋の隅に。あの風呂敷包みが。

あのことを、おばさんに問い質《ただ》しはしなかった。聞いてはいけないと思った。

その後おばさんは数日間、どこかへ行っていたよ。その間、両親や祖父母が、店を切り盛りしながらなんとか俺の面倒をみた。おばさんが帰って来て、また俺はおばさんの家に預けられた。そしたら、あの水槽の中のエクアクがいなくなっていた。一匹残らず。水槽の水も抜かれて空っぽだった。

やがて祖母が食堂の仕事から引退して、家にいるようになった。両親は、おばさんの子守りを断った。おばさんは、ちょうどきりがいいから、自分もよそに引っ越すと言った。最後におばさんの家に行った時、おばさんと離れたくなくて、俺は泣いた。そしたらおばさんは俺に言ったんだ。

「坊ちゃん、いつか小笠原にいらっしゃい。あたしの魂はそこにあるから」

俺の頭を撫でた。あの渦巻き模様の刺青が三つ並んだ手で。

「おばさんの魂に会えた？」

賢人は尋ねた。おがさわら丸は、聟島列島の横を通り過ぎようとしていた。雅人は大きく頷いた。

「会えた、気がする。あそこにはたくさんの魂がある」

「おばさんのことを島で訊いたらよかったのに。誰か心当たりのある人がいたかもしれないよ」

雅人は、ゆっくりと首を振った。

「いや、あのおばさんとのことは、パパの胸の中にしまっておきたいんだ。謎のままでいい。ただ小笠原に導いてくれた人として」

「そうだね」

もう一度、さっきの写真を見せてもらった。

セロ弾きの少年――それでいいんだ。ただチェロが好きだから弾いている。誰かに聴いてもらいたいと思う。その純粋な心を取り戻した。だから、音も戻ってきた。あの島に溢れる魂が力を貸してくれたのかもしれない。

海の魂、風の魂、生き物たちの魂、かつて海を渡ってきた人々の魂が宿る島。

「それ、写真コンクールで賞を取るかもね」

「だろ？　いい写真だもんな」

「ほんとにそうなったらどうする？」

「泣くな。プロのカメラマン対象のフォトコンで一位が取れたら泣く」

カメラの画像に見入りながら、雅人は言った。

「泣きすぎだ。ママに不倫されても泣く。フォトコンで一位を取っても泣く」

雅人が賢人の額を軽く小突いた。

「何だよ、お前、全然船酔いしてないじゃん。来る時とは大違いだな」

「時ちゃんのカヌーで鍛えられたからね」

デッキの前方から歓声が上がった。遠くで鯨のブロウが見えたようだ。

どこかで乗客の歓声が上がった。

「鯨がお別れに来てくれたんだねえ」

誰かが言っている。船から鯨が見えたらしい。恒一郎は、遠くに見える聟島列島に視線をやった。ここを過ぎれば、小笠原諸島とはお別れだ。ここから先は、茫洋と広がる大海だ。当分陸地を見ることはない。

この果てもない海に漕ぎ出した祖先のことを思った。渺々《びょうびょう》たる太平洋へ。危険をかえりみず、先にある新天地に希望の火を見て、船を操った。後にした故郷へ戻ることはかなわない。それでも先へ先へと進んだのだ。そしてある日、島を見つける。清水が湧き、森は繁《しげ》って涼しい木陰を作り、花が咲き乱れ、鳥も歌う。そんな島に碇《いかり》を下ろした。人が住まない島は、悠久の時を穏やかにまどろんでいた。

あるいは漂流の果てにそんな肥沃な島を見つける。

小笠原諸島は、そうやってたどり着いた者を優しく受け入れる島だ。島民となった人々は誰にもへりくだらず、縛られず、だが勤勉で、内気で、鷹揚《おうよう》だった。出ていく者を見送り、来る者を受け入れた。それは島そのもののあり方だった。

変転極まりない近代の歴史にも耐え続けた。これまでに至る島民の数奇な巡り合わせを知った今では、畏怖の念を抱かずにいられない。そして、その中に自分のルーツもあった。恒一郎は、もう一度海に目をやった。このボニンブルーを目に焼き付けておくために。

己の生い立ちを知った直後は、打ちのめされ、溢れてくる感情に翻弄されたが、こうして深い青を見ているうちに、心は平静を取り戻していった。

持っていった祖父の置物は、山の中のオガサワラグワの切り株の上に置いてきた。かつて血赤珊瑚を支えていた台座が朽ちていくのに、そこが一番ふさわしい場所だと思えた。森の中でも圧倒的な存在感を持つオガサワラグワの苔むした切り株は、包み込むようにそれを受け入れた。

海に囲まれたこの島に導いてくれた置物は、あるべき場所に納まった。

潜水泳法を身につけて、自在に水の中をかいくぐる律也を、ここの海で泳がせてやりたい。どこまでも潜っていけるだろうか。一直線に崖に沿って。深みを目指して。無数の泡をまとい、青に染まっていく――。

幸乃のように。春枝のように。

そしてマリアのように。

息子の中の細胞が、小笠原のすべてのものと呼応する瞬間を見てみたい。確かにそれは、受け継がれているのだから。

素直な気持ちで、息子に会いに行こうと恒一郎は思った。もう逃げることはない。しっかりした芯を得た今では、何もかもに向き合える。

海風が吹き渡り、恒一郎はそれを胸いっぱいに吸い込んだ。

※

海から吹いてきた風に、窓際に吊《つ》るした折り紙細工の花が揺れた。入居者が作ったものをつなげて、モビールにしてあるのだ。ベランダに出た老人たちは、気持ちよさそうに日向ぼっこをしている。

石本《いしもと》由依《ゆい》はおやつの後片付けをしながら、ベランダの方にも気を配った。『うみかぜ荘』は特別養護老人ホームだ。東京湾に面した芝浦運河沿いにある。急増する高齢者のために、東京都が古いビルを改装して開設した施設だ。

由依がここで介護の仕事を始めて、七年と半年経った。離職していく者が多い介護職にしては古株の方だ。もうベテランと呼ばれていて、ホームからも頼りにされている。三十一歳で離婚してから介護士の資格を取って、ずっとここに勤めている。楽な仕事ではないが、どこへ移っても同じだろうと思う。少しでもお給料のいいところを求めて、こういった施設を転々とする介護士もいるが、慣れたところがいいからと、『うみかぜ荘』に腰を落ち着けている。

また風が吹いてきた。今日は潮の香りがいくぶん強い。おやつに出したマンゴープリンの容器を手早く片付け、テーブルの上を拭いた。

「石本さん、もういいよ。ベランダの方に行って、皆さんのお世話をお願い」

台布巾を洗って干していると、同僚の丸井多佳子《まるいたかこ》が声をかけてきた。

ベランダは、海に向いている。今日はお天気もいいし、遠くまでよく見える。由依はベランダに出ていった。ここにずっと勤めているのは、この眺望のよさからかもしれない。向かいの埋め立て地には、高層ビルや倉庫が立ち並んでいる。レインボーブリッジやスカイツリーも見える。遠くに富士山が見える時もあった。何より、海の景色がいい。隅田川を上り下りする水上バスや観光船はしょっちゅう前を通るし、日の出ふ頭や竹芝ふ頭があるせいで、大きな船舶も通った。

こういった景色が見たくて、入居者もベランダへ出たがる。きっと精神衛生上もいい影響を受けていると思う。『うみかぜ荘』への入居希望者が多いのは、公的施設で費用が安くすむことと、この立地のせいかもしれない。

由依は、ベランダにずらりと並んだお年寄り一人一人に声を掛けて回った。気持ちよさそうにうとうとしている人もいる。ずれたひざ掛けを直してやる。

一番端で車椅子に座った老女が、やや傾いている。

「矢野《やの》さん、大丈夫？」

寄っていって姿勢を立て直してやった。眠っているのかと思ったが、そうではなく、じっと海を見詰めていた。もうかなり認知症が進んでいる。話しかけても返事をしないこともしょっちゅうだ。

由依が勤め始めた頃は、まだ快活におしゃべりをしていたのだが。

矢野さんの名前はカリヤさんという。変わった名前だ。彼女は、小笠原諸島の出身だと言っていた。このホームに入居したのは、小笠原へ向かう客船が目の前を通ることも理由の一つかもしれない。最近は、日がな一日、海を見詰めて過ごしている。

小笠原の人は、ちょっと変わった面白い言葉を使う。元気な頃の矢野さんは、漢字のことを「日本字」と言ったり、衣類のことを「着類《きるい》」と言ったり、唇のことを「クチビロ」と言ったりしていた。前の施設長は、矢野さんは、おそらくポリネシア系の人だろうと言っていた。それで奇妙な名前なのだと納得した。そういえば、風貌もどこか南方の人の面影がある。

よく話を聞いてあげるので、矢野さんは由依がお気に入りだった。島の話をよくしてくれた。由依は小笠原諸島には行ったことがない。魅力的な島だとは思うが、六日に一度しか船便が出ない島には、今の勤務体制ではとても行けそうにない。おがさわら丸は目の前を頻繁に行き来するのだが。

懐かしそうに話をする矢野さんも、何十年も島には帰っていないようだった。小笠原諸島が日本に返還された直後に島を離れたきり、故郷には足を踏み入れていないと言った。どういう事情があるのか知らないが、触れてはいけないことのようなので、そこには踏み込まないようにしていた。入居者は様々な事情を抱えている。そこのところはわきまえて接するようにとレクチャーされていた。

八十も半ばを過ぎ、認知症が出始めてからも、根気よく矢野さんには付き合った。夜眠れないという矢野さんの枕元に座って、眠るまで一緒にいたりもした。布団の上から優しくトントンと叩いてあげると、安心して眠るのだった。そんなある晩、矢野さんがおかしなことを口にした。眠ってしまったのかと思った彼女が、ぐるりと体を回して由依の方を向いた。

枕元灯に照らされて矢野さんは、大きく目を見開いて言ったのだ。

「あたしはサンゴヤをころしたんだよ」

咄嗟に言葉が出なかった。意味が取れなかった。「サンゴヤ」とは何なんだろう。「ころした」の意味は？　きっと島の言い回しで、「殺した」とは別のことを指すのだろう。何か他の動作の代用語なのかもしれない。

「矢野さん、おかしなこと言って。夢でも見たの？」

やさしくたしなめると、矢野さんは、「アイヤイヤイ」と、物事を否定する時の口癖で応えた。それからまたぐっと目を見開き、噛《か》んで含めるように一語一語はっきりと言った。

「あいつが安らかに死んでいくのを黙って見ているわけにはいかないさ。サンゴヤには、サンゴヤの死に方がある。だから、あたしはエクアクを使ってころしてやったんだよ」

それから満足そうに微笑んで、目を閉じた。

あの晩のことはずっと忘れられないでいる。きっと認知症のせいで、妄想を口走ったに違いない。そう自分に言い聞かせてはいるものの、いつまでも記憶の底に残っている。

エクアクとは何を指すのか。矢野さんの話の中には、小笠原の動植物を表すと思しき言葉がふんだんに使われていた。ウリウリとか、ネーネーとか、フンパ、ハーオ、ウーフー、ウイロゥウイロゥ、ウンポーシ、ロースード、ピーポードリ、ショッパンピン——魅力的なそれらの名の意味を問うことなく、聞き流していた。動詞にも「しょぎれる」とか「のもる」とか「のんばける」とか、首をひねるような小笠原言葉が出てきた。そういったものの一種なのだろう。

また傾いてきた矢野さんの体を直す。もう何をされてもされるがままだ。矢野さんの左腕がだらんと落ちたので、それを膝の上に戻してやった。矢野さんの左手の親指の付け根には、渦巻き模様の刺青が四つある。それも南方系の人を思わせる特徴だ。

しゃがんで、皺の寄った分厚い手の甲を撫でてあげた。じっと渦巻き模様を見てみる。

これは何を意味するものなのだろう。もはや矢野さんの口から、それを聞くことはかなわない。

おがさわら丸が、目の前を通った。大勢の客が乗っていて、甲板から景色を眺めている。ゴールデンウイーク中の今は、島へ行き来する観光客が多く、増便が出ているのだ。

矢野さんは、食い入るように白い船体を見ている。ここから千キロも離れた島のことを思っているのか。以前、矢野さんが語ったどこまでも青い海と空、生物の宝庫、緑溢れる島のことを。

玄関前に植えられたハナミズキの淡いピンクの花びらが、ベランダまで飛んできて、矢野さんの足下に落ちた。由依はそれを拾い上げた。春に色づくそれは花びらではなく、総苞片《そうほうへん》という葉っぱだと誰かが言っていた。そのピンクの葉っぱを矢野さんの目の前に持っていってくるくる回すと、老女はかすかに微笑んだ。

南の島に群れ咲く花を思い出したのか。

この人の魂は小笠原にあるのだ、と由依は思った。

おがさわら丸は、滑るように竹芝桟橋へ向かっていった。

解説

大矢博子

何があったのか。どうつながっているのか。

すべてを知っているのは、読者だけだ。

舞台は小笠原《おがさわら》諸島。

二〇一一年に世界自然遺産に登録され、固有の生態系や鯨、珊瑚礁《さんごしょう》、満天の星などで有名な観光地であるこの諸島には、もうひとつの名前がある。

ボニン・アイランド。

江戸時代、幕府が辰巳無人島《たつみむにんしま》と名付けたまま放置していたこの地に最初に住んだのは、欧米系や南洋系の人々だった。そこに補給地として捕鯨船が立ち寄るようになり、「むにん」が訛《なま》ってボニン・アイランドと呼ばれるようになったという。

本書『ボニン浄土』は、天保《てんぽう》十一（一八四〇）年、気仙沼《けせんぬま》を出港した五百石船が嵐に遭い、漂流する場面から始まる。五十日を超える漂泊の末、生き残った七人の船乗りは異国人たちが暮らすボニン・アイランドに流れ着いた。

異国人たちとの島の生活の様子が、船乗りのひとり、吉之助《きちのすけ》の目を通して綴《つづ》られる。初めて知る異国の風習。捕鯨船との交易。異なる地域の人々がそれぞれの文化を尊重しながら作り上げた共同体の形。他の船乗りたちが帰国のため船を造る中、吉之助は次第にこの島に愛着を感じ始め……。

事実、江戸時代には小笠原諸島や伊豆《いず》諸島に漂着した船の記録が複数ある。有名なのは寛《かん》文《ぶん》十（一六七〇）年に遭難した紀伊《きい》国の蜜柑船《みかんぶね》だ。現在の母島《ははじま》に漂着した乗組員は、五十日をかけて和船を建造し、父島《ちちじま》、八丈島《はちじょうじま》を経て、伊豆国下田《しもだ》へ帰還した。彼らの報告を聞いた幕府は調査団を派遣し、父島に祠《ほこら》を建てる。これが後に日本の先占権が認められる一因になったという。話が前後したが、先に「幕府が辰巳無人島と名付けたまま放置していた」と書いたのは、この時のことだ。また、有名なジョン万次郎《まんじろう》が捕鯨船に救出されたのも、漂着した鳥島《とりしま》でのことだった。

なので、なるほどこの物語は江戸時代の漂着民を描いた時代小説なのだな、と思って読み始めたわけだが――。

わずか二十ページで舞台が現代に飛んだから驚いた。

現代は二つのパートが並行して語られる。ひとつは離婚して一人暮らしの中年男性、田中《たなか》恒一郎《こういちろう》の話だ。父を知らず、赤ん坊の頃に母とも死に別れた恒一郎は祖父母の手で育てられた。その祖父母もすでに鬼籍に入っているが、ある日恒一郎は、亡くなった祖父の持ち物がフリーマーケットの古物商の店で売られているのを見つける。楕円形《だえんけい》をした木製の置物だ。調べてみるとオガサワラグワという木が使われているらしい。祖父は八丈島の出身だと聞いていたが、小笠原? しかもなぜ、フリーマーケットで売られているのか?

もうひとつの話は、音楽一家に生まれ、幼い頃からチェロの天才少年として名を馳《は》せた中学生の中塚賢人《なかつかけんと》の物語だ。才能を嘱望されていたが、家庭で抱えた鬱屈《うっくつ》と、友人を失ったショックで、賢人はチェロを弾けなくなってしまう。そんなとき、カメラマンの父の撮影旅行に同行しないかと誘われた。行き先は小笠原だという。

かくして、静岡に暮らす田中恒一郎は自分のルーツを求め、東京に住む中塚賢人は転地療養のため、それぞれ小笠原諸島の父島を目指した——。

縁もゆかりもないはずの恒一郎と賢人、そして時代も違う吉之助。この三人の物語が父島を舞台に並行して語られる。天保年間のボニン・アイランドのエピソードと現代のふたつの物語がどう結びつくのか。わくわくしながらページをめくり、そして瞠目《どうもく》した。そこに広がったのは思いも寄らない小笠原諸島の激動の歴史だったのだから。

欧米系や南洋系、そして日本というさまざまなルーツを持つ人が共に暮らすこの島。太平洋戦争のときは激戦地となり、欧米系の住民は無理矢理日本名を名乗らされた。戦争が進むと人種を問わず強制的に日本本土に疎開させられ、欧米系の人は苦汁を嘗《な》める。戦争が終わってアメリカ統治下に置かれると、日本人の島民は島に帰れなくなる。小笠原諸島が日本に返還されたのは、沖縄より少し早い一九六八年のことだった。

人種や民族を問わず、幸せに共生していたボニン・アイランド。それが戦争と政治によって分断される。その悲しい歴史に胸が塞がれる。

しかし、小笠原諸島という場所の歴史の特異性とその悲劇を描くなら、通常の歴史小説でもいいはずだ。宇佐美まことはそうしなかった。吉之助のパートで、欧米系・南洋系・日系が共存する様子を描き、恒一郎のパートで彼の祖父母や両親の物語を追い、賢人のパートで少年が心を取り戻していく様子を描いた。なぜか。

この物語を通して著者が伝えたいことが、そこにあるからだ。

この三つのパートは完全に独立している。恒一郎と賢人は、父島ですれ違うことはあっても直接交流を持つことはない。江戸時代の吉之助は言うまでもない。

しかし読み進むうちに、読者にだけは、彼らの関係が見えてくるのである。それが本書の最大のポイントなのでここで詳細を書くことは避けるが、鍵になるのは恒一郎の存在だ。恒一郎が知ることになる彼のルーツの物語は充分驚きに値するし、むしろそれだけでひとつの小説になり得る。しかし江戸時代のエピソードを知っている読者は、恒一郎が知らない真実に気づくのだ。読者は恒一郎が得た以上の手がかりを持っており、彼の知らない歴史の秘密を見通すことができるのである。

賢人のパートも同じだ。なぜ彼の父が小笠原諸島に息子を誘ったか。彼が海で「聞いた」ものは何だったか。その本当の意味がわかるのは読者だけなのだ。

この構成が圧巻だ。あのエピソードが一八〇年もの時を経てここにつながるのか、ここに受け継がれていたのか、と明らかになるたびにぞくぞくした。まるで上質のミステリを読んでいるかのような興奮がある。しかもそれを本人たちは知らない。知っているのは読者だけ。

それはとりもなおさず、私たちの中にも、自分では知るよしもない「歴史」が受け継がれているということを表している。会ったこともない先祖から受け継いだものが確かに自分の中にあるのだ、名も知らぬ人との縁が巡り巡って今の自分が存在するのだ、その結果が今の自分なのだという確信が心を震わせた。受け継いだそれが何なのかはわからない。けれど確かに自分は過去とつながっている、人とつながっているという「実感」がいつまでも心に残る。

これが、三つのパートを並行して書いた理由だろう。

なぜ小笠原諸島なのか。それはその場所が、受け入れ、そして送り出す島だからだ。

吉之助は島に残ったが、他の船乗りたちは苦労の末に船を作り、旅立っていった。その暮らしにも、船の建造にも、島の欧米系や南洋系の人々の惜しみない協力があった。事実、日本人が漂着したとき島民は救いの手を差し伸べ、本土へ帰る手助けをしたという。小笠原諸島は江戸の昔から、文化も風習も言葉も違う、そんな多様な人々を受け入れ、そして送り出してきた島なのだ。果てのない大海原の中にそんな島がある、ということがどれだけ救いになったろう。

恒一郎も賢人もまた、漂流していたことにお気づきだろう。家族というものがわからず、流されるままにひとりで暮らしていた恒一郎。音楽一家というプレッシャーの中で、チェロを弾く意味がわからなくなっていた賢人。彼らも漂流の末に、この小笠原諸島にやってきた。そこで新たな出会いがあり、知らなかった事実に触れ、新たな生活の一歩を踏み出した。それは江戸時代の小笠原諸島が、漂着した人を受け入れ、ともに暮らし、そして彼らを送り出してきた姿に重なる。

人は、たとえそうとは知らなくても歴史とつながっている、他者とつながっているというテーマが、共生の島を舞台に描かれる――それがこの『ボニン浄土』だ。分断の進む現代にこそ、広く読まれて欲しい一冊である。

（おおや・ひろこ／文芸評論家）

謝辞

本書を執筆するにあたり、小笠原村産業観光課より懇切丁寧なアドバイスを頂戴し、また資料をご提供いただきました。この場を借りてお礼を申し上げます。

著者

参考文献

「近代日本と小笠原諸島　移動民の島々と帝国」石原俊／平凡社

「幕末の小笠原　欧米の捕鯨船で栄えた緑の島」田中弘之／中央公論社

「小笠原　南海の孤島に生きる」犬飼基義　橋本健／日本放送出版協会

「小笠原学ことはじめ」ダニエル・ロング／南方新社

「小笠原ハンドブック」ダニエル・ロング　稲葉慎／南方新社

「小笠原クロニクル　国境の揺れた島」山口遼子／中央公論新社

「小笠原諸島をめぐる世界史」松尾龍之介／弦書房

「小笠原諸島強制疎開から50年記録誌」小笠原諸島強制疎開から50年記録誌編纂委員会／小笠原諸島強制疎開から50年の集い実行委員会

「小笠原島ゆかりの人々」田畑道夫／文献出版

「好きです！小笠原」にっぽん離島探検隊／双葉社

「世界遺産　小笠原」写真　榊原透雄　文　福田素子／JTBパブリッシング

「小笠原諸島固有植物ガイド」豊田武司／ウッズプレス

「新編　鳥島漂着物語　18世紀庶民の無人島体験」小林郁／天夢人

「珊瑚　宝石珊瑚をめぐる文化と歴史」岩崎朱実　岩崎望／東海大学出版会

「チェロに近づく　チェロが近づく　スキルサイエンスによるアプローチ」升田俊樹　古川康一／ドレミ楽譜出版社

「戸籍のことならこの１冊」石原豊昭　國部徹　飯野たから／自由国民社

「自分のルーツはこうしてたどれ！　わかりやすい戸籍の見方・読み方・とり方」伊波喜一郎　山﨑学　佐野忠之／日本法令

本書のプロフィール

本書は、二〇二〇年六月に小学館より単行本として刊行された作品を改題・加筆して文庫化したものです。

小学館文庫

ボニン浄土《じょうど》

著者　宇佐美《うさみ》まこと

二〇二三年七月十一日　初版第一刷発行

発行人　石川和男
発行所　株式会社 小学館
〒一〇一-八〇〇一
東京都千代田区一ツ橋二-三-一
電話　編集〇三-三二三〇-五八〇六
　　　販売〇三-五二八一-三五五五
印刷所 ——— 大日本印刷株式会社

この文庫の詳しい内容はインターネットで24時間ご覧になれます。
小学館公式ホームページ　https://www.shogakukan.co.jp

ISBN978-4-09-407271-6